Bibliografische Information der Deutschen Nationalbibliothek:
Die Deutsche Nationalbibliothek verzeichnet diese Publikation in der
Deutschen Nationalbibliografie; detaillierte bibliografische Daten sind im
Internet über dnb.dnb.de abrufbar.

Neu überarbeitete Fassung
© Copyright 2023: Dierk Breimeier
Lektorat und Mitarbeit: Carolin Kretzinger
Coverdesign: Dierk Breimeier
Herstellung und Verlag: BoD – Books on Demand, Norderstedt.
ISBN: 9783756818457

Sehn[en]SuchtLiebe

Du suchst die Stille,
um dich zu finden.
Wähnst dich schweigend,
damit die Seele spricht.
Doch Schicksals Wille
ist, zu ergründen
ein neues Zweisam –
ob die Liebe gewinnt …?

Carolin Kretzinger

Dierk Breimeier

Zwei Wochen für ein ganzes Leben

Roman

Jegliche Überschneidungen oder Ähnlichkeiten mit Personen oder Ereignissen in der Wirklichkeit sind reiner Zufall.

Inhalt

Die Reise nach Lappland

Raimund kuschelte sich aufatmend in seinen Sitz und lauschte dem stetigen, mit nichts anderem zu vergleichenden Ton, wenn Räder aus Eisen auf eisernen Schienen laufen, dieses typische monotone Geräusch eines sich in Fahrt befindenden Zuges. Dieses Geräusch sowie das immerwährende Schaukeln des Waggons würden ihn nun für die nächsten achtundzwanzig Stunden begleiten.

Es war der „Lapplandspilen", der Lapplandpfeil, in dem er saß, und dieser sollte ihn von Malmö, wo er vor wenigen Minuten eingestiegen war, weit über den Polarkreis hinaus bis nach Kiruna bringen.

Draußen glitt die sanft hügelige Landschaft Schonens vorüber. So, wie er jetzt aus dem Fenster sah, blickte er zurück, also in die Vergangenheit; eigentlich hatte er es lieber, nach vorn in Richtung Zukunft zu schauen. Der Grund dafür war, dass er seinen Sitzplatz großzügig einer jungen Frau mit ihrer fünf- oder sechsjährigen Tochter überlassen hatte. Die Frau fuhr nicht so gerne mit dem Rücken zur Fahrtrichtung, hatte sie ihm gestanden. Ihre Bitte war noch nicht ganz ausgesprochen gewesen, da wusste er bereits, obwohl er kein schwedisch sprach, um ihr Anliegen. Er war dennoch zufrieden, denn heimlich beglückwünschte er sich dafür, dass die beiden seine einzigen Mitreisenden waren. Es bestand natürlich die Möglichkeit, dass am nächsten Bahnhof noch jemand zusteigen würde.

‚Nun gut, man muss es abwarten', dachte er.

Ansonsten aber war er rundherum zufrieden.

Frühmorgens war er in Hamburg gestartet, und auf der Fähre von Puttgarden nach Rödby hatte er ein zweites Frühstück in Form von zwei jener köstlichen, unnachahmlichen dänischen „Smörrebröds" verspeist. Alles passte! Jedes Mal, wenn er von Puttgarden nach Rödby fuhr, hoffte er, eine dänische Fähre zu erwischen, allein nur wegen dieser dänischen Smörrebröds.

Und dann, angekommen am Bahnhof von Kopenhagen, hatte er der Versuchung nicht widerstehen können, sich im Bahnhofsrestaurant noch ein letztes Mal ein kaltes Büfett zu gönnen.

‚Die reinste Völlerei', dachte er, aber es würde ja weit über ein halbes Jahr dauern, bis er solcherart Köstlichkeiten wieder zu Gesicht bekommen würde.

Bis auf seinen Kånken, in den er die nötigsten Dinge für die lange Reise gepackt hatte, und seine geliebte Violine hatte er sein gesamtes Reisegepäck schon vor Tagen aufgegeben: den Wanderrucksack mit der daran festgeschnürten Schneeschaufel, eine große Reisetasche und seine Skier samt Stöcken. Es wäre auch wohl ein seltsames Bild gewesen, wenn er mit den Skiern über der Schulter Ende August über Kopenhagens berühmte Einkaufsstraße, den Ströget, gelaufen wäre. Bei diesem Gedanken musste er unwillkürlich schmunzeln. Die Frau, die ihm schräg gegenübersaß, bemerkte es und lächelte ihn freundlich an.

So freuen wir uns mitunter mit, ohne den Grund zu kennen, nur weil ein anderer sich gerade freut.

Nachdem Raimund von dem kalten Büfett ausgiebig Gebrauch gemacht und auch an Nachtisch nicht gespart hatte, war er dann gemütlich durch Kopenhagen zu dem ihm von früheren Besuchen her vertrauten Nyhavn spaziert, an dessen Ende die Tragflügelboote nach Malmö ablegten.

Etwa eine Stunde nach Abfahrt hielt der Zug in einer größeren Stadt, ihren Namen hatte er vergessen.

Es stiegen einige Fahrgäste zu, aber niemand kam in sein Abteil. Er hoffte, dass es auch während der Nacht keine weiteren Gäste mehr geben würde.

Um neun Uhr abends kam der Zugbegleiter, der Abteil für Abteil die Fahrgäste auf den Gang bat, um die Rücklehnen der Sitze nach oben zu klappen und die kleine Leiter anzubringen. Raimund hatte nun die Option, sich zwischen zwei Kojen zu entscheiden, und wählte für sich die untere. Bei seinen beiden Mitreisenden verhielt es sich so, dass das kleine Mädchen unbedingt oben schlafen wollte, und auf diese Weise bezog die junge Frau nun das Bett ihm gegenüber. Er war zufrieden und alle schickten sich zu gegebener Zeit an, in ihre Kojen zu steigen und die kleinen Lampen anzuschalten, um noch ein wenig zu lesen. Bevor Raimund sich niederlegte, stimmte er sich mit seiner Mitfahrerin bezüglich des Abteillichtes ab und schaltete es daraufhin aus. Alles schien insgesamt recht heimelig. Er hatte schon unter schlechteren Bedingungen genächtigt. Dennoch ahnte er, dass er wieder einmal kein Auge würde zumachen können, er gehörte zu den Menschen, denen es unmöglich war, in einem Zug zu schlafen, da half es auch nicht, wenn er sich beide Ohren mit Oropax zustopfte.

Die Kleine oben legte ihr Buch bereits nach etwa zwanzig Minuten beiseite, um zu schlafen, und die Mutter folgte ihr kurze Zeit später nach, aber nicht, ohne Raimund vorher noch eine gute Nacht gewünscht zu haben. So blieb ihm aus reiner Höflichkeit nichts anderes übrig, als ebenfalls sein Licht zu löschen. Aber wie schon befürchtet, an Schlaf war nicht zu denken.

Dennoch fand er es ganz gemütlich in seiner Koje und so von dem fahrenden Zug hin- und hergeschaukelt zu werden, und nach einiger Zeit fiel er doch in einen leicht dösenden Halbschlaf, um allerdings bei jedem Geräusch, das das monotone Rollen der Räder durchbrach, wieder hellwach zu werden. So entging ihm nicht, dass der Zug gegen Mitternacht noch ein weiteres Mal an einer größeren Station hielt. Danach aber fuhr er durch bis zum nächsten Morgen.

Raimund musste wohl erneut ein wenig eingenickt sein, denn als er während des ersten Morgengrauens wieder aus dem Fenster blickte, sah er weit und breit nichts anderes mehr als Kiefernwälder, scheinbar endlose Kiefernwälder, durchsetzt mit großen, sich übereinander türmenden Felsformationen oder runden Hügeln aus Granit. Ab und zu ein stiller, unberührter See oder das schäumende Wasser eines hurtig fließenden Flusses.

Als es völlig hell war, hörte er schon entfernt den Zugbegleiter durch den Gang kommen, um in jedes Abteil ein ‚Guten Morgen' zu rufen. Seine beiden Mitreisenden hatten, im Gegensatz zu ihm, offensichtlich sehr gut geschlafen. Die Kleine in der oberen Koje gähnte und rieb sich die Augen. Ihre Mutter, die sich während der Nacht zur Wand gedreht hatte, regte sich, brauchte aber noch eine ganze Weile, um sich auf den Rücken zu wenden und sodann beide Arme zu recken. Das Ganze hatte etwas liebenswert Familiäres, es erstaunte ihn jedes Mal wieder, wie unkompliziert die Schweden waren.

Auf den Gängen draußen begann jetzt ein emsiges Hin und Her. Die Fahrgäste suchten die Waschseparees und Toiletten auf und es dauerte eine ganze Weile, bis Raimund diese benutzen konnte. Als er zurückkam, lag die Kleine immer noch auf dem Bauch in ihrer Koje und schaute aus großen Augen in die vorübergleitende Landschaft hinein. Beide, Mutter und Tochter, kamen erst richtig in Gang, als Raimund sich bereits auf den Weg zum Speisewaggon machte.

Dieser war nach schwedischer Art ein Selbstbedienungs-restaurant mit einem langen Tresen, an dem man sich aussuchen konnte, wonach einem der Sinn stand. Mit gut gefülltem Tablett und einer Tasse dampfendem Kaffee suchte Raimund sich einen Platz an einem leeren Tisch. Er liebte schwedisches Frühstück, es kam bei ihm gleich nach „English breakfast".

Er hatte sein Mahl noch nicht ganz beendet, da sah er seine beiden Abteilgefährtinnen am Tresen erscheinen. Als diese sich nach dem Bezahlen umwandten, um nach einem freien Platz zu suchen, winkte er ihnen zu und Mutter und Tochter kamen heran und setzten sich zu ihm. Damit wäre das nur eine Zugfahrt dauernde Familienleben wohl komplett, dachte er leicht amüsiert.

Nachdem sich am Abend zuvor jeder mehr oder weniger um sich selbst gekümmert hatte, begannen sie sich nun näher miteinander bekannt zu machen.

„Ich bin Agnes", stellte sie sich auf Englisch vor, denn sie hatte längst bemerkt, dass Raimund kein Schwedisch sprach, „und das", fuhr sie fort, wobei sie auf ihre Tochter zeigte, „ist Inga."

„Oh, was für schöne Namen! Ich bin Raimund."

„Wir sind auf dem Weg, Verwandte zu besuchen, in Boden", sie lachte, „ja, weiter auseinander könnten wir wohl kaum wohnen. Jeder von uns an einem Ende von Schweden."

„Du bist aus Deutschland, nicht wahr?", fragte sie dann.

„Ja, aus Hamburg", nickte Raimund.

„Gehst du wandern in Lappland?", fragte sie weiter.

Raimund grinste. „Viel schlimmer", sagte er, „ja, auch wandern – und skilaufen. Ich habe mir vorgenommen, einen ganzen Winter dort oben zu verbringen."

„Mein Gott", sagte sie, „warum macht man denn so etwas? Hast du Verwandte in Kiruna oder Gällivare?"

„Nein, ich werde die ganze lange Zeit über in der Wildnis verbringen, ohne Strom und Telefon und Wasser nur aus dem See. Es ist mein langgehegter Wunsch, einmal einen ganzen langen Polarwinter dort oben in einer letzten Wildnis Europas zu erleben, und so habe ich mir eine Hütte gemietet, im Vistasdalen, weit ab von jeder Zivilisation." Er unterbrach sich, um dann fortzufahren: „Naja, vielleicht doch nicht gar so weit, mit dem Boot ist es etwa eine Viertelstunde bis Nikkaluokta zu fahren, das ist eine Siedlung der Samen am westlichen Ende des Paittasjärvi, auf Skiern dauert es vermutlich eine halbe Stunde, vielleicht auch mehr. Der Paittasjärvi ist ein großer, langgezogener See westlich von Kiruna."

„Booah!", die Frau staunte sichtlich beeindruckt. „Da wirst du dich aber auf die Dauer sehr einsam fühlen. Warst du schon einmal in Lappland?" Sie schlug sich vor den Kopf: „Natürlich warst du schon einmal da, anders ginge es ja gar nicht."

Sie hatte bei diesem für sie offensichtlich sehr bemerkenswerten Gespräch fast ihr Frühstück vergessen.

„Irgendwie ganz toll!", fuhr sie dann kauend fort. „Na, da wünsche ich dir wirklich und von Herzen alles Gute. Sehr mutig! Dass du gesund bleibst und du nicht depressiv wirst und dass nichts Schlimmes passieren möge. Es ist ja sicher auch nicht ganz ungefährlich, nicht wahr?"

„Nein", sagte Raimund.

„Und so ganz allein!", meinte sie und blickte ihn mit einem Schimmer von Mitleid in den Augen an.

„Es wird auf diese Weise ein ungleich intensiveres Erleben", gab Raimund zurück.

„Ja, vielleicht ist es so."

Die Tochter, die sie beide während ihres Gesprächs die ganze Zeit angeschaut und nichts verstanden hatte, wandte sich jetzt ungeduldig an ihre Mutter, die ihr nun die ganze Geschichte noch einmal auf Schwedisch erzählen musste.

Danach wandte sich die Kleine wieder Raimund zu und sah ihn mit großen, staunenden Augen an.

Mutter und Tochter waren nun inzwischen mit ihrem Frühstück fertig, nahmen ihre Tabletts und erhoben sich, um anderen Wartenden Platz zu machen.

Raimund machte die Reise mit dem „Lapplandspilen" bereits zum dritten Mal, daher wusste er, dass es gar keinen Sinn hatte, jetzt zum Abteil zurückzugehen. Es würde noch eine Weile dauern, bis ihr „Schafzimmer" wieder in ein normales Zugabteil zurückverwandelt worden wäre.

Aus diesem Grund befand sich gleich im Anschluss an den Speisewagen ein Zugwaggon ohne Platzreservierungen. Hier konnten sich die Fahrgäste der Schlafabteile, wenn ihnen der Sinn danach stand, jederzeit niederlassen, sei es, weil sie ihr Abteil als überfüllt betrachteten oder ob sie, wie jetzt, auf das Herrichten der Abteile warteten.

Der Zug war inzwischen weit über Stockholm hinaus in das Gebiet der großen Flüsse gekommen, Angermanälv und Umeälv, die aus den schwedischen oder norwegischen Gebirgen kommend, groß, breit und mächtig daherfließend, und unter ihrem fahrenden Zug hindurch dem bottnischen Meerbusen zuströmten. Der sich scheinbar endlos bis über den Polarkreis erstreckende Wald war inzwischen lichter geworden, immer mehr Fichten und auch Birken mischten sich in die Kiefernwälder, ein paar Wiesen zogen vorüber und kleine Orte mit roten und gelben Holzhäusern oder kleinen Kirchen aus Holz mit spitzen Türmen tauchten auf und verschwanden wieder.

Inzwischen hatten die drei Reisenden zurück in ihrem Abteil Platz genommen. Raimund hatte ein Buch hervorgeholt und las darin, „Sieg" von Joseph Conrad. Es passte nicht ganz zur Landschaft, aber diesen Gegensatz empfand er eher als spannend. Die Mutter beschäftigte ihre kleine Tochter mit Reim- und Ratespielen, bald rückte die Mittagszeit heran.

Der Zug hielt jetzt in Älvsbyn und die Ströme wurden nun noch größer und ihre Fluten noch reißender, Pieteälv und Luleälv waren ihre Namen. Einige Zeit später, am Nach- mittag, erreichten sie Boden und Raimunds Reisegebegleiterinnen waren am Ziel ihrer Fahrt angekommen.

Fast empfand Raimund es als einen schmerzlichen Abschied. Sie waren nur Gefährten für eine Nacht und einen halben Tag gewesen, aber Mutter und Tochter waren ihm liebenswerte Reisegenossinnen gewesen.

„Viel Glück für deine lange Zeit im hohen Norden", wünschte ihm Agnes, „und nochmals, alles, alles Gute!"

„Viel Glück auch für euch", gab Raimund zurück, „wer weiß, das Leben hält oft seltsame Zufälle bereit, vielleicht treffen wir uns irgendwann einmal wieder."

Auf dem Bahnsteig, an dem sie ausstiegen, kamen sie noch
einmal zu seinem Fenster und winkten ihm, als der Zug langsam
anfuhr.

Für Raimund war jeder Abschied einer zu viel, mochten die Zeit
kurz oder lang und die Beziehung leicht oder schwer gewesen
sein. Er ließ sein Buch, das er sich bereits wieder vorgenommen
hatte, sinken und schaute sinnend aus dem Zugfenster in die
vorüberziehende Landschaft. Die wurde jetzt zusehends wilder,
der Zug hatte seine Richtung geändert, folgte nun nicht mehr der
Nord-Süd-Richtung, und fuhr direkt ins Landesinnere hinein.

Die Provinz, die sie durchquerten, war Norrbotten, Schwedens
nördlichster Zipfel, und das machte sich auch bemerkbar. Die
Landschaft wurde zunehmend sumpfig und unwegsamer,
Kiefern waren weitgehend verschwunden und die Fichten sahen
lang und dürr aus. Nur noch selten kreuzten Pfade und durch die
Sümpfe kam man nun ausschließlich über ausgelegte
Holzbohlen.

Mückenland!

Der „Lapplandpilen" fuhr jetzt auf denselben Gleisen wie die
Erzbahn. Die Erzbahn, das waren endlos lange Züge mit Loren
voller Eisenerz, die von zwei riesengroßen Loks gezogen
wurden. Sie brachten das Erz von Kiruna zum Ostseehafen
Lulea.

Während der „Lapplandpilen" in den dichter besiedelten
Gegenden, in der Mitte und im Süden Schwedens, die meisten
Stationen einfach haltlos passiert hatte, veränderte er nun völlig
seinen Halterhythmus, er stoppte jetzt, wie man so schön sagt,
an jeder Milchkanne. Das waren keine Bahnhöfe mehr, sondern
nur noch ungepflasterte, leere Bahnsteige; weit und breit war
nichts zu sehen, außer vielleicht ein Weg, der irgendwohin in die
Wildnis führte.

Sie waren jetzt in Lappland angekommen.

Als der Zug an einem der ersten dieser menschenleeren
Bahnsteige hielt, zog Raimund sein Fenster hinunter, um zu

sehen, wer da wohl aus- oder einstieg. Es war eine ältere Frau, schwer beladen mit Tragetüten und Taschen. Nachdem sie mühevoll die Stufen des Waggons heruntergeklettert war, reichte ihr der Zugbegleiter ihre Sachen hinaus. Dann pfiff der Schaffner in seine Pfeife und der Zug setzte sich wieder in Bewegung. Die Frau blieb mit ihren Taschen allein auf dem Bahnsteig zurück.

Noch etwas war Raimund aufgefallen: Ein eisig kalter Wind wehte jetzt zu ihm durchs Fenster hinein. Es war nur Neugier gewesen, die ihn hatte es öffnen lassen, aber die Kälte, die ihm hier entgegenschlug, erstaunte ihn nun doch, es war Mitte August. Aber diese wie leer gefegten Bahnsteige in Lappland kannte er natürlich. Irgendwo hinter den Sümpfen und Fichten mochte es kleine Ansiedlungen geben. Noch höher im Norden gab es nicht einmal mehr das.

Er war selbst einst, von einer etwa zweiwöchigen Wanderung im Fjäll kommend, direkt an einem solchen Bahnsteig gelandet. An dessen Ende fand er damals einen kleinen, eisernen Mast mit einer Signalscheibe vor. Zu jener Zeit kannte er sich noch nicht aus, und so ging er zu diesem Mast, um zu sehen, was es mit diesem auf sich haben könnte. Ein kleines Metallschild verriet ihm, dass man das Signal über einen Hebel ausklappen musste, wenn man wollte, dass der Zug hielt. Er hatte sich damals zwischen der Bergstation Abisko und Kiruna befunden und sich absolut nicht vorstellen können, dass der berühmte „Lapplandpilen" nur wegen ihm allein hier mitten in der Wildnis halten würde. Er hatte dann, in sengender Sonne und von Mücken umschwirrt, zwei Stunden an dem Bahnsteig gesessen, an den Stamm einer Birke gelehnt, und sich auf dem Spritkocher sein Mittagsessen zubereitet. Es herrschte eine solche absolute Stille, dass das helle Sirren der Mücken das einzige Geräusch war, das an sein Ohr drang. Irgendwann aber geschah es, dass er weit aus der Ferne den Lärm eines sich nahenden Zuges vernahm.

Das Signal hatte Raimund zwar auf Stopp gestellt, aber im Grunde nicht wirklich daran geglaubt, dass der Zug lediglich nur ihm zuliebe hier halten würde. Schnell packte er also sein Geschirr zusammen und lief zu dem Signalmast. Geräusche waren in der Stille bereits kilometerweit zu hören, sodass es doch noch eine ganze Weile dauerte, bis in einer Entfernung von etwa fünfhundert Metern mit Donnergetöse der Zug um eine Biegung herangebraust kam.

Mit grenzenlosem Erstaunen sah ihn Raimund jetzt seine Fahrt verlangsamen, die Bremsen quietschten und dann rollte der „Lapplandpilen" bis Höhe Bahnsteig und hielt.

Die Stille, die dem soeben noch ertönten Getöse folgte, war derart unwirklich, dass Raimund eine Weile wie gelähmt war. Hier stand er nun, der Lapplandpilen, und wartete offensichtlich und wie ungeduldig darauf, dass er endlich einstieg. Er hatte schon eine der Türen aufgezogen, da besann er sich, um schnell noch einmal zum Mast zurückzulaufen und das Signal wieder herunterzuklappen.

Das war eine andere Welt hier oben im Norden. War das wirklich derselbe Zug, der einst fast dreitausend Kilometer entfernt im Bahnhof von Malmö auf einem der vielen Gleise gestanden hatte, um auf Fahrgäste zu warten?

Raimund musste unwillkürlich schmunzeln, als er jetzt das Fenster wieder schloss. Ja, es war in der Tat eine andere Welt, und er befand sich auf dem Weg, noch tiefer und noch intensiver in diese einzutauchen.

Etwa auf der halben Strecke zwischen Boden und Nattavaara hielt der Zug erneut an solch einem Bahnsteig, mitten in der Wildnis. Dieser unterschied sich in nichts von den Vorhergehenden bis auf ein großes Schild und auf dem stand: „Polcirkeln".

Er war nun in der Arktis angekommen. Raimund war nicht das erste Mal hier und mit Ausnahme des südlichen Polarkreises hatte er bereits alle diese geografischen Grenzmarken der Welt überquert.

In etwas über einer Stunde würde er nun Kiruna erreichen und obwohl es bereits seine dritte Reise hierher war, war er nun doch ein bisschen aufgeregt, nach dieser so endlos langen Fahrt.

Kopenhagen? War das nicht erst gestern gewesen?", sinnierte er. Nein, das musste schon lange, lange her gewesen sein.

Als der Zug in Gällivare, der letzten Station vor Kiruna, hielt und er aus dem Fenster schaute, bemerkte er, dass die Menschen auf dem Bahnsteig Wollmützen und Handschuhe trugen. Das erschreckte ihn nun doch ein wenig. Und als er sein Fenster öffnete, schlug ihm frostige Luft entgegen.

Seine Winterbekleidung befand sich natürlich in dem aufgegebenen Reisegepäck.

Aber es wurde dann doch alles nicht so schlimm. Am Bahnhof in Kiruna erwartete ihn bereits der Agent, der ihm die Hütte vermietet hatte. Es war ein Mann mittleren Alters, gekleidet wie der typische Nordländer, und er schüttelte ihm sogleich die Hand.

„Kalt hier oben bei euch", war das Erste, was Raimund herausbrachte.

„Har du ingen mössa? – Hast du keine Mütze?", fragte der Agent.

„Oh ja, doch", entgegnete Raimund, „aber die befindet sich in meinem aufgegebenen Gepäck."

„Nun, dann wollen wir als Erstes dieses Gepäck holen. Ich bin übrigens Torben!"

„Raimund."

Zusammen gingen sie zur Gepäckausgabe des Bahnhofs, wo Raimund seinen Abholschein abgab. Nach einer langen Weile kam der Beamte zurück und zog einen Rollwagen hinter sich her. Raimund freute sich sehr, seinen vertrauten Wanderrucksack und seine Skier wiederzusehen. Aus seiner großen Reisetasche kramte er seine Mütze und die Handschuhe hervor. Er werde sie wohl brauchen, sagte Torben, und dann stiegen sie in dessen schon etwas betagten Volvo und machten sich zusammen auf den Weg, tief hinein ins Herz Lapplands. Nach einer Fahrt von etwa anderthalb Stunden auf einer schmalen, ungepflasterten Straße erreichten sie den langgezogenen See Paittasjärvi, an dessen Ende die Samensiedlung Nikkaluokta lag.

Ursprünglich ein Winterlager der Samen, war diese Siedlung, bedingt durch Sesshaftigkeit und nicht zuletzt durch den Wandertourismus ein richtiger, wenn auch winzig kleiner Ort geworden, sogar mit einer kleinen Holzkirche auf einem Hügel und einer Cafeteria, an die noch ein kleiner Laden angeschlossen war. Zu den verzweigt aus dem Grün der Birken herausschauenden Holzhütten führten lediglich schmale Trampelpfade. Hier und da war es zwischen den Häusern so sumpfig, dass man Holzbohlen ausgelegt hatte.

Etwa drei Kilometer vor der Siedlung, dort, wo sich auf der rechten Seite das verzweigte Flussdelta des Vistasdalen erstreckte, seit zwei Jahren gab es hier jetzt einen Damm und eine Brücke, stoppte Torben seinen Volvo auf einem kiesbestreuten Parkplatz.

Die Dämmerung begann schon langsam hereinzubrechen, als Raimund aus dem Wagen stieg.

Dort, wo sich das Delta zu einem See weitete, befand sich ein Steg, an dem mehrere Boote lagen. Torben begann bereits, seinen Volvo leerzuräumen, um Raimunds Gepäck in einem der Boote zu verstauen. Dann ließ er den hochgestellten Außenbordmotor zu Wasser, Raimund warf die Leine los und sprang ins Boot. Der Motor begann zu schnurren und schon löste sich das Boot vom Ufer, um in einem weiten Bogen in den See hineinzuschwenken. Eine Fahrt von etwa zehn Minuten, um die

Nasen einiger Inseln herum, brachte sie zu einer größeren Insel, auf der Raimund jetzt das grüngestrichene Holzhaus entdeckte, welches ihm von früheren Besuchen her bereits bekannt war. Freilich hatte er es stets nur von Weitem gesehen.

Dieses Mal jedoch sollte jene einsam gelegene Hütte sein neues Domizil sein! Er hatte davon geträumt, irgendwann einmal einige Monate hier zu verbringen, seit er das erste Mal als Wanderer hier vorübergekommen war. Nun, endlich, sollte sich sein Traum erfüllen.

Zwischen zwei runden Felsbuckeln befand sich ein winziger Strand, hierhin lenkte Torben das Boot und stellte den Motor ab. Mit dem Rest Fahrt ließ er das Boot bei gedrosseltem Motor auf den Sand laufen, wobei er gleichzeitig den Außenborder hochklappte. Torben hatte es jetzt plötzlich eilig. Raimund würde ihn ja zunächst wieder zurück zu seinem Auto bringen müssen und bei zunehmender Dunkelheit befürchtete Torben, dass Raimund Schwierigkeiten bekommen könnte, seine kleine Insel wiederzufinden. Sie erreichten also die Insel, und bevor sie sich daranmachten, Raimunds Gepäck auszuladen, zeigte Torben ihm die Nebengebäude, den Holzschuppen, in dem neben einem Beil sogar eine Motorsäge lag, die abseitsstehende „Toilette" und den Sack mit ungelöschtem Kalk.

„Ungefähr einmal in der Woche eine Schaufel voll darüberstreuen", sagte er.

Dann gingen sie zum Haus, die Tür war nicht abgeschlossen, offenbar gab es auch gar keinen Schlüssel.

„Hier oben im Norden schließen wir unsere Häuser nicht ab", erklärte Torben.

Er zeigte auf die Vorratsschränke: „Es gibt hier Lebensmittel für etwa sechs Monate. Dosen, Gläser, Tüten, alles, was man so braucht. Alles andere musst du dir aus Kiruna besorgen. Hier liegt der Busfahrplan und dort ist eine Liste mit Telefonnummern. Zum Telefonieren musst du allerdings zur Cafeteria in Nikkaluokta fahren."

„Ist ja hier gleich um die Ecke", er lachte, „und nun fährst du mich zurück zum Parkplatz, damit du vor dem Dunkelwerden noch zurückkommst. Wenn du Fragen hast, ruf mich an."
Mit diesen Worten wandte er sich dem Boot zu und dieses Mal war es eben Raimund, der ihn mit dem Boot zurück zum Parkplatz brachte, wo Torben in seinen Volvo stieg und davonfuhr. Raimund winkte ihm noch hinterher und schaute, bis das Auto hinter einer Biegung verschwunden war. Und dann stand er plötzlich allein in dieser absoluten Stille, die er schon von früheren Besuchen her kannte. Bereits jetzt befiel ihn das Gefühl einer grenzenlosen Einsamkeit. Ein Hauch von Melancholie wehte ihn an. Nun gab es kein Zurück mehr. Acht lange Monate, davon zwei in völliger Dunkelheit, lagen vor ihm, ein Abenteuer, wie er noch keins erlebt hatte. Seufzend und doch auch irgendwie glücklich wandte er sich seinem Boot zu. Leine los und kräftig abgestoßen, startete er den Motor und wendete, um zurück in sein neues Heim zu fahren. Als er an dem kleinen Stück Strand unweit seiner Hütte aus dem Boot stieg, war es fast dunkel.
„Da hat der Kerl wohl doch recht gehabt", sagte er halblaut zu sich selbst, „im Dunkeln hätte ich wohl nimmermehr wieder hierhergefunden."
Nun aber war er angekommen!
Mutterseelenallein in dem weiten verzweigten Vistas-Delta, mit seinen Inseln und sumpfigen Ufern. Bevor er ins Haus ging, blieb er noch eine ganze Weile auf dem kleinen Stück Strand stehen und atmete tief durch.
Nach dem Lärmen des Außenborders war die Stille, die in jetzt umgab, umso eindringlicher. Nicht ein einziger Laut drang an sein Ohr.
Diese Stille würde ihn nun Wochen und Monate begleiten. Er war sich gar nicht mal sicher, ob er das würde aushalten können. Zunächst kramte er nach seiner Taschenlampe, zum Glück wusste er, wo ungefähr er sie verstaut hatte. Dann ging er

den ausgetretenen Pfad zur Hütte, stieg die drei Stufen des kleinen Vorbaus hoch und öffnete die Tür zu seinem neuen Zuhause. Im Schein seiner Taschenlampe suchte er nach Streichhölzern und Kerzen, um Licht zu machen. Anschließend machte er sich daran, sein Gepäck zu holen.

Das gesamte Innere des Häuschens bestand nur aus diesem einen Raum. An der Seite zum See gab es links und rechts der Tür zwei nicht sehr große Fenster, dazu jeweils eines an den Seiten. Wie eigentlich überall in Schweden waren es Sprossenfenster, die dem Raum ein gemütliches Gepräge gaben. Etwa zwei Meter mittig vor der Rückwand ragte ein Schornstein auf und davor stand ein großer gusseiserner Ofen. Rechts daneben befand sich eine Art Anrichte mit einem Gasherd und darüber an der Wand Regale mit Töpfen, Pfannen und Geschirr.

Hinter dem Schornstein war ein Verschlag, der mit einer Tür abgeteilt war, die Vorratskammer.

Das doppelstöckige Bett hatte links vom Ofen seinen Platz und an den Seitenwänden war noch Raum für einen Schrank und ein Regal. Der Tisch mit vier Stühlen stand direkt vor dem Ofen in der Mitte des Zimmers.

Die gesamte Einrichtung zusammen mit den im Laufe der Zeit dunkelbraun gewordenen Wänden, die zur Decke hin noch dunkler wurden, gab dem Raum etwas absolut Heimeliges.

Raimund fühlte sich hier vom Augenblick seines Eintretens an ausgesprochen wohl.

„Nun will ich aber zunächst schauen, was es so zu essen gibt", sagte er zu sich selber.

In der Vorratskammer entdeckte er kartonweise Tüten mit Fertiggerichten von „Blåband". Die kannte er von früheren Wanderungen nur allzu gut. Nirgendwo sonst in der Welt hatte er so schmackhafte Fertiggerichte gefunden wie hier in Schweden. Er suchte sich eine Tüte heraus, setzte einen Topf mit Wasser auf eine der zwei Flammen des Gaskochers und rührte das Pulver hinein. Auf der zweiten Flamme erhitzte er Teewasser.

Als er dann schließlich am Tisch saß und sein Mahl einnahm, zu seiner Freude hatte er in der Vorratskammer zudem zahlreiche dieser großen runden Pakete Knäckebrot gefunden, von denen er nun ein Stück zu seinem Schnellgericht aß. Er fühlte sich rundherum wohl.

Nun gut, es hätte wärmer sein können, aber es lohnte für den Abend nicht mehr, den Ofen anzuheizen. Nach dem Essen ging er noch einmal vor die Tür. Es war eine dieser klaren Augustnächte, an denen Millionen von Sternen am Himmel standen. Auf der kleinen Veranda mit dem spitzen Vordach stand neben der Tür ein Stuhl. Hier ließ er sich für einen Moment nieder und schaute hinauf zum Firmament.

Unwillkürlich suchten seine Augen den Polarstern und natürlich hatte er keine Mühe, ihn zu finden, denn schließlich war er einst Matrose auf einem Frachtschiff gewesen.

Wie oft hatte er so an Deck auf der anderen Seite der Erdhalbkugel gesessen und versonnen das Kreuz des Südens betrachtet. Beide, der Nordstern und das Kreuz des Südens, waren die jeweils prägenden Sterne der beiden Erdhalbkugeln und ihm nur zu geläufig.

Freilich, es war wohl ein wenig wärmer dort im Süden gewesen, dachte er. Und weil er anfing zu frösteln, stand er bald auf, ging hinunter zum Boot, um zu schauen, ob es hoch genug auf den Kies geschoben war.

Wieder zurück in der Hütte suchte er nach seiner Seifendose und seinem Handtuch, deponierte beides auf einem der Balken, die das Vordach bildeten, suchte das Plumpsklo auf und wusch sich danach die Hände im See.

Er war hundemüde nach seiner langen Reise und hatte nun keinen anderen Wunsch mehr, als sich in seine Koje zu verkriechen. Raimund wählte die obere. Beide waren mit weichen Rentierfellen ausgelegt, und als er nun in seinen

Schlafsack kroch, fühlte er sich hier so geborgen, dass er nach wenigen Minuten eingeschlafen war.

Zwei lange, ereignisreiche Tage lagen hinter ihm.

Was ihm indes die Zukunft bringen würde, war ungewiss.

Zu Besuch bei den Nachbarn

Es war die Stille, die Raimund am nächsten Morgen aus tiefem Schlaf weckte, und es dauerte einige Minuten, bis er überhaupt begriff, wo er war. Durch die vier Sprossenfenster drang graues Licht, das den Raum nur schwach erhellte.

„Ich befinde mich mitten in Lappland, weitab von jeder Stadt", sagte er zu sich und wurde sich dabei bewusst, dass das Sprechen mit sich selbst wohl bald zu einer Gewohnheit werden würde. Doch dann gab er sich einen Ruck und schlüpfte aus seinem warmen Schlafsack, um als Allererstes Feuer in dem gusseisernen Ofen zu machen. Als das Feuer lustig brannte, warf er sich sein Handtuch über und ging nach draußen. In dem kleinen Vorbau blieb er eine Weile stehen, holte tief Luft und breitete seine Arme aus. Vor ihm lag das stille Gewässer des Vistas-Deltas mit seinen birkenbewachsenen Inseln. Es war fürwahr ein Anblick zum Träumen. Dann ging er hinunter zu dem kleinen Strand, um sich in dem kristallklaren Wasser zu waschen.

Es war eiskalt.

Schnell rubbelte er sich ab und strebte dem nun bereits warmen Ofen zu. Nachdem er sich angezogen hatte, setzte er Kaffeewasser auf und schaute, ob er etwas Passendes zu essen finden würde.

Das Frühstücksangebot erschien ihm zunächst ein wenig mager. In einem der Regale jedoch entdeckte er eine stabile Holzkiste mit einem festen Deckel. Als er sie öffnete, siehe da, fand er in ihrem Inneren mehrere Stücke Butter, eine ganze Wurst und ein großes Stück Speck. Seine gute Laune steigerte sich zusehends bei diesem Anblick und so wurde es dann doch ein Frühstück ganz nach seinem Geschmack.

Er briet sich Speck in der Pfanne, aß dazu eine Hälfte des runden Knäckebrotes mit dem Loch in der Mitte, bestrichen oder besser gesagt belegt mit der gesalzenen Butter, denn diese war, bedingt durch ihren kalten Aufbewahrungsort, steinhart.

Als er den ersten Schluck seines heißen, schwarzen und gesüßten Kaffees nahm, fühlte er sich ringsherum wohl.

Nach dem Frühstück trieb ihn die Neugier auf seine neue Umgebung aus dem Haus. Den Holzschuppen fand er zwar leer vor, es gab also zunächst nur die paar Scheite, die beim Ofen lagen, aber einige Meter über den Hof hinweg, am Rand des kleinen Birkenwäldchens, entdeckte er einen riesigen Haufen mit etwa zwei bis drei Meter langen Birkenstämmen.

‚Aha!‘, dachte er. ‚Da muss ich wohl erst mal Feuerholz machen.‘

Im Schuppen befanden sich auch Kanister mit Benzin für den Außenborder, die Kettensäge und drei Gasflaschen für den Gaskocher. Das alles wirkte sehr beruhigend auf ihn.

Als Nächstes machte er sich daran, seine Insel zu erkunden. Sie mochte wohl so etwa achtzig Meter in der Länge und dreißig in der Breite sein. An ihrer Rückseite ging das feste Land in ein etwa zwanzig Meter breites Sumpfgebiet über. Dahinter konnte er einen schmalen Streifen Wasser sehen, an dessen gegenüberliegenden Ufer sich wiederum ein ausgedehntes Sumpfgebiet anschloss.

‚Schade‘, dachte er.

Im Stillen hatte er gehofft, einen Übergang zum festen Land zu finden. Er dachte dabei an die Übergangszeit, wenn das Eis bereits zu dick für sein Boot sein würde, aber noch nicht dick genug, um es ohne Gefahr betreten zu können. Nach dieser Erkundung wandte er sich wieder seiner Hütte zu. Zunächst holte er zwei Eimer Wasser aus dem See und trug sie in die Hütte. Dann setzte er Wasser zum Abwaschen auf und nachdem er auch das geschafft hatte, putzte er sich in derselben Schüssel die Zähne. Nun war schon ein guter Teil des Vormittages vergangen und er überlegte, dass es vielleicht gut wäre, einen Antrittsbesuch in der Cafeteria von Nikkaluokta zu machen. Er zog sich also eine warme Jacke an, schob das Boot vom Strand und sprang, kurz nachdem es schwamm, hinein. Mit einem der darinliegenden Paddel stieß er sich kräftig ab, klappte den Außenborder herunter und startete. Nach zweimaligem kräftigen Ziehen sprang dieser auch an und dann schipperte er in mäßigem Tempo um die drei, vier Inseln herum, die verstreut vor ihm lagen. Als er ins freie Gewässer kam, gab er ein wenig mehr Gas und steuerte in einem großen Bogen auf die in der Ferne erkennbare Brücke zu. Als er sie nach etwa zehn Minuten erreicht hatte und darunter durchfuhr, grüßte ihn in der Ferne schon die kleine rote Holzkirche von Nikkaluokta mit ihrem Dachreiter.

Nikkaluokta besaß einen eigenen Anleger. Als er sein Boot dort vertäut hatte, ging er gemütlichen Schrittes hoch zur Cafeteria, aus deren Schornstein blaugrauer Rauch aufstieg.

Im Vorraum zog er sich seine Stiefel aus und betrat in Strümpfen den wohlig anmutenden Aufenthaltsraum. An einem der hinteren Tische saßen zwei Wanderer, die entweder bereits von ihrer Tour zurückgekehrt waren und nun auf den Bus warteten oder gerade erst vorhatten, loszugehen.

Hinter dem Tresen drehte ihm eine junge Frau mit einem langen, dicken und fast weißblonden Zopf, der ihr bis zur Taille reichte und unten mit einer hellblauen Schleife zusammengebunden war, den Rücken zu. Sie war mit dem Abwaschen von Tassen und Tellern beschäftigt, wandte sich aber nun zu ihm hin.

„Hej!", rief Raimund in den Raum und „Hejhej" kam es aus der Ecke zurück.

Raimund winkte den Wanderern kurz zu und begab sich zum Tresen. Die junge Frau trat nach vorne, während sie sich mit dem Geschirrtuch die Hände abtrocknete.

„Ich bin Raimund", stellte er sich auf Englisch vor, „und in gewisser Weise dein neuer Nachbar."

Sie streckte ihm die Hand zum Gruß über den Tresen entgegen.

„Ich bin Lilija", sagte sie schlicht, „du wurdest uns bereits angekündigt."

Raimund war bass erstaunt: „Wie das?"

Die junge Frau lachte. „Torben!", sagte sie nur.

Nun lachte auch Raimund und während er die junge Frau ein wenig eingehender musterte, stellte er fest, dass sie offenbar ein ausgezeichnetes Englisch sprach. Sie hatte auffallende, leuchtend blaue Augen, Raimund musste unwillkürlich an einen der stillen Seen oben auf dem Fjäll denken.

„Möchtest du etwas trinken oder essen?", fragte sie ihn.

„Oh, es ist noch nicht lange her, dass ich Frühstück hatte, aber einen Kaffee nehme ich gerne."

Sie wandte sich wieder ab, um ihm seinen Kaffee zu bereiten, und stellte ihm die dampfende Tasse auf den Tresen.

„Milch und Zucker?", fragte sie.

„Nur Zucker!"

Sie lachte. „Schwarz wie die Nacht!"

Er nahm seine Tasse und suchte sich einen Platz – und er hatte noch nicht lange gesessen, da folgte sie ihm nach und setzte sich zu ihm an den Tisch.

„Du bist also der Mann aus Deutschland, der einen ganzen Winter hier bei uns in der Einöde bleiben möchte", sagte sie, blickte ihn zwei, drei Sekunden sinnend an. „Halte mich bitte nicht für unhöflich oder aufdringlich, aber vielleicht magst du mir verraten, wo genau du herkommst? Ich frage mich natürlich, wie jemand auf solch eine ungewöhnliche Idee kommt." Sie machte eine Pause und sah ihn eine Weile prüfend an. „Darf ich raten?", fuhr sie dann fort.

Raimund lachte. „Danke, dass du nicht gesagt hast: auf so eine verrückte Idee. Ja, bitte rate mal."

„Aus der Großstadt."

„Getroffen!", lachte Raimund. „War wohl nicht sonderlich schwer. Auf solche Ideen können wohl auch nur Großstädter kommen. Ich war allerdings schon einige Male hier oben in Lappland, auf Wanderung. Auch hier bei euch! Allerdings habe ich dich noch nie hier gesehen."

Lilija lachte. „Ja, ich stehe auch noch nicht lange hier hinter dem Tresen. Schule, Ausbildung, du weißt schon."

„Nun", sagte Raimund, „vor zwei Jahren bin ich in Padjelanta gewandert und im vorigen Jahr ganze fünf Wochen lang, von Kvikkjokk durch drei der großen Nationalparks bis hoch in den äußersten Norden, nach Abisko. Ich habe nie zuvor eine Landschaft wie diese erlebt. Es ist wie eine Sucht. Mit jeder Reise wird sie stärker. Wir Städter haben irgendwie den Bezug zur Natur verloren. Wir betrachten sie wie ein schönes Gemälde, irgendwie mit verklärtem Blick. Wir haben es verlernt, uns als einen Teil von ihr zu begreifen. Diese Natur, und ganz besonders diese hier oben am Polarkreis, fordert darüber hinaus ja auch einiges von uns, wenn wir uns in ihr bewegen."

Lilija hatte aufmerksam seinen Worten gelauscht.

„Ja", sagte sie, „ich glaube, ich verstehe dich. Die Natur in Lappland ist nicht ohne Gefahr. Wenn man nicht wie wir hier aufgewachsen ist, kann man dabei sehr leicht scheitern. Man braucht zudem eine ganze Portion Seelenstärke."

Wieder musterte sie ihn prüfend, und was sie sah, schien sie zufriedenzustimmen.

„Du siehst aus, als könntest du es schaffen", meinte sie, „lass mich noch einmal raten …", sie machte eine Pause und blickte ihn erneut an. „Du wirkst auf mich, als wärest du schon viel in der Welt herumgekommen, stimmt's?"

Raimund antwortete ihr mit einer angedeuteten Verneigung und einem zustimmenden Nicken.

„Hab ich mir schon gedacht", sagte sie, „nun denn, wann immer du etwas brauchst, komm zu uns herüber. Du kannst von hier telefonieren und wir haben hier auch einen kleinen Laden", dabei deutete sie auf einen mittelgroßen Raum links des Tresens, dessen Tür offen stand und in dem Regale gefüllt mit allerlei Waren zu sehen waren.

„Wenn du mehr brauchst, sagen wir, aus Kiruna, dann schreibst du einen Zettel, und wenn du ihn hier bis siebzehn Uhr abgibst, kommt die Ware am nächsten Tag mit dem Nachmittagsbus."

„Meine Güte", lachte Raimund, „was für ein toller Service!"

„Das ist noch nicht alles", fuhr sie fort, „wenn du Wäsche waschen möchtest, kannst du unsere Waschmaschine benutzen."

„Mein Gott, besser geht's ja nicht!", rief er heiter. „Bei diesen Annehmlichkeiten wird es wohl nichts mit meinem Experiment, hier monatelang in völliger Einsamkeit zu leben."

„Warte es ab", sagte Lilija, „die Einsamkeit wird schneller über dich kommen, als du glaubst."

Raimund hing sinnend ihren Worten nach.

„Ja", meinte er dann nach langer Zeit, „vermutlich stimmt das sogar."

Nun tauchte eine ältere Frau aus den hinteren Räumen hinter dem Tresen auf.

„Das ist meine Mutter Kajssa", sagte Lilija und rief der Frau zu: „Mutter, das ist Raimund aus Deutschland, unser neuer Nachbar!"

Sie hatte das natürlich auf Schwedisch geäußert, aber Raimund erriet den Inhalt ihrer Worte.

Die Frau strahlte den neuen Gast an und trat, während sie sich die Hände an ihrer Schürze abwischte, hinter dem Tresen hervor.

Sie streckte Raimund ihre Hand entgegen, die er gerne ergriff, und sie sagte: „Välkommen hit, hos oss."

Daraufhin setzte sie sich ebenfalls zu ihnen an den Tisch und ihre Tochter wiederholte in groben Zügen, worüber sie soeben gesprochen hatten. Die Frau nickte nach jedem Satz und lächelte Raimund zu.

Dieser aber grübelte währenddessen darüber, wie dieses blonde, blauäugige Mädchen zu dieser Mutter passte. Wenn jemand ihn gefragt hätte, hätte er Lilija jederzeit für eine waschechte Schwedin halten mögen. Im Gegensatz zu ihrer Tochter war die

Mutter dunkel und hatte braune, ganz leicht geschlitzte Augen, genau so, wie man sich vielleicht eine Samin vorgestellt hätte.

‚Sie muss eine Adoptivtochter sein', überlegte er, ‚anders ist es gar nicht möglich.'

Aber dann fiel ihm ein, dass er früher schon, in den Sommerlagern der Samen, immer wieder auch strohblonde Kinder gesehen hatte.

Nun, wie auch immer, die Herzlichkeit, mit der Mutter und Tochter ihm, einem ihnen völlig Fremden begegneten, berührte ihn. Ob die Mutter es womöglich für eine Überspanntheit hielt, was diesen seltsamen neuen Nachbarn hierhergetrieben hatte, blieb offen, zu erkennen war es zumindest nicht.

Auf jeden Fall stellte die Mutter ihm mit kaum zu verhehlender Neugier die üblichen, eher lebenspraktischen Fragen – woher er stamme und was für ein Leben er dort in seiner Hütte führen würde, ob er verheiratet sei oder gar Kinder habe, was er denn arbeiten würde und so fort. Offenbar war ihr der Gedanke rätselhaft, jemand könnte sein Leben einfach mal so für acht Monate verlassen, um in die Einsamkeit Lapplands einzutauchen. Lilija übersetzte dabei die Fragen einschließlich seiner Antworten bereitwillig ins Schwedische.

Das Gespräch mit Lilija war von anderer Qualität gewesen, sie jedenfalls schien die Beweggründe für die von ihm gewählte Herausforderung hier fraglos zu verstehen.

Als er auf die letzte Frage der Mutter antwortete, dass er Regisseur an einem Theater sei, ließ Lilija ein gedehntes „Ahaaa?" vernehmen, so, als wolle sie nun andeuten, dass manches von dem eben noch Gesprochenen eine ganz neue Deutung für sie zuließ. Sie machte ein Gesicht, als wolle sie sagen: „Das erklärt natürlich vieles!"

Aber sie nickte lediglich und schaute ihn nur ein wenig belustigt an. Raimund grinste mit einem etwas schiefen Lächeln. Der Mutter aber musste Lilija erst erklären, was das war, ein Regisseur.

Ihre Unterhaltung endete abrupt, als eine neue Gruppe Wanderer zur Tür hereinkam. Raimund verabschiedete sich von Lilija, winkte der Mutter zu, die bereits wieder hinter ihrem Tresen stand, und machte sich auf den Heimweg. Als er seinen Außenborder startete, hatte er das sonderbare Gefühl, schon ganz lange hier zu sein.

„Zu Hause" angekommen, machte sich Raimund zunächst Mittagessen, sehr viel Auswahl stand ihm nicht zur Verfügung, und den verbleibenden Tag nutzte er, um Feuerholz für seinen Ofen zu machen. Da waren zunächst die Birkenstämme in ofengerechte Teile zu zersägen. Zu seiner allergrößten Erleichterung musste er diese Arbeit nicht wie auf den Wanderhütten mit einer Handsäge verrichten, denn hierfür gab es ja die Kettensäge, die Torben ihm am Abend zuvor gezeigt hatte.

Erst als der Haufen neben Raimund eine beträchtliche Höhe erreicht hatte, stellte er endlich die Motorsäge ab und ging zurück in seine Hütte, um Tee zu trinken. Er hatte ordentlich viel geschafft und das nicht ganz ohne Grund. Er war froh, als er diese Höllenmaschine endlich hatte ausschalten können, denn der Lärm stellte, trotz der Ohrenschützer, die er dabei benutzte, einen derart krassen Gegensatz zu der hier herrschenden Stille dar, dass es kaum noch auszuhalten gewesen war. Aber er hatte nun immerhin einen so großen Vorrat an Holz gesägt, dass es wohl für einige Wochen reichen würde.

Als er jetzt nach all der getanen Arbeit bei seiner Tasse heißen Tees saß und an einigen „Digestive"-Keksen knabberte, die er sich noch schnell aus dem kleinen Laden besorgt hatte, hing er so seinen Gedanken nach. Das Gespräch mit der jungen Frau aus der Cafeteria beschäftigte ihn. Sie schien ihm eine neue Generation Mensch hier am Ende der Welt zu verkörpern. Bisher hatte er in diesem Landstrich ausschließlich Leute kennengelernt, die in den alten Traditionen, den alten Lebensweisen, groß geworden waren. Und nun hatte er dieser jungen Frau gegenübergestanden, die fließend Englisch sprach und auch ansonsten offenbar eine ausgezeichnete Schulbildung besaß. So, wie er sich mit ihr unterhalten hatte, hätte er dieses Gespräch ebenso bei sich zu Hause in der Theaterkantine führen können. Er grübelte darüber nach, welche Auswirkungen diese Veränderungen im Leben der neuen Generationen auf die samische Kultur haben würden, eine sehr traditionelle Kultur und inmitten einer unbarmherzigen Natur, die den Menschen nichts schenkte. Wie man es auch drehte, schließlich würde es wohl irgendwann das Ende der traditionell samischen Lebensweise bedeuten. So war es bisher überall auf der Welt gewesen und es machte ihn ein wenig traurig.

Den Spätnachmittag verbrachte Raimund mit Abwaschen, Holzhacken und Wasserholen.
Sein Plan für die nächsten Tage war bereits fertig in seinem Kopf. Zwei weitere Tage wollte er hier noch verweilen, sozusagen zur besseren Eingewöhnung, aber mit jeder vorüber-gegangenen Stunde trieb es ihn stärker hinaus in die Welt der Fjälls. Schon sehr bald wollte er sich auf den Weg machen.
Nach dem Abendessen legte er sich in seine gemütliche Koje, steckte sich den zusammengerollten Schlafsack hinter den Rücken und las, seine Stirnlampe umgebunden, weiter in seinem Buch „Sieg" von Joseph Conrad. So befand er sich in seinen Gedanken nun für fast eine Stunde im tropischen Malaysia. Ein größerer Gegensatz zu seiner derzeitigen realen Welt war wohl kaum denkbar. Raimund liebte die Literatur von Joseph Conrad über alles. Es war dieser Autor gewesen, der ihn, unmittelbar nach seinem Studium, für zwei Jahre als Matrose auf einem Frachtschiff in die Welt getrieben hatte.
Wie sich Raimund nun in den kommenden Wochen und Monaten würde beschäftigen können, darüber machte er sich keine Gedanken. Neben den Herausforderungen des Alltags hatte er Großes vor und zu diesem Zwecke seine

Reiseschreibmaschine mitgenommen. Und last but not least lag dort drüben seine geliebte Violine. Würde ihn der Zauber der arktischen Wälder, Seen und Tundra nicht vielleicht zu ganz anderen, bislang unbekannten Klangbildern führen? Er war sogar ganz sicher, dass es dazu kommen würde, sobald er erst eins geworden war mit der ihn umgebenden Natur.

Ruska Aika

Nach drei Tagen der Eingewöhnung in seinem neuen Leben brach Raimund zu seiner ersten Wanderung auf. Er hatte etwa sechs bis sieben Tage dafür eingeplant und sie sollte ihn aus dem Spätsommer direkt in den Herbst hineinführen. Im Grunde kannte die Arktis lediglich zwei Jahreszeiten, den kurzen Sommer und den langen Winter. Letzterer machte zwei Drittel des Jahres aus. Dazwischen lagen Herbst und Frühling, die aber nur jeweils drei Wochen dauerten.

Die Samen selbst zählten indes acht Jahreszeiten. Sie wurden bestimmt durch das Verhalten der Rentiere.

Seinen Rucksack hatte Raimund bereits zu Hause in Hamburg gepackt, er musste nur noch die Verpflegung hinzufügen. Der erste Abschnitt der Wanderung sollte ihn durch das Vistasvagge, das Vistas-Tal, in seiner gesamten Ausdehnung führen. Für diesen Streckenabschnitt rechnete er zwei Tage.

Am Morgen bestieg er zunächst sein Boot und steuerte es zum Anleger der Brücke, an dem er vor vier Tagen angekommen war. Er vertäute es mit großer Sorgfalt, setzte sich seinen schweren Tragegestell-Rucksack auf den Rücken und marschierte los. Es war eine recht einfache, aber dafür lange Strecke, die er vor sich hatte, und dazu einer der schönsten Wege, die er kannte. Er war hier über die Jahre schon häufiger gegangen. Neben den kargen, öden Fjäll-Hochflächen, die er gerade wegen ihrer Einsamkeit liebte, war es hier unten in den Flusstälern, mit ihrer vergleichsweise üppigeren Vegetation, geradezu heimelig. Die ganze Zeit ging es durch einen lichten Birkenwald, der mit allerlei Weidengestrüpp und eine niedrige, aber dichte Flora durchsetzt war. Diese Birkenwälder aber wurden karger, je höher er kam, denn der Pfad, dem er folgte, führte langsam und stetig bergauf. Er war ausgetreten und felsig und manchmal musste Raimund auch ein kleines Stück klettern. Kleine Flussläufe kreuzten seinen Weg, die aber jetzt im Spätsommer nur wenig oder gar kein Wasser mehr führten. In der Zeit des kurzen Lappland-Frühlings würden diese jetzt so harmlos aussehenden Bäche allerdings ausnahmslos zu reißenden Strömen werden, deren Überquerung stets zu einer echten Herausforderung geriet. Raimund war zuletzt vor zwei Jahren im Frühling hier gewesen, Frühling bedeutete in Lappland Ende Juni. Die Birken hatten eben erst winzige hellgrüne Blättchen gezeigt und überall waren noch ausgedehnte Schneefelder zu überwinden gewesen.

Seit er bei der Überquerung eines Baches im Frühling, der jetzt allerdings nur noch ein Rinnsal war, einen seiner Gummistiefel verloren und auf Turnschuhen hatte weiterwandern müssen, hatte er gelernt, wie man diese Wildbäche richtig überquerte.

Eine weitere Besonderheit dieses Weges war außerdem, dass Raimund so gut wie nie auf andere Menschen traf. Warum es sich so verhielt – er hatte keine Erklärung dafür. Er nahm an, dass dieses sich lang dahinziehende Tal, mit einer eher sanften Wegführung, nicht das war, was Abenteuertouristen anzog. Gerade deshalb aber liebte er es.

So kam er also recht gut voran und gegen Mittag schaute er schon einmal nach einem Rastplatz aus, idyllisch sollte er sein. Und was er außerdem dazu noch brauchte, waren Wasser und ein bequemer Sitzplatz, das Wichtigste aber war eine schöne Aussicht über das Vistas-Tal. So ein Ort war dann auch schnell gefunden und hier packte er seinen Spirituskocher aus, schöpfte von dem eiskalten kristallklaren Wasser und kochte sich Tee. Heißer Tee hatte für Raimund große Bedeutung. Schon in Hamburg hatte er sich eine große Tüte „Labsang Souchong"-Tee gekauft, den er stets nur hier in Lappland trank. Labsang Souchong war ein chinesischer, leicht nach Rauch schmeckender Tee, der ihn in Verbindung mit dem kristallklaren frischen Gebirgswasser jedes Mal in Verzückung geraten ließ. Als er sein Knäckebrot auspackte, ärgerte er sich ein bisschen, dass er nicht in der Cafeteria in Nikkaluokta nach „Glödkaker" gefragt hatte. Dieses Fladenbrot buken die Samen über dem offenen Feuer in einer Pfanne und es schmeckte überaus köstlich.

Als er sich nach einer guten Pause wieder auf den Weg machte und den achtundzwanzig Kilo schweren Rucksack auf seine Schultern wuchtete, merkte er allerdings, dass die letzte Wanderung dieser Art schon lange zurücklag. Er war aus der Übung, seine Beine wurden ihm schwer und das Gewicht des Rucksacks begann ihn, trotz der genialen Tragegestell-Konstruktion, bereits an den Schultern zu drücken.

‚Das kann ja heiter werden', dachte er bei sich, aber nach einiger Zeit hatte er sich halbwegs eingelaufen.

Er war noch nicht weit gekommen, der Pfad machte gerade eine Biegung, als er, just um die Ecke herumgekommen, plötzlich wie vom Donner gerührt stehenblieb. Direkt vor ihm, lediglich fünf, sechs Meter entfernt, sah er sich zwei gewaltigen Elchen gegenüber, die, gerade so wie er selber auch, um die Biegung des Pfades herumgekommen waren, allerdings in entgegen-gesetzter Richtung. Die beiden Tiere waren ebenfalls stehengeblieben und die ungleichen Wanderer starrten sich eine Weile, ohne sich zu rühren, an und schienen zu überlegen, was sie von ihrem Gegenüber zu halten hätten. Der vorangehende Elchbulle, mit seinem schaufelartigen Geweih, war eine imposante Erscheinung und Raimund wurde bei dessen Anblick und unter Berücksichtigung des kurzen Abstandes zwischen ihm und den Tieren nun doch ein wenig mulmig. Die Elchkuh stand etwas schräg hinter ihrem Begleiter und guckte den so plötzlich aufgetauchten Wanderer mit dem gleichen Blick an wie dieser sie. Die Zeit schien sich auszudehnen über Minuten, aber in Wirklichkeit dauerte das Ganze viel weniger. Nachdem der große Elch mit seinen „Überlegungen" offenbar zu Ende gekommen war, wandte er nun bedächtig seinen Kopf und tat ganz so, als würde ihn dieser komische Mensch überhaupt nicht mehr interessieren. Es schien sogar, als wäre das Laub der Birken für ihn jetzt auf einmal ungleich verlockender, und völlig gelassen begann er, an einem grünen Ast zu knabbern. Seine Begleiterin tat es ihm gleich und daraufhin schien es auch Raimund geraten, ihrem Beispiel zu folgen. Er wandte sich nun ebenfalls dem Blätterwerk der Birken zu, fummelte etwas an einem Zweig herum und bekundete somit, dass er an ihnen absolut nicht interessiert wäre.

‚Das war sicher so etwas wie ein Friedenszeichen', dachte er und bemerkte aus dem Augenwinkel, dass sich beide Elche jetzt unendlich langsam seitlich ins Gebüsch verzogen.

„Vielen Dank, die Dame, und vielen Dank, der Herr", sagte er halblaut und setzte, nachdem er keinerlei Bewegung mehr in den Büschen erkennen konnte, seinen Weg fort.

Je höher er nun kam, desto lichter wurde der Birkenwald, die Bäume wurden kleiner und gleichsam verwachsener. Auf seiner linken Seite öffnete sich ihm zum jetzt ersten Mal der Blick tief hinein ins Tal, dessen verzweigtes und seenartiges Delta inzwischen zu einem Fluss geworden war. Und an der gegenüberliegenden Seite des Tales schweiften seine Augen direkt hinein in ein zweites Tal, das sich just hier sich mit dem Vistasdalen vereinte. Es lenkte Raimunds Blick hinauf ins Hochgebirge. Das Tal war auf beiden Seiten von schroffen hohen Bergen gesäumt.

Der gewaltige, wie ein Kegel geformte Berg gleich vorn rechts des Tales war der Nallo, der mit seiner Höhe von etwa 1700 Metern kühn in das von kleinen weißen Wolken unterbrochene Blau des Himmels ragte. Raimund begrüßte ihn wie einen guten Bekannten und er wusste auch, dass, wenn man dem Verlauf dieses Tales folgte, man direkt zum Kebnekaise käme, dem höchsten Berg Schwedens. Dessen wuchtiges schneebedecktes Massiv war hinter den umliegenden Gipfeln bereits zu erkennen. Der Ausblick war so gewaltig und schön, dass Raimund für einen Moment seinen Rucksack absetzte, um kurz zu rasten.

Noch aber war der Kebnekaise nicht sein Ziel. Raimund würde ihn erst später, nach einer Wanderung von etwa vier Tagen, wieder zu sehen bekommen. In seine Betrachtungen versunken, schöpfte er mit seinem Becher Wasser aus dem kleinen Flüsschen zu seinen Füßen und kaute dazu eine kleine Handvoll Studentenfutter, welches er für Notfälle und so für zwischendurch immer dabeihatte, eine durchaus nahrhafte Ergänzung zu seiner üblichen Verpflegung. Noch war es ihm zu früh, sich einen Lagerplatz zu suchen. Er wartete damit, bis er nach einer weiteren Stunde und einer kurzen, aber recht anstrengenden Klettertour aus dem Birkenwald herauskam. Nach etwa fünf Stunden strammen Marschierens war er nun am Ende des Tals auf dem Fjäll angekommen. Er hielt eine Weile inne, um seine Augen über diese überwiegend kahle und unendlich große Weite, eine von fernen Bergketten gesäumte Hochfläche, schweifen zu lassen, wo nur noch in den Senken vereinzelt Birken und größere Gruppen von meist undurchdringlichem Weidengestrüpp standen. Hier war die Heimat der Fjällbirke, eine lediglich kniehohe buschartige Birkenart mit winzig kleinen Blättern, und hier waren die Weidegründe der Rentiere während der kurzen Zeit der Sommermonate.

An einem flachen Bach mit felsigem Ufer entdeckte Raimund eine kleine, grasbewachsene und halbrunde Senke, gerade groß genug, dass sie eben Raum für sein Zelt und einen Sitzplatz bot. Einen idyllischer gelegenen Ort hätte er kaum finden können, und so setzte er seinen Rucksack ab, schnallte den unter dem Tragegestell befestigten Zeltsack los und baute sein kleines alubeschichtetes, quadratisches Zelt auf. Alsdann rollte er seine Liegeunterlage aus und öffnete das Ventil. Sie blies sich weitgehend von selber auf.

Als Erstes entledigte er sich nun seiner Gummistiefel, um sie gegen seine flachen Turnschuhe zu tauschen, packte Kocher samt Spiritusflasche aus und fischte sich sein Nachtzeug aus dem Rucksack. Erst jetzt konnte er sich daranmachen, sich sein Abendessen zu bereiten. Er holte sich Wasser aus dem Bach, zündete seinen Spritkocher an und begann, sich sein Abendmenü aus der Tüte, Marke „Blåband", zu kochen. Während er aß, genoss er die Aussicht, den ihm diese Lagerstätte bot: weit über den kleinen Fluss hinweg, in das sich endlos hinziehende Tal Vistasvagge, geradezu überwältigend, wie er fand. Und gleichsam war es ein Blick in die nahe Vergangenheit, denn dort hinten, ganz am Ende des Tals, wo gerade noch der große See Paittasjärvi zu erkennen war, lag seine einsame Hütte, von der er heute in der Früh gestartet war.

Im Geiste klopfte er sich ob seiner Tagesleistung auf die Schulter, musste dabei aber zugeben, dass ihn Waden und Schultern nicht wenig schmerzten.

‚Es gibt nichts Schöneres als diese karge arktische Landschaft der Fjälls', dachte er und grinste gleichzeitig vor sich hin, weil ihm bewusst wurde, wie oft er diese Worte schon an so vielen anderen Plätzen in dieser weiten Welt im Kopf gehabt hatte: ‚Es gibt nichts Schöneres, als den palmengesäumten Strand der Maracas Bay … Es gibt nichts Schöneres als eine laue Tropennacht auf hoher See … Es gibt nichts Schöneres als …, endlos konnte er es so fortführen.

Ja, schön war sie, die Welt, in der er lebte. Aber gleichzeitig sinnierte er, dass man all ihre Schönheit auch zu erkennen in der Lage sein musste, und natürlich sollte man gleichsam bereit sein, sich auf den oft mühseligen Weg zu machen, die Schönheit der Erde mit ihrer Natur in all ihren Facetten aufzusuchen, zu entdecken und zu erkunden.

„Es ist doch schon recht lausig kalt", sagte er schließlich nach einer Weile zu sich selbst, „Zeit, in den warmen Schlafsack zu kriechen."

So eindringlich und unmittelbar wie hier oben im Norden hatte er eine Landschaft allerdings noch nirgendwo anders erlebt. Dass er hier oben, ganze Tagesmärsche von anderen Menschen oder Ansiedlungen entfernt, ja, man konnte sagen, mutterseelen- allein, in seinem Zelt lag, verband ihn auf eine sonst nie gekannte Weise mit seiner Umgebung. Er spürte unter dem dünnen Zeltstoff jede Unebenheit des Bodens, eines Fleckchens Erde, das mit ziemlicher Sicherheit niemals wieder einen einsamen Wanderer beherbergen würde.

Raimund erinnerte sich an ein Gespräch, das er einmal in der Theaterkantine mit Kollegen geführt hatte. Sie waren auf Lappland gekommen, er wusste nicht mehr, wie sie auf das Thema, Campen in der Wildnis gestoßen waren. Irgendwie war es um das Übernachten im Zelt inmitten der Natur gegangen.

„Man muss es machen wie die Katze", hatte er gesagt, „sie schläft mal hier und mal da, und wenn irgendetwas neu für sie ist, beschläft sie es, um sich damit vertraut zu machen."

Und genau so empfand er es nun in seinem Zelt im spätsommerlichen Lappland. Wohl mochte das Zelt immer dasselbe sein, aber die Landschaft, die es umgab, und ganz besonders der Erdboden, auf dem es stand, waren jedes Mal anders, strahlten immer etwas ganz Eigenes aus. Und mit jeder Übernachtung mehr verband sich Raimund enger mit seiner Umgebung.

„Beschlafe einen Platz in der Natur", hatte er einst gemeint, „und du wirst eins mit ihr."

Ein weiteres Thema, was in der Theaterkantine zur Sprache gekommen war, hatte sich auf die Besonderheit der Stille in Lappland, die Geräusche, bezogen. Seine Kollegen, die dieses Phänomen nicht kannten, die immerzu von Geräuschen ihrer eigenen Bewegungen oder welchen von außen umgeben waren, hatten sich diese absolute Stille hier oben nicht vorstellen können. Raimund hatte von seinen Erfahrungen, die er dazu bereits gesammelt hatte, erzählt. Früher, als er noch unerfahren gewesen war in diesem Land, hatte er noch Angst vor der Stille gehabt. Damals hatte er am liebsten am Ufer eines plätschernden Baches oder rauschenden Stromes geschlafen, die ihm ihre ureigene Nachtmusik sangen, denn kein sich bewegendes Wasser war wie das andere.

Oder das Schlafen dicht unterhalb eines Wasserfalls. Er hatte das in Norwegen erlebt, wo er einmal inmitten dreier unterschiedlich entfernter Wasserfälle gezeltet hatte. Bereits nach zwei Tagen erkannte er sie schon an ihrem Geräusch, an ihren ureigenen Klängen. Sie waren wie Freunde für ihn gewesen und er hatte ihnen sogar Namen gegeben.

Hier oben nun auf dem Fjäll, in seinem Schlafsack und wenn er sich nicht bewegte aber, war es still. Es war diese Stille, diese absolute Stille! Er hatte einmal den Ausdruck *die brüllende Stille* gehört. Und genau so war es, diese Stille, sie drang so intensiv in den Menschen ein, dass es neben ihr nichts anderes mehr gab. Ja, es war ein Gefühl als brülle sie!

Anders war es in Norwegen gewesen, wo er ein anderes Mal direkt unterhalb eines wirklich gewaltigen Wasserfalles gezeltet hatte, einem der größten des Landes überhaupt. Die Wassermassen, die sich da aus schier unendlicher Höhe senkrecht zu Tal ergossen, hatten ebenfalls dieses laute Brüllen gehabt, das kein anderes Geräusch mehr zuließ. Und genauso verhielt es sich umgekehrt hier mit der Stille. Nichts, absolut nichts, allertiefste Lautlosigkeit. Wenn er eine Maus sich unweit des Zeltes bewegen hörte, war dieses Geräusch so laut, dass er förmlich hochschreckte. Als er einer solchen Stille das erste Mal auf seiner Wanderung begegnet war, hatte er regelrecht Angst bekommen und am nächsten Morgen fast fluchtartig seinen Lagerplatz verlassen.

Inzwischen hatte er sich daran gewöhnt, die Stille machte ihm, dem Großstädter, keine Angst mehr.

Im Gegenteil, inzwischen hatte er sie geradezu liebgewonnen. Wie er jetzt in seinem Zelt lag, lauschte er hingebungsvoll hinein in die Stille.

‚Aber', so fragte er sich plötzlich, ‚stimmt das überhaupt? Nein, die absolute Stille gibt es in der freien Natur nicht. Wir haben nur verlernt, zu hören."

Wenn er ganz genau lauschte, gab es hier und da ganz leichte, kaum zu vernehmende, winzige Geräusche – der Wind, der ganz sanft und fast unhörbar über sein Zelt strich, ein kleines Insekt neben seinem Ohr außerhalb der Zeltwand. Nach einer Weile schlief er ein.

Nach einem erholsamen Schlaf in diesem ihm so vertrauten alten Zelt, das er schon an unzählig vielen Plätzen in Schweden, Norwegen und Lappland aufgebaut und das ihn noch nie im Stich gelassen hatte, setzte Raimund am nächsten Morgen seinen Weg fort. Er würde ihn nun vier Tage lang über das Fjäll führen. Den Rucksack bereits geschultert, drehte er sich noch einmal zurück, um auf sein Nachtlager zu schauen.

Jedes Mal machte er das so. Es gab immer eine Kleinigkeit zu entdecken, die daran erinnerte, dass hier eben noch ein Mensch gelegen hatte – ein niedergedrücktes Grasbüschel etwa und bevor er sich dem neuen Tag zuwandte, sagte er: „Danke, Schlafplatz, dafür, dass du mich hier hast so behütet ruhen lassen."

Erst dann marschierte er weiter.

Nach rund zwei Stunden Wegs erreichte er den auf etwa achthundert Meter über dem Meeresspiegel gelegenen, langgezogenen See Alesjaure. Es brauchte einen ganzen Tag, um einmal an seiner gesamten Längsseite entlangzuwandern.

Zunächst aber hatte Raimund noch über einen Bergkamm klettern müssen, und nun, als er auf der anderen Seite des Kamms hinunterschaute, lag sie vor ihm, die in der Sonne glitzernde Wasserfläche, direkt unter ihm auf der scheinbar sich ins Unendliche ausdehnenden Hochebene. An seinem südöstlichen Ende konnte er die Kåtas und Holzhäuschen des Sommerlagers der Samen erkennen, in denen er sich auf seinen früheren Wanderungen gerne frisch gebackene „Glödkaker" und geräucherten Fisch gekauft hatte.

Jetzt aber war das Lager bereits geräumt. Kein Rauch stieg mehr aus den Schornsteinen und den Rauchlöchern der Kåtas auf.

Beim Anblick dieses von Menschen verlassenen Sommerlagers erinnerte sich Raimund, wie er das erste Mal in seinem Leben so eine Kåta betreten hatte. Bei seinem Eintritt hatte ihn der Rauch eines Birkenfeuers empfangen, der die ganze Hütte füllte, und seine Augen hatten sich zunächst an das rauchgeschwängerte Halbdunkel gewöhnen müssen. In der Mitte dieses runden Bauwerks hatte sich eine Feuerstelle befunden, dort war die Hausherrin gerade dabeigewesen, „Glödkaker" zu backen. Der Rauch des Feuers war rings um die Pfanne nach oben gestiegen und über die Luke in der Mitte des Wasendaches in den Himmel entflohen. Neben ihm hatte es sich der Hausherr auf Rentierfellen gemütlich gemacht. Mit dieser ihnen so eigenen Herzlichkeit und Unbefangenheit hatten sie Raimund willkommen geheißen.

Er seufzte und wandte sich nun dem Verlauf des Sees folgend nach Norden. Er wusste, dass es dort weiter oben irgendwo eine Furt gab, die im Frühling unüberwindlich, aber jetzt wahrscheinlich gut zu begehen sein musste. Bevor er jedoch die Überquerung in Angriff nahm, machte er erst einmal ausgiebig Mittag. Während er sich seine Suppe kochte, griff die Stille erneut nach ihm, hier oben wirkte sie noch eindringlicher als unten im Tal. Als er den Blick über die scheinbar unendliche Hochebene schweifen ließ, nur vage erkennbar von langen hohen Bergketten begrenzt, fühlte er sich völlig allein auf der Welt.

Der Blick über die Weite dieser Landschaft weckte Erinnerungen in ihm. Erinnerungen an Gefühle, die er gehabt hatte, wenn er an Deck seines Schiffes, kleiner als ein Stecknadelkopf in der Unendlichkeit der Ozeane, über die weite Wasserfläche geschaut hatte. Die Augen der Menschen lieben das, sie wollen keine Begrenzungen, nur die freie Sicht gibt eine Ahnung von wahrer Freiheit.

Nichts Lebendes war weit und breit zu sehen und plötzlich kam Raimund die Erklärung für die hier herrschende Lautlosigkeit in den Sinn, die er in dieser Mächtigkeit auf seinen vorherigen Wanderungen so noch nicht erlebt hatte.

Es waren die Vögel!!

Es gab keine Vögel mehr! Er war ja das erste Mal im Herbst hier auf dem Fjäll. Ganz besonders im Frühling, aber auch im Sommer prägten die Gefiederten mit ihren Rufen und ihrem Gesang die nordische Landschaft. Der klagende Ruf des Goldregenpfeifers, das fröhliche Gezwitscher des Gartenrotschwanzes, aber über allem anderen die Rufe der Singschwäne, die über die stillen, klaren Gebirgsseen hallten und als Echo von den Bergen zurückgeworfen wurden.

‚Wem dabei nicht ein Schauer über den Rücken läuft, der wird diese Landschaft nie verstehen‘, dachte Raimund.

Nachdem er flüchtig seinen Topf mit kaltem Wasser ausgespült hatte, rüstete er sich nun, die Furt zu überqueren. Drunten im Vistasdal hatte er sich bereits einen kräftigen und langen Stock aus einem Ast einer Birke gefertigt und den würde er hier jetzt brauchen. Mit diesem Stock die Beschaffenheit des Grundes auslotend, tastete er sich vorsichtig durch das an dieser Stelle recht kräftig strömende Wasser. Nach etwa einem Drittel des Wegs, das Wasser stand ihm bereits bis fünf Zentimeter unter der Oberkante seiner Gummistiefel, erkannte er, dass der Wasserstand doch höher war als erwartet.

‚Schade!‘, dachte er bei sich. ‚Ich hatte eigentlich gehofft, diese Furt trockenen Fußes überqueren zu können.‘

Da hieß es also kehrtmachen, Gummistiefel und Socken ausziehen und gegen Turnschuhe tauschen. Seine Hosenbeine krempelte er dabei so hoch, wie es eben noch ging, und dann machte er sich erneut auf den Weg. Das Wasser war so eiskalt, dass er hätte schreien mögen.

‚Da komme ich unmöglich durch, ohne dass mir die Füße abfallen.‘

Und bei alldem musste er sich zwingen, nicht zu hastig durch das strömende Wasser zu waten, sondern vor jedem seiner

Schritte sorgfältig den Grund zu sondieren. Wenn er jetzt, mit seinem schweren Rucksack auf dem Rücken, ins Straucheln käme, würde er unweigerlich der Länge nach in das eiskalte Nass stürzen. Er fühlte seine Füße schon gar nicht mehr, aber dann, nur noch ein, zwei Meter und er hatte es endlich geschafft. Glücklich am Ufer angekommen, warf er sofort seinen Rucksack ab und rieb sich mit beiden Händen kräftig die eiskalten Beine und Füße. Bibbernd und mit fliegenden Fingern kramte er irgendwann nach seinem Handtuch.

„Blöder Kerl", schimpfte er sich selber, „an das Handtuch hätte ich mal früher denken sollen."

Schließlich bekam er es zu fassen, zerrte es aus dem Rucksack und rubbelte sich ein zweites Mal Beine und Füße, so lange, bis er Hitze in seinen Beinen aufsteigen fühlte. Nun schnell die Socken übergezogen, die Hosenbeine heruntergekrempelt, sie waren zum Glück trocken geblieben, und in die Gummistiefel gestiegen. Er band sich das nasse Handtuch und die Turnschuhe lose an seinen Rucksack und marschierte nun zügig weiter, damit seine Füße gar nicht erst wieder kalt werden würden.

Raimund setzte seinen Weg jetzt nach Süden fort, er wollte auf jeden Fall noch an der Alesjaurehütte vorbei und sogar noch ein gutes Stück weitergehen.

Der Pfad, dem er jetzt folgte, war der berühmte „Kungsleden", der, in seiner gesamten Länge, vom Süden bis hoch in den Norden, durch die schwedische Berglandschaft parallel und unweit zur Grenze zu Norwegen verlief. Auf diesem Streckenabschnitt war die Wahrscheinlichkeit, auf Wanderer zu treffen, deutlich höher als anderswo. Raimund hatte irgendwie wenig Lust, anderen Menschen zu begegnen. Aber seine Befürchtungen waren unbegründet. Bis zur Hütte und auch darüber hinaus traf er auf keine Menschenseele.

Und noch etwas gab es jetzt, was seine Aufmerksamkeit erregte, ja, ihn geradezu beglückte: Die gesamte Flora des Hochfjälls begann sich langsam zu verfärben. Er hatte viel davon gehört und sich so sehr gewünscht, dieses Farbenspiel einmal erleben zu können. Der Haken an der Sache war, den richtigen Zeitpunkt für den Beginn der Laubfärbung zu finden. In Kanada nannten sie es „Indian Summer", die Samen nannten es die „Ruska Aika". Man konnte den Beginn der Laubfärbung nur sehr vage vorhersagen und sie hielt auch nur etwas mehr als eine Woche an. Raimund hatte gehofft, dass er diesen Moment auf seiner Tour erwischen würde, und aus diesem Grunde nicht länger gewartet.

Als er sich gegen Abend einen schönen Lagerplatz gesucht hatte und noch eine Weile vor dem geöffneten Zelt saß, wurde ihm plötzlich noch etwas bewusst. Er verband sich nicht auf dieselbe Weise mit der Natur, wie er das sonst immer tat. Dieses Mal trieb ihn eine leichte, unerklärliche Unrast.

Als er am anderen Morgen erwachte, hörte er ein seltsames Geräusch von außen auf seinem Zeltdach. Es klang, als rutschte irgendetwas Kleines daran hinunter. Vorsichtig lugte er hinaus und sah nun, um was es sich handelte. Es waren kleine Stückchen Eis, gefrorene Tautropfen auf der Außenhaut seines Zeltes, die durch die durchdringende Wärme tauten und langsam hinunterrutschten. Die Landschaft vor ihm war mit einer weiß glitzernden Schicht aus Raureif bedeckt.

‚Mein Gott', staunte er, ‚wir haben doch erst Anfang September!'

Als die Sonne ihre ersten Strahlen über die Bergkette sandte und den Raureif vertrieb, hielt er unbewusst den Atem an: Es war, als hätte über Nacht eine Fee mit ihrem Zauberstab über die weite Ebene gestrichen. Die gesamte Fjäll-Flora, gestern noch weitgehend grün, aber schon mit der ersten Verheißung zarter herbstlicher Farben überzogen, hatte sich über Nacht, in ein, wie von Camille Pissaro gemaltes, leuchtend buntes Gemälde verwandelt.

Da war sie, die Ruska Aika!

Teilweise noch verhalten, die Blätter der Birken hier und da noch mit einem letzten Hauch eines sich verabschiedenden Grüns, leuchteten sie jetzt in einem hellen Gelb oder einem Dunkelorange, die Spitzen der kleinen Blätter der Fjällbirke waren von einem strahlenden Rot, so, als stünden sie förmlich in Flammen, und all die niedrigen Gewächse, die den Boden bedeckten, bildeten einen bunten Flickenteppich aus Grün, Gelb, Rot und Violett. Raimund schaute staunend um sich herum, konnte sich nicht sattsehen an dieser auf so geheimnisvolle Weise verzauberten Welt.

Nachdem er gefrühstückt und sein Zelt abgebaut hatte, machte er sich weiter auf den Weg. Er richtete sich in seinen Etappen weitgehend auch nach den Abständen, in denen die Wanderhütten voneinander entfernt lagen, und marschierte dann in der Regel noch etwa eine Stunde darüber hinaus. Sein nächstes Ziel war die Wanderhütte „Sälka". Es würde ein weiter Weg sein.

Erst jetzt, nachdem er wieder losmarschiert war und seine Blicke weiter schweifen ließ, fiel ihm etwas auf, was ihm aufgrund des Farbenzaubers bisher entgangen war: Die Spitzen der Berge sahen aus, als hätte sie jemand dick mit Puderzucker bestreut.

‚Es muss da oben Neuschnee gegeben haben diese Nacht', überlegte er und er wusste auch, dass dieser jetzt nicht wieder verschwinden würde. Es war eine Frage von Tagen, dass es auch hier unten auf dem Fjäll Schnee geben würde.

Entschlossen schritt er voran, in den vergangenen drei Tagen hatte er sich leidlich eingelaufen. Raimund freute sich an der tiefstehenden Herbstsonne, die sogar noch ein wenig wärmte, und an der Farbenpracht der Landschaft.

Nach über einer Stunde Fußmarsch bemerkte er, dass die Berge ringsumher größer wurden und sich immer weiter zu einem stetig enger werdenden Tal zusammenschlossen. Die Gipfel auf seiner linken Seite wiesen jetzt, wie er seiner Karte entnehmen konnte, stattliche Höhen auf, 1600 Meter der eine, 1700 ein anderer, ja, einer von ihnen, der beeindruckende Tjäktatjokka, maß sogar einiges über 1800 Meter. Und es war noch etwas geschehen: Über diesen Bergen waren inzwischen zunehmend dunkle Wolken aufgezogen, die sich zwischen ihnen verfangen hatten, und nach einer weiteren Stunde Weges verdeckten sie vollends die Sonne. Raimund wusste, was das zu bedeuten hatte, es würde Regen geben oder vielleicht sogar Schnee.

Nun wurde es wohl Zeit, sich einen geeigneten Zeltplatz zu suchen, dachte er. Hier in dem stetig felsiger gewordenen Gelände würde er wohl kaum Glück damit haben. Er wusste, erst wenn er den Tjäktatjokka mit seinen langen Ausläufern überwunden hatte, würde sich das hinter dem Kamm liegende Tal wieder weiten, und dort würde das Zelten deutlich angenehmer sein. Aber um dieses Ziel zu erreichen, würde er erst einmal über diesen steilen Bergkamm, der nun direkt vor ihm lag, klettern müssen. Eile war geboten, also machte er sich entschlossen auf zum Anstieg. Als er aber ordentlich schnaufend oben angekommen war, nahm er sich doch die Zeit, kurz seinen Rucksack abzusetzen, um ein wenig auszuruhen.

Vor ihm öffnete sich das Tal des gleichnamigen Flusses, der, aus den Bergen kommend, im Verlauf des Tales zunehmend breiter wurde. Von hier konnte Raimund sogar schon den kleinen See erkennen, an dem er sein Zelt aufzuschlagen gedachte.

Jedoch, die Nacht verging, ohne dass es geregnet oder geschneit hätte. Als er am Morgen aus seinem Zelt lugte, waren Tal und Berge noch mehr als am Tag zuvor grau und wolkenverhangen. Das Wetter schlug sehr schnell um in den Bergen. Es hatte auch wieder Frost gegeben und die Luft roch nach Schnee. Nach einem schnellen Frühstück und nachdem er sein Zelt abgebaut hatte, schlug er ein noch schnelleres Tempo an. Sein Vorwärtsdrang, der ihn die ganze Zeit über schon getrieben hatte, wurde durch den zu erwartenden Schnee zusätzlich gesteigert.

Kurz bevor er Sälka erreicht hatte, traf er zum ersten Mal auf seinem Weg andere Wanderer. Es waren ein Mann und eine Frau, die in der Hütte übernachtet hatten.

Sie begrüßten sich mit dem obligatorischen „Hejhej" der Schweden, aber als ihn die beiden dann auf Schwedisch etwas fragten, musste er passen und wechselte ins Englische. Es waren tatsächlich Schweden, noch recht jung, und sie erweckten einen eher unerfahrenen Eindruck. Ihr Plan war, noch bis Abisko zu gehen, jedoch riet Raimund ihnen ab. Er teilte ihnen sein unbestimmtes Gefühl mit, dass es hier oben bald Schnee geben würde.

„Ich halte es nicht für ausgeschlossen, dass es heute oder morgen Schnee geben könnte, und das, gepaart mit etwas Wind, würde euch wohl in arge Verlegenheit bringen", sagte er.

Er machte eine kurze Pause, um zum Himmel zu schauen.

„Wenn ihr jetzt weiter nach Abisko geht, kann es euch durchaus passieren, dass euch zwischen Alesjaure und der Kieronhütte ein Schneetreiben erwischt. Ich für meinen Teil würde das nicht riskieren, andererseits kann aber auch morgen schon wieder die Sonne scheinen. Hier wechselt das Wetter sehr plötzlich."

Stattdessen riet er ihnen, die Furt zu überqueren, die auch er vor zwei Tagen passiert hatte, um von dort dem Tal des Vistasvagge zu folgen und zurück nach Nikkaluokta zu gehen. Auf diese Weise würden sie zwar zu ihrem Ausgangspunkt zurückkehren, hätten aber dennoch eine, wenn auch um einen Tag kürzere, aber ebenfalls sehr schöne Rundwanderung gemacht.

Er beschrieb ihnen nun genau, wie sie die Furt passieren konnten, und gab ihnen gerne seinen kräftigen langen Birkenstab als Hilfestellung mit. Die beiden versprachen ihm, darüber nachzudenken, dankten für den Wanderstock und setzten ihren Weg fort.

Nachdem Raimund jetzt die Sälkahütte passiert hatte, wurde das Tal in seinen nunmehr gedämpften Herbstfarben wieder sanfter und lieblicher, aber die Wolken hingen nach wie vor tief.

Und gerade als er seine Mittagspause beendet hatte, begann es tatsächlich zu schneien. Der Wind nahm zu und er musste eine ganze Weile dagegen ankämpfen. Der Schneefall endete allerdings nach etwa einer halben Stunde so abrupt, wie er aufgekommen war, und nach einer weiteren halben Stunde lugte sogar die Sonne wieder hervor. Raimund verhielt seinen Schritt, blickte über die sich vor ihm öffnende Hochebene, mit ihren Wasserläufen und kleinen Seen, und wandte sodann seinen Blick den Bergen und der Sonne zu.

„Willkommen Sonnenschein!", sagte er und schaute über das von der schräg einfallenden Sonne wie von einer plötzlich geradezu explodierenden Farbenpracht erleuchtete Tal.

„Man wird von einer tiefen Demut erfüllt beim Anblick einer solchen Natur", sagte er zu sich selbst.

Auf seiner linken Seite erhob sich jetzt der mächtige, schneebedeckte Gipfel des Kebnekajse in seiner ganzen Pracht. Jedes Mal, wenn er an diesem Berg vorüberkam, musste Raimund an die alte Wildgans „Akka von Kebnekajse" denken. Bis hierher waren die Gänse mit Nils Holgersson auf ihrem Rücken geflogen, wie Selma Lagerlöf in ihrem wundervollen Buch schilderte. Und es war dieses Buch, das ihn vor Jahren das erste Mal hierher zum Fuße dieses Berges geführt hatte.

Nun war es nicht mehr weit bis zu der Stelle, wo sich der Weg gabelte. Wenn er hier geradeaus weiterliefe, käme er zum Kaitumjaure und schließlich zum „Stora Sjöfallet Nationalpark".

Linkerhand indes führte der Weg zur Kebnekajse Fjällstation und genau dorthin gedachte er, nun seine Schritte zu lenken.

Und dort, in der näheren Umgebung der Weggabelung, wollte er nach einem Platz für sein Zelt Ausschau halten, denn es war noch gut eine Tagesreise bis zur Station.

Raimund bekommt Besuch

Raimund saß auf der oberen der Bänke in der Sauna und erlebte ein Gefühl höchster Zufriedenheit. Selbst in den fantasievollsten Bäderlandschaften der Städte würden es ihre Bewohner niemals so intensiv erleben können. Natürlich hing sein Wohlgefühl nicht zuletzt damit zusammen, dass er geradewegs von einer fünftägigen Wanderung über das Fjäll gekommen war.

Aber das war es nicht allein. Die Sauna, in der er jetzt zusammen mit drei, vier anderen Wanderern saß, war vermutlich die schönste Sauna der Welt. Im Grunde von der Bauart her eine übliche schwedische Sauna, wie viele andere auch, eine „Bastu", wenn nicht, ja, wenn es da nicht dieses große Panoramafenster auf der gegenüberliegenden Seite der Saunabänke gegeben hätte. Und dieser Blick aus diesem Panoramafenster ging weit über das in seinen leuchtenden Farben geradezu glühende Tal des Ladtjovagge hinweg, auf die gegenüberliegende vom Neuschnee überpuderte Bergkette, es war ein Bild, das Raimund sein ganzes Leben nie mehr vergessen würde.

Nach sechs Wandertagen hatte er die Kebnekajse-Fjällstation erreicht. Nachdem er etwa fünfhundert Meter oberhalb der Station das Zelt aufgebaut und sein Nachtlager gerichtet hatte, war er mit einem Handtuch und seinen Waschsachen zur Station hinuntergegangen. Er zählte außer seinem eigenen Zelt lediglich drei weitere, im Sommer war hier normalerweise kein Platz mehr zu finden. An der Rezeption hatte er sich für ein Abendessen angemeldet und war dann flugs in die Sauna geeilt, denn darauf hatte er sich, nach fünf Tagen Wanderung, am meisten gefreut. Entspannen, erholen, das war es, was er begehrt hatte und nun bekam: zwei herrliche Stunden des erholsamen und müßigen Verweilens.

Als er sich anschließend zum Essen begab, begann es bereits zu dämmern, sodass er den Weg zurück zu seinem Zelt im Stockdunklen zurücklegen musste. Voller Behagen schlüpfte er in seinen Schlafsack und schlief wie ein Murmeltier, bis die

Sonne ihn am nächsten Morgen weckte. Auch das Frühstück nahm er in der Station ein, es würde wohl für eine sehr, sehr lange Zeit sein letztes Frühstücksbüfett sein.

Frohgemut machte er sich nun auf zu seiner letzten Etappe, hinunter nach Nikkaluokta, und wieder lief er auch hier buchstäblich in den Herbst hinein. Der Birkenwald, den er nach etwa einer dreiviertel Stunde erreichte, leuchtete ihm in einem hellen Gelb entgegen, vereinzelte Birken am Hang züngelten wie orangerote Fackeln empor und der Fluss unten war gesäumt vom Purpur der Wollweide. Der Bootsbetrieb über den Ladtjojaure, der ihm sieben Kilometer seines Weges erspart hätte, war bereits eingestellt worden. Es gab so spät im Jahr nicht mehr so viele Wanderer hier, als dass sich die Fahrten für den Bootsbetreiber noch gelohnt hätten.

Der Bootsbetreiber dieser Tour war Lilijas Vater. Raimund erinnerte sich dunkel an ihn von seinen früheren Wanderungen her.

Aus Vorfreude auf die Cafeteria von Nikkaluokta beschleunigte er seine Schritte. Immer wenn er in dieser Gegend, zwischen Abisko und Stora Sjöfallet, gewandert war, hatte er die Cafeteria als Ziel gehabt. Dieses Mal war er zudem gespannt darauf, die Tochter des Besitzers wiederzusehen, die er ja bereits bei seiner Ankunft vor über einer Woche dort getroffen hatte.

Diese Cafeteria am Ende des Wanderpfades hatte ihren ganz eigenen Charme. Sie vermittelte, anders als die Kebnekajse-Fjällstation, keineswegs die Rückkehr in die Zivilisation, nein, es war irgendwie etwas Dazwischenliegendes.

Die Cafeteria war in ihrer Einfachheit, und vielleicht auch, weil sie von Samen betrieben wurde, ein Ort, der mit der Landschaft Lapplands ungleich mehr harmonierte als die Touristen-station. Ein Ort, der nach langer Wanderung Erquickung bot, aber an dem man bei seinem Eintreten gleichsam in Lappland blieb. Und nun kam noch diese junge Frau hinzu, die durchaus einen, man konnte es nicht abstreiten, tiefen Eindruck bei ihm hinterlassen hatte.

Mittag war bereits vorüber, als Raimund schließlich die Tür zur Cafeteria öffnete, seinen schweren Rucksack und seine Stiefel im Vorraum ablegte und den Gastraum betrat.

Und wie erhofft stand nun tatsächlich die Tochter der Familie am Tresen und schaute dem Eintretenden entgegen. Raimund hatte das Gefühl, gar nicht fort gewesen zu sein.

„Hej!" rief er in den Raum hinein, aber es saß niemand darinnen. Lilija schien sich ebenso zu freuen, ihre Augen leuchteten und er fühlte sich sofort an diesem Ort willkommen.

Sie unterbrach das, womit sie gerade beschäftigt war, und kam um den Tresen geeilt, um ihn zu begrüßen, ganz so, als wären sie beide bereits gute und langjährige Bekannte.

Aber hatten sie sich nicht gerade erst ein einziges Mal gesehen? Und eben das schien Lilija in diesem Augenblick wohl auch bewusst zu werden, denn sie verhielt ihren Schritt, mit dem sie ihm gerade so freudig entgegengekommen war, und schaute ihn ein wenig verlegen an.

„Du bist lange nicht dagewesen", sagte sie, „aber nun sehe ich, dass du bereits im Fjäll unterwegs warst. Das war sehr klug, denn nun hast du die Ruska Aika erleben können. Es gibt sie ja nur für eine so kurze Zeit."

„Stimmt", erwiderte Raimund, „ich war tatsächlich eine Woche unterwegs."

Er blickte sie beinahe forschend an, ihre Augen waren wahrhaftig von einem auffallenden Blau. Aber dann zeigte sich ein scherzhaftes Grinsen in seinem Gesicht und er setzte halb spaßhaft hinzu:

„Das nächste Mal schreibe ich eine Postkarte."

Schon im Begriff, ihm in einem ebenso scherzhaften Ton zu antworten, unterbrach sie sich und sah zu Boden. Etwas schien sie zu beschäftigen, doch dann bemerkte er den Anflug von Schalk in ihrem Blick.

„Du hättest natürlich die ganze Tour auch andersherum machen können, um dich auf diese Weise vorher bei uns abzumelden."

„Hätte ich natürlich", sagte er jetzt wieder ernst geworden, „aber es wäre nicht dasselbe gewesen."

„Ich weiß!"

Raimund fühlte eine leichte Röte in seinem Gesicht aufsteigen.

„Möchtest du etwas essen oder trinken?", fragte sie dann. „Oder vielleicht auch beides?"

„Ja, am liebsten beides, einen schönen schwarzen und süßen Kaffee und eine Waffel mit Sahne und Marmelade."

Er suchte sich einen Platz am Fenster, von dem aus er auf den Wanderweg schauen konnte, und Lilija beschäftigte sich unterdes mit dem Waffeleisen.

Mit dem Teller und einer Tasse kam sie nach einiger Zeit an seinen Tisch und setzte sich zu ihm.

„Erzähl!", forderte sie ihn auf.

Raimund fühlte Ruhe und Zufriedenheit und begann, ihr von seiner Wanderung zu berichten. Die Geschichte mit den beiden Elchen gefiel ihr besonders gut und sie lachte, als er ihr beschrieb, wie er den beiden großen Tieren vorgegaukelt hatte, er wäre ebenso wie sie nur an den Birkenblättern interessiert.

Als er ihr dann erzählte, wie sich die Flora des Fjälls innerhalb von nur drei Tagen in ein leuchtend buntes Panorama gewandelt hatte, wurde ihr Blick verschwärmt.

„Ja, es ist immer wieder und jedes Mal aufs Neue überwältigend", sagte sie, „selbst für uns, die wir hier zu Hause und groß geworden sind."

Sie blickte für einen Moment sinnend aus dem Fenster.

„Hast du es das erste Mal erlebt?", wandte sie sich ihm dann wieder zu.

„Ja."

„Es ist immer so wahnsinnig schnell wieder vorbei."

Abermals sah sie Raimund an.

„Wie ist der Herbst bei euch?", fragte sie.

„Ach Gott", meinte Raimund, „bei uns ist ja noch fast Sommer und wir haben ganz hohe Bäume und richtig dichte und hohe Wälder. Es fehlt die Weite und dort, wo wir sie haben, im Norden an der See, ist die Gegend flach wie ein Pfannkuchen und es gibt nur Gras."

„Ja, ich habe von den schönen großen Buchenwäldern in Dänemark gehört", sagte sie. „Wenn man sie nicht kennt, möchte man sie wohl auch gern einmal sehen."

In diesem Augenblick betraten zwei Wanderer den Raum. Raimund hatte sie bereits durch das Fenster erkannt. Es waren alte Bekannte, nämlich das Pärchen, welches er unweit der Sälkastube getroffen hatte.

„Hej!", riefen sie schon in der Tür und: „Hejhej", antworteten Raimund und Lilija.

Die beiden Eintretenden grinsten wie die Honigkuchenpferde, offenbar machte es ihnen großen Spaß, ihn hier so unverhofft wiederzutreffen.

Raimund winkte sie an seinen Tisch und Lilija erhob sich.

„Was möchtet ihr haben?", fragte sie und verschwand, nachdem sie die Bestellung entgegengenommen hatte, hinter ihrem Tresen.

„Wie ich sehe, seid ihr nun doch durchs Vistas-Tal gekommen", eröffnete Raimund das Gespräch, „und wie ich ebenfalls gesehen habe, seid ihr immer noch im Besitz meines Wanderstocks."

Daraufhin lachten sie alle herzlich und da kam auch schon Lilija wieder zurück an den Tisch mit zwei dampfenden Tassen in der Hand.

„Normalerweise haben wir hier Selbstbedienung", sagte sie, „aber Raimund", sie deutete auf ihn, „und ich sind gute Freunde."

Jetzt war es erneut an Raimund, rot im Gesicht zu werden. Es machte ihn froh und auch ein wenig stolz, von Lilija als ein guter Freund bezeichnet zu werden.

Diese nahm wieder Platz und die Neuangekommenen wie auch Raimund berichteten von ihren Wanderungen. Das junge Paar hatte tatsächlich beim Überqueren der Kammhöhe plötzlich einem dichten Schneetreiben gegenübergestanden und den beiden war dabei doch recht mulmig geworden. Daraufhin hatten sie beschlossen, dem Rat Raimunds folgend, nun doch durch das Vistas-Tal zurückzuwandern. Und sie waren ebenfalls geradewegs in den bunten Herbst hineingewandert – ihrer Bewunderung gaben sie mit hellen, begeisterten Schilderungen kund.

Nun aber wollten sie hier auf den Bus warten, der sie zurück nach Kiruna bringen sollte. Wenig später trafen vier weitere Gäste ein und Lilija verschwand wieder hinter ihrem Tresen.

Raimund holte sich noch einen zweiten Kaffee und kurze Zeit darauf hörten sie den Bus vorfahren. Jetzt rief Lilija nach ihrem Vater, denn der Bus hatte auch neue Waren gebracht, die ausgeladen werden mussten. Lilija half ihrem Vater dabei und statt ihrer erschien die Mutter, um Lilijas Platz am Tresen einzunehmen.

Aber im Grunde gab es nichts für Kajssa zu tun. Der Bus hatte keine neuen Wanderer mitgebracht, sondern lediglich zwei Einheimische, die in Kiruna Besorgungen gemacht hatten. Raimund verabschiedete sich von dem jungen Paar und wünschte alles Gute und die anderen Wanderer verließen gleichfalls den Raum, um in den Bus zu steigen.

Jetzt saß Raimund wieder allein an seinem Tisch. Er beobachtete durch das Fenster, wie der Bus wendete und schließlich verschwand. Er hätte jetzt natürlich sehr gut mit diesem die eine Station bis zu seinem Bootsanleger fahren können, aber er wollte einfach noch ein wenig sitzenbleiben und die liebenswürdige Gastfreundschaft der Familie genießen.

Was scherten ihn die drei Kilometer, er war nun so viel gelaufen, da kam es darauf nun wirklich nicht mehr an.

Er schaute indessen zu, wie Lilija mit ihrer Mutter die neu angekommenen Waren verstaute.

Und als Lilija zurückkam, schlenderte er zu ihr hinüber. Ihm war plötzlich eingefallen, wie köstlich ihm die „Glödkaker" geschmeckt hatten, die ihm ihre Mutter bei seinem ersten Besuch mitgegeben hatte.

„Hast du vielleicht ‚Glödkaker' für mich?", fragte er daher.

„Oh, du hast Glück, Kajssa hat gerade heute Mittag neue gebacken. Wie viele möchtest du denn?"

„Och, so vier oder fünf vielleicht."

Lilija verschwand und kam bald darauf zurück. Im Gehen packte sie die fünf Laibe in eine Plastiktüte und reichte sie ihm über den Tresen.

„Warum machst du dir nicht selber welche?", fragte sie. „Hast du Mehl und Backpulver?"

„Nein", sagte er, „und ich habe auch nur einen Gaskocher und einen Kanonenofen."

„Oh, das macht gar nichts, du kannst sie sehr gut auf deinem Ofen in einer Pfanne backen."

Jetzt wurde Raimund etwas verlegen und musste zugeben, dass er nicht die geringste Ahnung hatte, wie man „Glödkaker" zubereitete.

Lilija blickte ihn eine Weile sinnend an. Dann lächelte sie etwas verschmitzt.

„Ich könnte dich ja mal besuchen kommen und dir zeigen, wie man sie macht."

Mit einem solchen Angebot hatte Raimund nicht im Traum gerechnet.

„Oh", sagte er, „das würde mich wirklich freuen!"

Lilija verschwand daraufhin durch die Tür und er hörte sie mit ihrer Mutter sprechen. Kurz darauf kam sie zurück.

„Wie wär's mit übermorgen?", fragte sie fröhlich.

„Ja, übermorgen wäre fein. Welche Zeit?"

„Sag du!"

„Vielleicht so gegen elf?", schlug er vor.

Lilija blickte ihn strahlend an: „Top! Also gegen elf."

Raimund wusste gar nicht so recht, wie er seinen Dank für dieses unverhoffte Angebot ausdrücken sollte. Er packte seine Tüte ein, verabschiedete sich von Lilija und ihrer Mutter und ging zur Tür. Er blieb noch einmal stehen, um sich umzublicken. Mutter und Tochter standen hinter dem Tresen und winkten ihm freundlich zu.

„Komm gut nach Hause!", rief ihm Lilija zu. „Jetzt bist du einer von uns."

Draußen im Vorraum zog sich Raimund seine Stiefel an, wuchtete sich den Rucksack auf den Rücken und machte sich die drei Kilometer auf den Weg dorthin, wo er sein Boot vertäut hatte.

Beim Gehen pfiff er ein Lied vor sich hin. Er war so aufgekratzt wie schon lange nicht mehr.

Sein Boot lag unverändert am Anleger, so, als hätte es wie ein treuer, abrufbereiter Gefährte auf ihn gewartet. Darauf vertrauen, ein Boot einfach so zurückzulassen, das konnte man wohl nur hier im hohen Norden, ging es ihm durch den Kopf. Er lud seine Sachen ein, machte die Leine los und stieß sich ab. Als das Boot zwei, drei Meter vom Steg entfernt war, klappte er den Außenborder herunter, zog die Leine, einmal, zweimal, dreimal, und der Motor sprang an. Langsam tuckerte er durch das verschlungene Delta des Vistasjokka.

Er war so lange fort gewesen, dass er Schwierigkeiten hatte, sich zu orientieren. Das ganze Tal leuchtete in dem strahlenden Gelb und Orange der von der Nachmittagssonne beschienenen Birken. Als er hier vor sieben Tagen in umgekehrter Richtung gestartet war, war alles noch grün gewesen.

Nach einigem hin und her Fahren, er hatte sich tatsächlich ein wenig verirrt, entdeckte er seine Hütte plötzlich schräg hinter sich. Fast wäre er vorbeigefahren. Er wendete das Boot und erreichte schließlich sein neues, noch nicht so vertrautes Zuhause.

Als Erstes entzündete er das Feuer in seinem Ofen. Er fühlte sich von der Sauna am gestrigen Tag immer noch sauber und frisch, kochte sich Tee, und als es zu dämmern begann, zündete er zwei Kerzen an und setzte sich zum Abendessen an seinen Tisch.

Heute gab es, dank Lilijas Mutter, frischen „Glödkaker" mit Butter und „Norrlanskorv", eine Art schwedische Salami. Während des Essens fiel ihm ein, was er für seine erste Bestellung in der Cafeteria aus Kiruna als brauchte: „Kavli"-Tubenkäse, und am besten gleich mehrere Pakete. Den mochte er besonders gern und auf dem frisch gebackenen „Glödkaker" würde das sicher ganz besonders lecker schmecken.

Er grinste in sich hinein.

Mit Entbehrungen hatte er gerechnet und mit kargen Mahlzeiten. Aber nun stellte er fest, dass er geradezu in Köstlichkeiten schwelgte.

‚Lucullus hat sicher auch nicht besser gespeist', dachte er, aber Lucullus hatte nordisches Essen vermutlich gar nicht gekannt, und selbst wenn er es gekannt hätte, wäre er womöglich gar nicht so begeistert davon gewesen wie er selbst.

„Auf jeden Fall wäre es wohl gut, wenn ich mir gleich eine Liste machen würde", sagte er zu sich.

Gesättigt und zufrieden, und nachdem er sein Geschirr abgewaschen hatte, trieb es ihn mit aller Macht, seine Violine in die Hand zu nehmen.

Nachdem er sie gestimmt hatte und in dem Gedanken, dass es vielleicht noch nicht gar so kalt draußen wäre, trat er auf seine kleine Veranda, setzte die Geige an und begann zu spielen.

Ihre sanften und ein wenig wehmütigen Töne schwebten über das stille und bereits nachtschwarze Wasser des weiten, verzweigten Deltas. Es gab wohl niemanden weit und breit, der ihn spielen hörte, aber er glaubte, dass sich die Birken und all die Tiere des Waldes vielleicht ebenso über die ungewohnten Töne freuten wie er selbst.

Wie er sich so in seiner Musik verlor, zogen die Augenblicke seiner Wanderung noch einmal an seinem inneren Auge vorüber, die unendlich scheinenden Täler, die Seen sowie die sanften Hügel und Berge des Fjälls, und er begann zu träumen, während sein Bogen wie von selber über die Saiten glitt.

Nach einiger Zeit aber musste er die Geige absetzen, es war nun doch zu kalt für das Instrument, und er begab sich zurück in die warme Hütte.

Den folgenden Tag verbrachte Raimund wie in einer Art Tagtraum. Er hätte später nicht einmal mehr sagen können, wie er diesen Tag verbracht hatte. Dieser hätte zehn Minuten dauern können oder auch zehn Stunden. Raimund freute sich so aufrichtig auf den angekündigten Besuch, dass er es fast nicht abwarten konnte. Und als es dann, am Tag darauf, endlich so weit war, machte er sein Boot flott und steuerte es durch das Delta, in dem etwas versteckt, doch wohl geborgen seine Hütte lag, und fuhr der bleigrauen Wasserfläche des großen Sees entgegen. Er passierte die Brücke, fuhr in die Weite des Sees hinein und kurz darauf erreichte er den Anleger von Nikkaluokta.

Als die Spitze seines Bootes sanft gegen den Balken des Stegs stieß, sprang er, die Leine in der Hand, behände hinaus und machte es fest.

Lilija erwartete ihn bereits, als er die Cafeteria betrat. Sie war fix und fertig angezogen und hielt eine große Tasche in der Hand. Ein Winken zu Kajssa, ihrer Mutter, die freundlich lächelnd hinter dem Tresen stand, und schon wandten sich beide wieder dem Boot zu. Raimund nahm Lilija die Tasche aus der Hand, um sie im Steven zu verstauen, half ihr hinein und so schnell, wie er angekommen war, waren sie auch schon wieder auf dem Weg zurück zu seiner Hütte. Natürlich war Lilija diese

Hütte durchaus nicht unbekannt, aber sie kannte sie nur vom Sehen. Nachdem Raimund das Boot auf den Strand gezogen hatte und sich umwandte, sah er Lilija auf seinem kleinen Stück Strand stehen und umherblicken.

„Hier wohnst du also", sagte sie, und nachdem sie sich ausgiebig umgeschaut hatte: „Schön hast du's hier!"

Sie gingen nun zum Haus, Raimund öffnete die Tür und ließ sie eintreten. Natürlich hatte er am Morgen bereits den Ofen angefeuert und so war es noch angenehm warm. Als Erstes legte er ein, zwei Scheite Holz nach.

Und dann standen beide nebeneinander, er schaute Lilija an und Lilija ließ ihre Augen langsam durch den Raum schweifen, so, als wolle sie nicht die geringste Kleinigkeit übersehen. Die Stille zwischen ihnen war leicht, unbefangen, gefüllt mit Lilijas Neugier und Interesse an dem, was sie hier erwartete. Sie hatte nun das Buch entdeckt, welches aufgeschlagen auf dem Tisch lag. Mit wenigen Schritten war sie dort und nahm es in die Hand.

„Darf ich?"

Er nickte nur und sie las laut: „Joseph Conrad."

„Kennst du ihn?"

„Ja, ich habe von ihm gehört, aber noch nichts von ihm gelesen. Er schreibt Geschichten von der Seefahrt, nicht wahr?"

Wieder begnügte er sich damit, zu nicken.

„Interessierst du dich besonders für die Seefahrt oder nur für Joseph Conrad als Autor?", fragte sie.

„Für beides", antwortete er, „ich bin selber einige Jahre zur See gefahren."

„Oh! Das ist ja toll!", rief sie. „Wo bist du gewesen?"

„Überall", sagte er.

„Wie, überall?!"

„Einmal rings um die ganze Welt, nur nicht im Eismeer". Und nach einer kurzen Pause: „Aber dafür bin ich ja jetzt hier."

„Davon musst du mir erzählen, aber als Erstes schlage ich vor, backen wir die „Glödkaker", dann kochen wir Kaffee und du erzählst mir ein bisschen."

„So machen wir das", sagte er.

Lilija hatte Mehl und alles andere mitgebracht, das man für das Backen der „Glödkaker" brauchte.

„Wir benutzen Backpulver für den Teig", erklärte sie, „was unsere Vorfahren als Treibmittel dafür genommen haben, weiß ich nicht, vielleicht haben sie einfach nur Mehl und Wasser genommen, und man backt sie nicht auf der Gasflamme, die hat eine viel zu große Hitze, sondern auf dem Ofen."

Sie zeigte ihm genau, wie er den Teig zusammenzumengen hatte, bevor man die flachen, runden Fladen in der Pfanne auf den Ofen stellte. Am Ende hatten sie fünf oder sechs frische Fladenbrote. Raimund hatte aufmerksam zugeschaut und alles mitgeschrieben. Selbst gebackenes Brot würde eine große Bereicherung für seine täglichen Mahlzeiten sein.

Als alles fertig war, kochte er Kaffee und dann teilten sie sich schon mal eins der noch warmen Fladen und aßen es mit Butter dazu.

Es fühlte sich ganz besonders vertraut an für Raimund, hier zusammen mit Lilija in seiner Hütte zu sitzen. Und dann musste er ihr von all seinen Fahrten um die Welt erzählen. Lilija brannte förmlich darauf und ihre Augen leuchteten bei seinen lebhaftbunten Berichten. Sie wusste wenig über die Welt, außer dem, was sie in der Schule gelernt hatte. Besonders über das Leben der Menschen in den Tropen wollte sie alles Erdenkliche wissen. Sie konnte sich gar nicht vorstellen, wie das wäre, in einer Welt zu leben, in der es keinen Winter gab, wo an jedem Tag des Jahres die Sonne um die gleiche Zeit auf- und auch unterging und wo es das ganze Jahr über gleichbleibend warm war.

„Dafür haben sie dort aber kein Nordlicht", warf sie ein. „Hast du schon einmal Nordlicht erlebt, Raimund?"

„Ja, ich war einmal im Winter auf den Lofoten", antwortete er und Lilija war ein bisschen enttäuscht darüber.

Sie sagte: „Wie gern hätte ich dir dein erstes Nordlicht gezeigt. Aber man kann es ja nicht planen, das Nordlicht kommt unverhofft. Meistens ist der Himmel dunkel und dann, wenn man gar nicht daran denkt, ist es auf einmal da. Wir Samen glauben, dass es die Seelen unserer toten Verwandten sind, die dort am Himmel schweben. Es ist nicht Licht wie die Sonne, der Mond oder die Sterne, nein, es ist wie eine Wesenheit. Unsere Seelen werden dereinst ebenso über den Bergen schweben und den Dagebliebenen sagen: Was auch geschieht, wir sind immer bei euch."

„Wie schön du das gesagt hast", Raimund schaute sie nachdenklich an, „ihr seid wohl ein glückliches Volk. Wir anderen Erdbewohner können die Seelen unserer verstorbenen Anverwandten nicht sehen."

„Aber fühlen könnt ihr sie doch?", fragte Lilija.

„Ja, aber es ist nicht selbstverständlich, die Menschen haben es weitgehend verlernt. Es sind wohl nur noch wenige, die es können. Manche glauben, dass wir alle wiedergeboren werden, andere glauben, dass sie nicht als Menschen wiedergeboren werden, sondern zunächst als Tiere. Erst nach vielen Generationen würde man wieder als Mensch geboren. Das ist ein schöner Glaube, denn er lehrt uns, sorgsam mit der Natur umzugehen und mit allen Geschöpfen auf dieser Welt. Ich habe gehört, dass sie in Indien zum Beispiel glauben, dass man als Kuh wiedergeboren wird, und darum gibt man Sterbenden den Schwanz einer Kuh in die Hand, damit die Seele auf sie übergehen kann. Seeleute hingegen glauben, dass die Seelen Ertrunkener in Möwen weiterleben. Deshalb tun sie einer Möwe niemals Leid an."

Es entstand ein kurzer Moment der Stille.

„Ich würde auch gerne Joseph Conrad lesen", sagte Lilija schließlich. „Hast du noch mehr von ihm?"

„Oh ja, hab ich."

Er ging zu einem der Schränke, kramte darin herum und kam mit einem Buch zurück.

„Meistererzählungen", las Lilija auf Englisch vor, „sind sie schön?"

„Ja, sie sind ganz besonders schön und auch traurig. Es sind Geschichten von der Liebe eines Schiffseigners zu einer Frau und der Liebe eines Matrosen zu seinem Schiff und es ist nicht gewiss, welche Liebe die stärkere ist. Meine Lieblingsgeschichte ist ‚Freya von den sieben Inseln'."

Er reichte ihr das Buch. „Wir können tauschen, wenn wir sie ausgelesen haben. Meinst du denn, dass du das auf Englisch lesen kannst?"

„Ich will's versuchen", sagte sie, „mit der Zeit wird es schon gehen."

Dann fiel ihr Blick auf seine Violine.

„Spielst du Geige?", fragte sie, um sich gleich darauf zu besinnen: „Natürlich spielst du Geige, sonst hättest du sie ja nicht den weiten Weg bis hierher mitgeschleppt, nicht wahr." Sie lachte. „Meine ehemalige Schulfreundin in Kiruna spielt auch Geige, sie hat sogar schon in Stockholm in einem Kammerorchester musiziert. Sie ist sehr begabt."

„Und du?", wollte Raimund wissen. „Spielst du auch ein Instrument?"

„Ja", sagte sie, „ich habe eine Gitarre."

„Oh, dass passt, dann können wir ja gelegentlich zusammen Musik machen."

„Ach, ich bin wohl nicht so besonders gut", meinte sie, „aber die Idee ist sehr schön!"

Die Zeit war über all das schnell dahingegangen und irgendwann schaute Lilija auf ihre Uhr.

„Oh", staunte sie, „schon fünf, ich fürchte, ich muss nach Hause."

Raimund blickte sie sinnend an.

„So schnell vergeht die Zeit", sagte er, „ich könnte immer weiter mit dir hier sitzen, um uns gegenseitig Geschichten zu erzählen."
Lilija lachte. „Ja, es gibt viel zu erzählen, und du bist offenbar schon sehr weit in der Welt herumgekommen. Ich kenne niemanden, der in so relativ jungen Jahren schon so viel erlebt hat."
„Zunächst einmal habe ich immer viel gelesen", entgegnete Raimund, „aber das Faszinierendste überhaupt ist es, die unterschiedlichen Kulturen überall auf der Welt selber zu erleben. Die Menschheit ist so reich und so sehr verschieden in all ihren unterschiedlichen und ureigenen Kulturen. Von allen Abenteuern ist es das größte, einzutauchen in diese fremden Lebenswelten!"
„Und nun bist du hier, um uns zu studieren", lächelte Lilija.
„Ja", sagte er, „aber nicht alles mehr heute Abend." Er ließ jetzt ein kurzes Lachen hören. „Wir haben noch einen ganzen Winter!"
„Aber nun lass uns aufbrechen, damit du wieder hier zu Hause bist, bevor es dunkel wird. Du kannst uns ja jederzeit in der Cafeteria besuchen kommen", lud Lilija ihn ein, und Raimund bemerkte, wie sie sich dabei um einen lockeren Tonfall bemühte.
Beide dachten sie, dass sie eine gute Zeit hier zusammen verbracht hatten.
Schweigend gingen sie zum Boot, aber bevor sie es abstießen, drehte sich Lilija noch einmal um und schaute zurück zu seiner Hütte.
Stille herrschte während ihrer Fahrt, jeder saß auf seiner Bank und hing den eigenen Gedanken nach.
Als sie am Steg in Nikkaluokta angekommen waren, sprang Raimund als Erster heraus, um Lilija aus dem Boot zu helfen.
„Bis bald!", rief sie kurz darauf, drehte sich weg und lief auf den Eingang der Cafeteria zu.

„Bis bald", sagte Raimund leise, stieß sich ab und fuhr in einem großen Bogen auf den See hinaus.

Hausmusik

Nach nur knapp einer weiteren Woche hatten die Birken all ihr Laub verloren und in den Nächten gab es jetzt häufig Frost. Raimund, der angetreten war, einen ganzen Winter in Lappland zu erleben, überkam bei dem Anblick der kahlen Äste eine leichte Melancholie. Es würde nun acht lange Monate dauern, bis wieder das erste zarte Grün an den Birkenzweigen zu sehen sein würde. Über den Winter würde er vermutlich längst vergessen haben, wie die ihn umgebende Natur ausgesehen hatte, als er angekommen war. Er war ja erst knapp drei Wochen hier. Die Einkaufsliste war fertig, er packte seine schmutzige Wäsche zusammen und machte sein Boot flott, um nach Nikkaluokta zu fahren. Es war eine Versuchung gewesen, diese Fahrt nicht unmittelbar nach Lilijas Besuch bei ihm zu unternehmen.

Sehr oft würde er wohl nicht mehr mit dem Boot in die Cafeteria gelangen können, denn es nahte allmählich die Zeit, in der das Eis auf Flüssen und Seen zu dick sein würde, um es zu durchbrechen, aber noch zu dünn, um die Strecke zu Fuß oder auf Skiern zurückzulegen.

Als er nach seiner Bootsfahrt die Tür zur Cafeteria betrat, vermisste er das fast schon vertraute belebte Bild. Im gesamten Raum herrschte gähnende Leere. Er setzte sich an einen der Tische und wartete, denn er mochte nicht rufen oder die Klingel läuten, die auf dem Tresen stand. So dauerte es eine ganze Weile, bis schließlich Kajssa auftauchte. Sie kam aus der Küche, um irgendetwas in den Regalen zu kramen. Als sie ihn schließlich bemerkte, wie er da so verträumt an seinem Tisch saß, stieß sie einen Ruf der Überraschung aus. Raimund konnte sich in etwa zusammenreimen, was sie nun auf Schwedisch zu ihm sagte:

„Hej, Raimund, bist du das? Was sitzt du da und sagst nichts, du hättest doch läuten können", und sie nahm die Klingel auf, um ihm zu zeigen, wie es ging, drehte sich um und rief: „Liiilija, Raimund ist da!"

Es dauerte dann auch nicht lange, bis Lilija mit rotem Kopf in der Küchentür erschien, ein helles Willkommenslächeln in ihrem offenen Gesicht.

„Aber Raimund, warum hast du denn nicht geklingelt?", sagte auch sie und kam an seinen Tisch.

Er erhob sich, fasste sie locker an den Hüften und setzte ihr einen flüchtigen Kuss erst links und dann rechts auf die Wange. Er fühlte, dass Lilija sich bei dieser für sie ungewohnten Begrüßung versteifte.

„So begrüßt man sich in Europas Süden, in Frankreich oder Italien", erklärte er ihr.

„Auch in Deutschland?", fragte sie.

„Nein, in Deutschland für gewöhnlich nicht", antwortete er, „nur am Theater."

„Am Theater ist man wahrscheinlich sehr international." Lilija hob die Schultern, irgendwie überrascht.

Statt einer Antwort begnügte sich Raimund mit einer knappen Verbeugung.

„Über das Leben am Theater würde ich gerne mehr erfahren", sagte sie, „du musst mir davon erzählen."

Sie blickte ihn eine Weile mit einem rätselhaften Ausdruck in den Augen an. Gleich darauf wandte sie sich ab.

„Warte, ich bringe die einen Kaffee", und damit verschwand sie hinter ihrem Tresen. Nachdem sie dort eine Weile hantiert hatte, kam sie mit einer dampfenden Tasse zurück.

„Schwarz und süß, so, wie du es magst", meinte sie, stellte die Tasse vor ihn hin und setzte sich zu ihm.

„Na, hast du schon ,Glödkaker' gebacken?", fragte sie lächelnd.

„Nein", musste er zugeben, „ich hatte so viele davon, die musste ich ja erst einmal aufessen."

Jetzt fiel ihr Blick auf den Beutel mit Wäsche.

„Wie ich sehe, hast du deine Wäsche mitgebracht", sagte sie, „ich werde sie gleich in die Maschine stecken."

Mit diesen Worten schnappte sie sich den Beutel und verschwand. Als sie zurückkam und wieder bei ihm Platz genommen hatte, reichte er ihr seinen Zettel mit den Bestellungen. Sie studierte ihn sorgfältig und steckte ihn dann ein.

„Gebe ich heute Mittag dem Busfahrer mit", sagte sie, „möchtest du auf deine Wäsche warten oder sie morgen mitnehmen?"

Raimund tat, als überlege er. „Och, wenn du mir Gesellschaft leistest, würde ich lieber darauf warten", meinte er dann.

Lilija lächelte schelmisch, weil sie ihn durchschaut hatte.

„Nun gut", sagte sie, „aber nur, wenn du mich weiter mit deinen Geschichten unterhältst."

Darauf ließ sich Raimund nur allzu gerne ein und sie verbrachten die nächste Stunde in einer angeregten Unterhaltung. Lilija wollte alles ganz genau wissen, sie streiften sein Leben am Theater und seine Zeit als Matrose und natürlich fragte sie ihn, ob er auch in jedem Hafen eine Freundin gehabt habe. Das machte ihn nun doch etwas verlegen, aber da sie sich mit Gemeinplätzen nicht zufriedengeben wollte, gab er zögernd zu, eine ziemlich heftige Liebschaft in Lateinamerika, in Puerto Barrios, gehabt zu haben. Lilija wollte nun unbedingt Genaueres wissen, aber als sie sah, wie unangenehm ihm das war, drängte sie nicht weiter.

„Sie hieß Juanita", ließ Raimund sich immerhin verlocken zu erzählen, „sie war Sängerin in einer Gruppe von Musikern, die manchmal abends im Pavillon auf der Plaza spielten."

Über all das war die Zeit schnell vorübergegangen und er verspürte allmählich Hunger. Auf seine Frage, was es wohl zu Mittag gebe, musste Lilija ihm mitteilen, dass die Küche leider geschlossen sei.

„Zu dieser Jahreszeit kommen kaum noch Wanderer", sagte sie,

„das geht erst im Januar wieder los, mit den Skiwanderungen, aber ich kann uns ein paar Waffeln backen, wenn du möchtest." Natürlich mochte er, sie erhob sich daraufhin und blieb eine ganze Weile fort.

Seine Wäsche musste inzwischen längst fertig sein, aber das interessierte ihn jetzt nicht so sehr.

Als Lilija mit einem Teller voller köstlich duftender Waffeln zurückkehrte, hatte sie ihre Mutter, Kajssa, im Schlepptau, die ein Tablett mit Tassen und einer Kanne trug. Sie nahmen an seinem Tisch Platz, und während sie ihre Waffeln aßen und dazu den Kaffee schlürften, musste Raimund noch einmal seine Geschichten wiederholen, Lilija übersetzte für ihre Mutter. Den Teil mit seiner Liebesaffäre mit Juanita ließ er dabei lieber weg.

Kajssa konnte es gar nicht fassen, wie man in einer Welt ohne Winter leben konnte, in der es das ganze Jahr über immer gleichbleibend heiß war.

„Die Menschen, die dort leben, sind sehr warmherzig", erzählte Raimund, „und sind in der Regel auch recht temperamentvoll und lebensfroh. In Lateinamerika zum Beispiel macht jeden Tag irgendjemand irgendwo Musik und die Menschen tanzen dazu. An jeder halbwegs belebten Stelle in den Städten oder auch in den kleineren Ortschaften trifft man immer wieder auf Gruppen von Musikern.

Meistens sind es drei, einer, der Violine spielt und zwei Gitarristen. Sie stellen sich einfach irgendwohin, packen ihre Instrumente aus, um den Passanten aufzuspielen, und meistens dauert es auch nicht lange, dass die Menschen einen Kreis bilden und eine einzelne Person oder ein Paar heraustritt und zu tanzen beginnt, und am Ende tanzen alle zusammen und durcheinander. Auch sind sie sehr heißblütig, die Männer entbrennen schnell in großer Liebe zu den Frauen, und wenn sie der Liebeskummer quält, sind sie völlig verzweifelt und zu Tode betrübt."

„Welche Art von Musik machen sie denn?", fragte Lilija.

„In den Tropen oder speziell in Lateinamerika?"

„In den Tropen."

„Das ist sehr unterschiedlich", sagte Raimund, „der Äquator verläuft ja einmal rings um die ganze Welt und es gibt sehr viele unterschiedliche Völker zwischen den Wendekreisen. Am allerschönsten sind die Gesänge der Mädchen der Südsee, der Polynesierinnen, sie singen von Liebe, Sehnsucht und Abschied und sie singen so überirdisch schön, dass man fast weinen muss."

„Kennst du solche Lieder?", wollte Lilija wissen.

„Nein, sie werden stets nur von einem ganzen Chor junger Frauen gesungen. Am lebenslustigsten und temperamentvollsten aber ist die Musik in Lateinamerika. Von dieser Art Musik kenne ich tatsächlich einige Stücke, Lieder aus Mexiko, Guatemala und Kolumbien."

„Spielst du sie auch auf deiner Geige?", fragte Lilija fast atemlos, sodass Raimund unwillkürlich schmunzeln musste.

„Oh ja, ich spiele sie auch auf meiner Violine", entgegnete er ein wenig amüsiert über Lilijas Eifer, der schon allein durch ihre Art zu fragen an den Tag trat. „Sie ähneln sich alle ein wenig", fuhr er fort, „und ich kann einige davon auch ohne Noten spielen."

„Oh, wie schade, dass du deine Geige nicht mitgebracht hast", bedauerte Lilija, „aber ich habe ja meine Gitarre", sie blickte ihn erwartungsfroh an, „vielleicht kannst du uns darauf etwas vorspielen?"

Raimund blickte auf seine Uhr und alle drei erschraken, als sie sahen, wie die Zeit vergangen war. Von draußen war just das Geräusch des herankommenden Busses zu hören.

„Mein Gott, wo ist nur die Zeit geblieben!", riefen beide Frauen, jede in einer anderen Sprache, und sie sprangen erschrocken auf. „Und da kommt schon der Bus!" – und weg waren sie!

Der Bus hatte Waren gebracht und Raimund war nun ebenfalls hinausgetreten, um beim Ausladen zu helfen. Auch der Vater hatte sich eingefunden. Raimund hatte ihn bisher nur einmal und recht flüchtig zu Gesicht bekommen.

Etwa sieben bis acht Schulkinder unterschiedlichen Alters stiegen aus sowie zwei Frauen mittleren Alters und auch ein Mann, alle zusammen Einwohner des Ortes.

Der Bus wendete und fuhr leer zurück.

Niemand mehr wollte um diese Uhrzeit noch nach Kiruna.

Nachdem der Bus fort war, stellte sich Raimund dem Vater vor. Dieser war ein im Gegensatz zu den meisten Samen hochgewachsener, kräftiger Mann. Raimund erinnerte sich an ihn von seinen früheren Aufenthalten hier in Nikkaluokta, Lilijas Vater gehörte ja das große Boot, mit dem er im Sommer die Wanderer über den Ladtjojaure brachte. Auffallend waren seine Augen, sie waren von dem gleichen leuchtenden Blau wie die seiner Tochter.

Raimund hatte es plötzlich eilig, fortzukommen, er wollte die Gastfreundschaft dieser liebenswerten Menschen nicht überstrapazieren und außerdem hatte er in seinem Zuhause noch einiges zu tun. Lilija reichte ihm seine frisch gewaschene Wäsche, die sie ihm inzwischen wieder eingepackt hatte. Er winkte ihren Eltern zu und verabschiedete sich auf dieselbe Weise von Lilija, wie sie begrüßt hatte, und wieder spürte er, wie fremd ihr diese ungewohnte Art einer Begrüßung oder eines Abschiedes war. Aber Raimund tat, als merke er nichts, wandte sich ab und ging zu seinem Boot. Er hatte schon das Tau gelöst, da drehte er sich noch einmal um.

„Morgen spiele ich für euch auf meiner Violine!", rief er und sprang in sein Boot.

Der Vater stieß ihn ab und schon erklang das Brummen des Außenborders. Bevor er in einem weiten Bogen in den See hineindrehte, winkte er den drei Personen zu, die immer noch vor der Tür der Cafeteria standen und seinen Gruß erwiderten.

‚Nette Menschen', dachte er, nachdem er sein Boot auf Kurs gebracht hatte. ‚Alle drei!'

Am nächsten Tag, etwa um die gleiche Zeit, machte Raimund erneut sein Boot flott. Ihm wurde auf einmal bewusst, dass sich sein Alltag ganz anders zu entwickeln schien, als er es sich ursprünglich vorgestellt hatte. Selbstverständlich war die Idee von einer Reise in die Arktis von einsamen Tagen in einer weit abseits, mitten in der Wildnis gelegenen Hütte begleitet gewesen. Von Einsamkeit konnte jedoch im Augenblick keinesfalls die Rede sein. Aber natürlich wusste er, sie würden schon noch früh genug kommen, die einsamen Tage. Der Winter war ja so lang und die Zeit der Abgeschiedenheit, wenn das Eis noch zu dünn war, zu tragen und gleichsam zu dick für das Boot, würde nur allzu bald zur Realität werden. Er warf den Motor an und steuerte durch das verzweigte Delta der Brücke zu, unter der hindurch er in den großen See Paitasjärvi einfuhr.

Dieses Mal erwartete Lilija ihn bereits beim Eintreten in die Cafeteria und Raimund sah, dass sie ihre Gitarre schon bereitgelegt hatte. Zunächst aber servierte sie ihm seinen nun schon obligatorischen Kaffee und dann raunte sie ihm ins Ohr, dass sie heute zum Mittag „Pytt i Panna" kochen würde, sie habe bereits alles vorbereitet.

„Wollen wir …?", fragte er, nachdem er seinen Kaffee ausgetrunken hatte.

Lilija nickte.

Raimund nahm nun behutsam seine Violine aus dem Kasten, setzte sie an und begann einige Male liebevoll über ihre Saiten zu streichen. Er zupfte dann ein paar Töne und stimmte sorgfältig die Saiten nach. Als er endlich damit zufrieden war, setzte er sie erneut an, hielt sie unters Kinn geklemmt und begann, den Bogen weiter in der Hand, rhythmisch in die Hände zu klatschen, und urplötzlich legte er los. Sein Bogen sauste nur so über die Saiten, den Takt stampfte er mit dem Fuß auf dem blanken Holzboden.

So plötzlich, wie er angefangen hatte, brach er ab, nahm die Violine herunter und legte sie behutsam auf einen der Tische.

Nun nahm er sich Lilijas Gitarre, zupfte ein paar Akkorde zur Probe, um gleich darauf in den eben mit der Geige ausgespielten

Rhythmus überzugehen. Es war ein typischer mexikanischer Huapango und er versprühte mit seinem Rhythmus eine Lebenslust, die sofort in die Beine ging.

Mitten in seinem Spiel unterbrach Raimund sich erneut und bedeutete nun Lilija, zu versuchen, den Takt aufzunehmen und, so weit sie vermochte mitzuklatschen. Wieder nahm er die Gitarre auf, begann zu spielen und nickte Lilija zu, die konzentriert zuhörte und nach einer Weile zögernd, in die Hände klatschte. Raimund spürte, wie sie sich auffallend schnell in den für sie unbekannten Rhythmus einfühlte und er fing an hilfsweise mit dem Fuß den Takt auf dem Boden mitzugeben. Als er das Gefühl hatte, dass sie den Takt sicher hatte, unterbrach er und reichte Lilija nun ihre Gitarre. Er zeigte ihr die Griffe, es war im Grunde ein ganz einfacher Rhythmus, und forderte sie auf: „Jetzt du!", während sie nun wiederum die Saiten anschlug, klatschte er ihr den Rhythmus.

Mit großer Freude nahm Raimund wahr, dass Lilija, ganz im Gegenteil zu ihrer früheren Aussage, eine ganz vorzügliche Gitarrenspielerin war, und so griff er sich seine Violine und stimmte eine Melodie zu ihren Akkorden an. Und plötzlich begann, ganz unmerklich, sich diese Cafeteria mit ihren holzgetäfelten Wänden, wie sie nicht schwedischer hätte sein können, in eine Cantina in einer lateinamerikanischen Stadt zu verwandeln. Diese hier war nun erfüllt von einer Musik, wie man sie hier oben im Norden vermutlich noch nie gehört hatte. Immer besser gingen Raimund und Lilija aufeinander ein, bis sie schließlich zu einem perfekten Miteinander gefunden hatten. Die Cafeteria war zu einem Raum schier ausgelassener Lebensfreude geworden.

Nach einer langen Weile setzten sie ihre Instrumente ab.

„Toll!", rief Raimund und Lilija blickte ihn mit einem strahlenden Lächeln an.

„Geht doch schon ganz gut!", meinte sie.

„In der Tat", gab Raimund zurück und hob seine Violine erneut an. „So, Achtung!" rief er. „Und nun das Ganze noch einmal von vorn."

Er setzte seine Violine an und zählte: „Un, dos, tres, cuatro!" Und sie spielten zusammen das ganze Lied noch einmal von Beginn an. Abermals strich sein Bogen in schnellen Zügen über die Saiten und Lilija war in diesem Rhythmus, ganz so, als hätte sie in ihrem Leben nichts anderes gemacht. Es entstand eine unbeschreibliche Atmosphäre von Fremdheit und gleichzeitiger Vertrautheit zwischen Menschen und Kulturen! Waren sie beide wirklich noch mitten in Lappland, in einer Cafeteria für Wanderer oder hatten sie sich in die Wolken erhoben und waren fernab in eine Taverne in einer Hafenstadt irgendwo in Mexiko geflogen? Raimund setzte nun seine Violine ab und fing an, zu Lilijas Spiel zu singen, genau so, wie die Mexikaner es zu tun pflegten, indem sie an bestimmten Stellen des Liedes plötzlich in eine höhere Oktave stiegen. Lilija wiegte sich im Rhythmus, ihre Beine zuckten, sie wollten tanzen. Währenddessen, von der ungewohnten Musik angelockt, war ihre Mutter hereingekommen. Sie setzte sich etwas abseits, um zu lauschen, und lachte über das ganze Gesicht, wie sie ihre Tochter so begeistert sah.

„Gleich noch einmal!", rief Raimund, nachdem die letzten Töne verklungen waren, und wieder legte er los, dieses Mal stimmte er aber ein anderes Lied an.

Und erneut zuckte es Lilija in den Beinen, es drängte sie jetzt mit jeder Faser ihres Körpers, mitzutanzen. Raimund bemerkte es sehr wohl und unterbrach sich. Er zeigte ihr, wie die Mexikaner die Füße setzten. Er war nun ganz in seinem Element, dies alles erinnerte ihn an seine Zeit in Mexiko, als eine Mexikanerin aus Veracruz ihn einst diese Schritte gelehrt hatte. Er übernahm nun wieder die Gitarre und Lilija tanzte dazu, als gäbe es die Welt um sie herum nicht. Es schien, als wolle sie ihren Tanz schier endlos ausdehnen. Ihrer beider Zusammenspiel von Tanz und Musik war, als hätten sie sich miteinander verschworen, und so, als hätten sie nie etwas anderes getan, als zusammen zu musizieren. Wieder hub Raimund an zu singen, an all das, an was er sich noch erinnerte, und dazu füllten die Gitarre und das Steppen von Lilijas Füßen auf dem Boden den Raum.

‚Welch kuriose Situation', schoss es Raimund durch den Kopf. Da war er nun so weit in den hohen Norden gefahren, weit hinaus über den Polarkreis, um den Einwohnern für einige Augenblicke die Musik und die Lebensfreude der Lateinamerikaner in ihr Haus zu bringen.

Die Musik hatte inzwischen auch den Vater angelockt, der nun in der Tür stehend die Szenerie mit offensichtlichem Wohlgefallen betrachtete.

Schließlich setzte Raimund einen Schlussakkord, Lilija drehte eine letzte Pirouette und dann begaben sich alle fröhlich und teils durchgeschwitzt gemeinsam an den Tisch zum Mittagessen.

Nach dem Essen aber drängten die Einheimischen, Jokki, Kajssa und Lilija, Raimund, weiter seine Geschichten zu erzählen, Geschichten von tropischen Abenden an Deck seines Schiffes, über dem am Horizont das Kreuz des Südens strahlte und wo manchmal, wenn das Glück es wollte, ein geheimnisvolles Meeresleuchten den unendlich weiten Ozean in ein Zauberland verwandelt hatte.

Und dann erzählte er ihnen auch, wie er eigentlich zur Musik, und insbesondere zu dieser Art von Musik gekommen war. Es war im Hafen von Puerto Barrios gewesen, er hatte sich „landfein" gemacht und war am Abend in den Ort gegangen. Als er die Plaza erreicht hatte, war es bereits dunkel gewesen, aber das hieß beileibe nicht, dass die Menschen sich nun in ihre Behausungen zurückgezogen hätten. Ganz im Gegenteil. Die Uhr zeigte ja erst sechs, aber in den Tropen begann das Leben erst so richtig, wenn es dunkel wurde. Es blieb ja am Abend und des Nachts immer nahezu drückend warm. Auf dem an die Plaza angrenzenden Spielplatz vergnügten sich Kinder. Die Plaza selbst, nur schwach erhellt durch ein paar schummerige Straßenlaternen, war schwarz von Menschen gewesen, nein, natürlich musste man sagen weiß von Menschen, denn alle trugen helle Kleider, die Männer Weiß und die Frauen Bunt, und alle Männer hatten ihre obligatorischen breitkrempigen Strohhüte auf.

„Rings um die Plaza befanden sich Bodegas und Restaurants und alle ihre Tische und Stühle waren im Freien und gut besetzt. Ich beabsichtigte, in einem dieser Lokale zu essen, und während ich noch dabei war, mich umzuschauen, bemerkte ich eine gewisse Unruhe, die die Menge ergriffen hatte", erzählte Raimund und hielt eine Weile inne, wie um sich das Geschehen noch einmal ins Gedächtnis zu rufen.

„Die Ursache war schnell ausgemacht", fuhr er fort, „eine kleine Menschengruppe, Männer mit Strohhüten, in Weiß gekleidet und geschmückt mit einer roten Schärpe um den Leib, war erschienen. Sie hielten ihre Musikinstrumente in den Händen und ich konnte beobachten, wie sie sich anschickten, die Stufen zu einem ringsum offenen Pavillon zu besteigen. Unter den Männern befand sich eine junge Frau in einem knöchellangen, knallroten Kleid. Ich habe sofort vermutet, dass es sich um die Sängerin handelte. Ein Weilchen beobachtete ich die Musiker, wie sie sich sortierten, und dann legten sie unvermittelt los, und von einer Minute auf die andere ging, wie man so sagt, ,die Post ab'. Die Menge aus Menschen bildete wie ganz von selbst einen Halbkreis, sodass ein freier Platz vor dem Pavillon entstand. Schon bemerkte ich die ersten Tänzer, die sich aus der Masse lösten, und immer mehr Tanzende gesellten sich dazu. Die Personen, die an den Tischen der Restaurants saßen, hatten ihre Essbestecke aufgenommen und schlugen den Takt mit Löffeln auf die Tischplatte und mit Gabeln an ihre Wein- oder Biergläser. Es entstand ein spontaner, alles überspannender

Klangraum, der weit über den Pavillon hinausreichte und alle Menschen miteinander verband. Laut war es, rhythmisch, dazu die Hitze und die Menschenmenge – ich war überwältigt, so etwas hatte ich noch nirgendwo gesehen. Es dauerte auch nicht lange, da juckte es mich so in den Beinen, dass ich mich zu den Tanzenden gesellte und mich mit ersten, noch unbeholfenen Tanzschritten einreihte."

Raimund hielt einen Moment inne. Am nächsten Abend sei er dann zurück an diesen Ort gekommen, fuhr er nun fort, zu erzählen. Doch dieses Mal habe er seine Violine mitgebracht.

Raimund erklärte Lilija und ihren Eltern, dass er schon sehr häufig in Lateinamerika und die Musik ihm deshalb sehr vertraut gewesen sei. Ebenso, dass es dort überall und absolut üblich sei, dass immer wieder Musiker, die zufällig dazukommen würden, sich spielend in die Gruppe der anderen Musiker einreihten.

Und so war es auch da geschehen. Die Musiker in ihrem Pavillon hatten noch nicht lange gespielt, da erklang hinter der Menge der Umstehenden eine weitere Violine, und sogleich drehten sich die Menschen um, um Platz zu machen. Sie bildeten eine Gasse und derjenige, der jetzt, seine Violine spielend, durch diese Gasse schritt, war Raimund selbst gewesen. Und wie er da durch die Menge in Richtung des Pavillons ging, begannen sie ihm im Takt zuzuklatschen.

Raimund schmunzelte beim Erzählen, während er die innere Spannung seiner Zuhörer in sich aufnahm. Er zwinkerte Lilija zu und beschrieb, wie er dann, ohne in seinem Musizieren innezuhalten, die Bühne betreten hatte, um sogleich der Señorita in ihrem roten Kleid zuzuspielen. Diese begrüßte ihn mit einem Lächeln und einen Arm in die Hüfte gestemmt, den anderen hoch erhoben, begann sie nun, sich tanzend um sich selbst zu drehen. Die Menge raste vor Begeisterung.

„Von diesem Tag an", fuhr Raimund fort, „ging ich jeden Abend, wenn ich von langer Reise wieder zurück war in Puerto Barrios, zur Plaza, um mich den Musikern anzuschließen."

Die kurze, aber heftige Liebesaffäre mit der schönen Señorita, ihr Name war Juanita, die daraufhin folgte, verschwieg er allerdings in seiner Erzählung.

Lilija und ihre Eltern hatten seiner Geschichte atemlos und staunend zugehört. Der Vater, der nur wenig Englisch sprach, und die Mutter hatten wohl weniger als die Hälfte wirklich verstanden, wenngleich sich Lilija redlich bemüht hatte, das alles zu übersetzen. aber ungeachtet der Umständlichkeit des Übersetzens hatten sie trotzdem gebannt an seinen Lippen gehangen.

Das Brummen eines Motors und ein kurzes Hupen draußen vor der Tür unterbrachen die Erzählrunde. Alle waren sie wieder mit einem Schlag zurück in Lappland.

Um siebzehn Uhr, pünktlich wie immer, kam der Bus und brachte unter anderem die von Raimund bestellten Dinge. Jokki half ihm noch beim Verstauen der Waren im Boot und kehrte dann ins Haus zurück.

Als Raimund sich gerade verabschiedet hatte und schon im Begriff war, abzulegen, denn nun drängte es ihn plötzlich, heimzukehren in seine einsame Hütte dort draußen im Flussdelta, hielt ihn Lilija zurück.

„Übermorgen findet hier bei uns die Rentierscheidung statt", sagte sie etwas atemlos, „sie treiben dann die Rentierherden über die Berge zu uns ins Tal. Du möchtest das vielleicht nicht verpassen, es ist ein großartiges Erlebnis und ein herrlicher Anblick und am Tag darauf werden die Jungtiere von der Herde getrennt und sie bekommen dann ihr Brandzeichen. Wenn du gegen zehn Uhr hierherkommst, werde ich dich erwarten, und wir gehen zusammen zur Rengärde und schauen dabei zu."

„Oh, das möchte ich gerne", freute sich Raimund. „Also dann, bis übermorgen Lilija."

„Bis übermorgen, Raimund."

Der Abtrieb der Rentiere

Pünktlich am Morgen des übernächsten Tages machte Raimund wieder einmal sein Boot am Anleger in Nikkaluokta fest. Lilija hatte den Bootsmotor von fern gehört und kam schon über den Steg gelaufen. Raimund verhielt seinen Schritt und schaute ihr entgegen. Er meinte, einen flüchtigen Ausdruck von Scheu in ihrem Gesicht zu entdecken. Lilija wiederum schien sich dessen bewusst zu sein und senkte für einen Moment den Blick. Als sie ihren Kopf wieder hob, schaute sie ihn still und ruhig an, und in diesem leisen Moment hatte Raimund das Gefühl, in ihren Augen zu versinken.

„Es ist schön, dass du da bist", sagte sie fast flüsternd.

Er nickte.

Zwischen ihnen war einer dieser seltsamen Momente entstanden, der gleichzeitig Nähe und Unerreichbarkeit in sich barg, und es mündete darin, dass sie nun beide von einer Art Verlegenheit ergriffen waren. Doch schließlich war es Lilija, die sich einen Ruck gab und sie beide von diesem Gefühl befreite.

Raimund spürte fast körperlich ihre innere Bewegung, und als sie ihn nun wieder ansah, war ihr Blick offen und frei.

„Schau mal", sagte sie, „ich habe uns eine Wegzehrung mitgebracht."

Sie hielt ihm ihre Umhängetasche entgegen, in die sie eine Thermoskanne mit heißem Tee und einen kleinen Imbiss eingepackt hatte.

„*Norrbotten Special*", meinte sie und lachte.

Beide wandten sich nun um und lenkten ihre Schritte in Richtung auf den Weg, der letztlich zur *Rengärda* führte, dem großen eingezäunten Platz, wohin die Rentiere getrieben werden sollten. Dieser lag allerdings auf der anderen Seite des Flusses und Raimund begann sich schon zu fragen, wie sie hinüberkommen sollten, als er etwa fünfhundert Meter von der Mündung entfernt eine breite geländerlose Brücke aus dicken Holzbohlen bemerkte. Auf dieser kreuzten er und Lilija, nebeneinander gehend, den wild unter ihnen rauschenden Fluss und folgten dem ausgefahrenen Weg, der parallel zum Wasser zur *Rengärda* führte. Raimund wunderte sich über die tiefen Fahrspuren, da er über den Buswendeplatz hinaus bisher nirgendwo ein Fahrzeug gesehen hatte.

„Unser kleines Dorf besitzt sogar einen Trecker", klärte Lilija ihn auf, als er sie dazu befragte.

Nachdem sie nun knapp einen Kilometer dem Weg gefolgt waren, erreichten sie endlich das Rengärda.

Dieses war ein großes, um nicht zu sagen riesiges, mit schräg nebeneinanderliegenden, runden Holzlatten eingezäuntes Gehege, zusätzlich gab es zwei weitere kleinere Einzelgatter. Zum Ufer des Flusses hin zog sich ein langgestreckter, mit Gras bewachsener Hügel, von dem aus sie einen guten Blick über das Areal hatten. Hier nahmen sie nun Platz und warteten gespannt auf den Beginn des Spektakels. Währenddessen kamen nach und nach immer mehr Anwohner des Dorfes herbei und gesellten sich zu ihnen. Das Schauspiel des Ren-Abtriebes war zur Herbstzeit eines der großen Ereignisse des Jahres.

Es hatte sich mit der Zeit eine erkleckliche Menge Menschen eingefunden. In der Mehrzahl waren es eher Männer als Frauen, aber es waren auch viele Kinder unter ihnen.

Raimund, der sich dieses für die Menschen hier so wichtiges Ereignis eher wie ein Volksfest vorgestellt hatte, wunderte sich nun, dass alle Versammelten in einem, ihm doch recht seltsam anmutenden, Schweigen verharrten. Und das führte dazu, dass sich mit der Zeit eine sich stärker werdende Spannung aufbaute.

Nachdem die ganze Menge auf diese Weise etwa eine Dreiviertelstunde gewartet hatte, rief einer der Männer plötzlich: „*Titta där! De kommer nu!* Schaut, da kommen sie!", und zeigte zu dem zwischen zwei hohen Gipfeln liegenden Bergkamm.

Was sie alle jetzt als Erstes hörten, war das aus weiter Ferne klingende aufgeregte Gebell der Hunde.

Und dann kamen sie!

Über dem hohen Bergrücken tauchten die ersten, aus dieser Entfernung noch winzig kleinen, schwarzen Punkte auf der weißen Schneefläche auf. Sie waren zunächst nur vereinzelt zu sehen. Aber dann wurden es mehr und immer mehr und am Ende ergoss sich eine wahre Flut von Rentieren über den Kamm, alle dem Tal zustrebend. Es schien, als wollte die Schar gar nicht mehr enden. Jetzt konnte man an den vorauslaufenden Tieren bereits ihre ausladenden Geweihe erkennen und natürlich war ihr Fell nicht schwarz, das hatte nur wegen des Kontrastes zum Schnee so ausgesehen, sondern ganz im Gegenteil: Die Farben reichten von einem dunklen ins helle Graubraun bis ins reine Weiß wechselnden Ton. An den Seiten dieser riesigen Herde sprangen und sausten eine Unzahl kleinerer Punkte umher und ihr aufgeregtes Bellen war nun deutlich zu hören. Das waren die Hütehunde, Lapplandspitze, die die Herde gleichzeitig antrieben und auch einzelne Tiere am Ausbrechen hinderten. Jetzt hatten die ersten von ihnen die Schneegrenze erreicht, dicht gedrängt wogte die Herde, die mächtigen Geweihe scheuerten fast aneinander und aus den Mäulern dampfte der Atem in der kalten Luft. Auf der gegenüberliegenden Seite des Gatters hatte man die großen Flügel des Tores trichterförmig nach außen aufgestellt und die Treiber standen mit ihren Stangen bereit, um die Tiere durch das weit offene Tor zu leiten, und es war eine unübersehbare Flut von Leibern, die sich jetzt in das weite Gatter drängte. Von weit hinter ihnen hörten Lilija und Raimund die lauten Rufe der Treiber.

Vorweg lief der große Leitbulle, mit dampfenden Nüstern passierte er jetzt das Tor und hinter ihm ergoss sich die ganze Herde in das riesige Karree.

Raimund, der wie gebannt auf dieses Schauspiel starrte, sah das große Tier direkt auf sich zukommen und, trotz des Gatters aus Holz, das ihn von den Rentieren trennte, war er kurz davor, sich wegzuducken, da drehte der Bulle im letzten Moment ab und die ganze Herde wogte dicht gedrängt hinter ihm her. Sie kam auf diese Weise in eine immerfort gegen den Uhrzeigersinn verlaufende Kreisbewegung, die, je mehr die anderen Tiere nachdrängten, immer dichter und damit aber auch langsamer wurde.

Die am Hang versammelten Zuschauer, die gebannt auf diese einzigartige Szenerie starrten, konnten aufgrund des dichten Gedränges, Rentier neben Rentier, nun nicht mehr erspähen, wie schließlich die beiden großen Flügel des Tores hinter dem letzten Paarhufer geschlossen wurden. Die Herde kreiste immer noch, das Tempo nahm ab und die Tiere fielen nach und nach in den Schritt.

Es mochten mehrere hundert sein, die da von den Bergen heruntergetrieben worden waren. Die ersten Zuschauer erhoben sich langsam, sie traten an das Gatter, wo auch die Treiber sich nun eingefunden hatten, um die Herde weiter zu beobachten.

Einige der Versammelten begannen, sich nun wieder auf den Heimweg zu machen, denn das eigentliche Schauspiel war im Grunde ja beendet. Raimund und Lilija aber blieben, vertieft in dieses Bild der sich allmählich beruhigenden und sich über das ganze Areal zerstreuenden Herde. Ein paar von den Hunden kamen jetzt, nachdem die Arbeit getan war, herbei, um Lilija zu begrüßen. Natürlich kannten sie sie alle, denn so groß war ihr Dorf nun nicht, als dass nicht jeder jeden gekannt hätte, Mensch und Tier. Und natürlich nahmen sie auch Notiz von Raimund, dem Fremden, und schnüffelten neugierig an seinen Hosenbeinen. Die nasale Prüfung schien positiv ausgefallen zu sein, denn als Raimund nun die Hand ausstreckte, um die Hunde zu streicheln, schmiegten sie sich behaglich an ihn.

„Bei ihnen hast du auch bestanden", sagte Lilija, „jetzt hast du gleich noch ein paar Freunde mehr."

Nach einer Weile schaute Raimund auf seine Uhr. Sie hatten bereits über zwei Stunden hier gesessen und langsam machte sich ein Hungergefühl bemerkbar. Lilija nahm seine Bewegung aus dem Augenwinkel wahr. Sie wandte sich ihm zu und lächelte.

„Du hast sicher Hunger", stellte sie fest und begann ihre Wegzehrung und die Thermoskanne auszupacken.

Sie zauberte für jeden zwei wie aufgerollte Pfannkuchen aussehende Röllchen hervor. Diese waren aus einem weißgrauen dünnen Brotteig gebacken und mit Butter bestrichen. Jeweils zwei von ihnen waren gefüllt mit hauchdünn geschnittenem geräucherten Rentierfleisch und die anderen mit dem braunen karamellisierten Ziegenkäse, den die Skandinavier so gern aßen. Raimund mochte diese Spezialität der nordischen Länder ganz besonders und ärgerte sich im Stillen, bei seiner Bestellung in Kiruna nicht auch daran gedacht zu haben. Aber wie auch immer, hier in der kalten klaren Luft und in unmittelbarer Gesellschaft der Rentiere waren sie schlichtweg eine Delikatesse und es stimmte alles. Dazu schlürfte er mit großem Behagen seinen Tee.

Zwei der Hunde hatten sich zu seinen Füßen niedergelassen. Die Lapplandspitze, etwa so groß wie Schlittenhunde oder Samojeden, es gab sie hier in allen Farben, waren wie alle Hütehunde sehr gutmütige und familiäre, an den Menschen gebundene Tiere.

Nachdem sie mit dem Essen fertig waren, erhoben sich Lilija und Raimund und schlenderten zu den Männern hinüber, die immer noch, die Ellbogen auf die Stützpfähle des Gatters gelegt, die Herde beobachteten. Die Rentiere hatten sich nun inzwischen komplett beruhigt und begonnen, am Futter zu knabbern, welches die Männer in großen Haufen über den Zaun warfen. Lilijas Vater war auch dabei, er begrüßte Raimund herzlich und stellte ihn den anderen Männern vor, die ihn nun ebenfalls mit dem so unnachahmlich zugewandten Lächeln der frei und im Einklang mit der Natur lebenden Menschen hier begrüßten.

Raimund liebte Rentiere, ihre runden weichen Mäuler, ihre sanften Augen, und er war immer wieder neu fasziniert von diesem seltsamen Knacken ihrer Gelenke, das sie beim Gehen erzeugten. Als er dieses Geräusch zum ersten Mal bei Rentieren gehört hatte, die ihm auf seinen Wanderungen begegnet waren, hatte er schon befürchtete, dass sie vielleicht verletzt oder krank wären. Bei dieser Erinnerung musste er unwillkürlich lächeln. Er war auf früheren Wanderungen über das Fjäll oft kleineren und größeren Rentierherden begegnet. Einmal, war er auf ein kleines Renntierkalb aufmerksam geworden, welches mit zum Erbarmen kläglicher Stimme nach seiner verloren gegangenen Mutter in der großen Herde suchte. Aber nichts geht verloren in einer Herde. Als die Mutter sich durch die Leiber ihrer Artgenossen gedrängelt hatte und nun auf das Kleine zulief, war Raimund Zeuge geworden, wie sich das klägliche Rufen des Tieres in ein so über alle Maßen glückliches, fast menschlich klingendes Rufen der Freude verwandelt hatte. Er war so gerührt gewesen, dass ihm fast die Tränen gekommen waren. Raimund hatte diese Erinnerungen über all die Jahre still in seinem Herzen bewegt. Sie waren Teil seiner Geschichte in diesem Land.

Nun aber wurde es Zeit für den Heimweg. Weit war es ja nicht zur Cafeteria, wo Lilija ihm nach ihrer Ankunft noch seinen so sehr geschätzten Kaffee servierte.

„Möchtest du dir auch morgen die Rentierscheidung anschauen?", fragte sie ihn.

Nun verhielt es sich zwar so, dass Raimund im Grunde jeder Anlass recht war, um Lilija besuchen zu können, aber andererseits empfand er kein Vergnügen dabei, zuzusehen, wie die Jährlinge mit dem Lasso eingefangen und mit einem Zeichen versehen wurden.

Und so sagte er es Lilija auch. Sie sah ihn mit einem Blick voller Erstaunen an, der aber nicht ohne Wärme war.

„Das habe ich mir fast gedacht", meinte sie schließlich, „aber ich wollte wenigstens fragen."

„Danke, aber wir werden uns ja sicher auch so bald wiedersehen", entgegnete ihr Raimund, „auf jeden Fall komme ich noch einmal, bevor die Seen zufrieren, denn wenn erst der Frost Einzug hält, bin ich wohl ziemlich sicher für zwei, drei Wochen wie ein Gefangener auf meiner Insel."

Er schaute eine Weile sinnend zu Boden. Diese auf ihn zukommenden Wochen absoluter Einsamkeit beschäftigten ihn. Schließlich aber raffte er sich auf und verabschiedete sich von Lilija:

„Es war ein wunderschöner Tag, danke. Wir werden hoffentlich noch viele solcher Tage haben."

„Ja", sagte sie leise, „das wünsche ich mir sehr."

Als er dann wenig später sein Boot in Richtung Vistas-Delta steuerte, kam ihm der gerade eben geführte Dialog in den Sinn. Er bemerkte eine nicht näher definierbare Irritation bei dem Gedanken.

‚Irgendetwas läuft da schief',.überlegte er.

War er denn nicht aus dem Grunde hierher in den hohen Norden gekommen, um allein zu sein mit sich und der Natur, um diese einmalige Stille und Einsamkeit dieser unendlich scheinenden Weiten zu erfahren?

‚Naja, vielleicht nicht gerade schief', beeilte er sich, im Geiste zu verbessern. Das war vielleicht nicht das für die Situation angemessene Wort.

Nein, aber weiß Gott, er hatte sich das alles doch ursprünglich irgendwie so ganz anders vorgestellt.

Familienleben

Das Licht, das an diesem Morgen durch die kleinen Fenster der Hütte fiel, war düster und grau und reichte gerade aus, um drinnen eine Art von Dämmerschein zu erzeugen. Ein Blick auf die Uhr sagte Raimund allerdings, dass es bereits neun Uhr war. Also musste es wohl am Wetter liegen. Irgendwie verspürte er nicht die geringste Lust, aufzustehen. Er hatte so wohlig und wunderbar geschlafen.

‚Nur noch ein bisschen träumen!', dachte er und ließ seinen Gedanken freien Lauf.

Aber schließlich gab er sich einen Ruck und erhob sich aus seiner Koje. Er schaute aus einem der vorderen Fenster, der Himmel war tief grau und verhangen. Es schneite!

Dicke, nasse Flocken fielen zögernd und vereinzelt herab. Es war noch nicht wirklich richtiger Schnee, aber es war die Ankündigung des Winters.

‚Jetzt geht es los', dachte er, ‚und noch dazu ist heute der Einundzwanzigste, die Tag- und Nachtgleiche.'

Raimund schauderte unwillkürlich und machte zunächst Feuer im Ofen, dann zog er sich seinen Pyjama aus, schnappte sich ein Handtuch und ging vor die Tür. Glücklicherweise war es fast windstill, sodass das nasskalte Wetter zwar Schaudern machte, aber noch auszuhalten war. Wie jeden Morgen rannte er los und direkt in das Wasser des Sees hinein. Er plantschte eine Weile in dem eiskalten Wasser, machte ein paar Schwimmzüge und hastete sodann prustend und schnaubend zurück in seine Hütte. Bereits auf dem Weg rubbelte er sich kräftig mit seinem Handtuch ab.

Obgleich der Ofen noch nicht besonders viel Wärme abgab, kam es Raimund hier herinnen angenehm warm vor. Sein ganzer Körper brannte und er fühlte sich rundherum erfrischt. Schnell zog er sich an, legte ein paar Scheite nach und machte sich Frühstück. Das war immer der schönste Teil des Tages für ihn. Heißer Kaffee, gebratener Speck und dazu einen halben

„Glödkaker" mit Butter, der Ofen bollerte und strahlte nun eine mollige Wärme aus.

Nachdem Raimund also ausgiebig gefrühstückt hatte, zog er seine Wetterjacke an, setzte den Hut auf und ging nach draußen.

Ein Blick auf das Thermometer zeigte ihm ein Grad plus an. Da es in der Nacht etwas Bodenfrost gegeben hatte, blieb der Schnee liegen.

‚Es geht los', dachte er ein weiteres Mal.

Noch konnte er ja mit dem Boot fahren, aber wie lange noch? Und wenn das Eis so dick wäre, dass er mit dem Boot nicht mehr durchkam? Wie lange mochte es wohl dauern, bis es begehbar wäre? Bestimmt drei, wenn nicht gar vier Wochen.

Aber drei Wochen konnten unendlich lang werden.

Raimund versank in Gedanken. In ihm arbeitete das Gefühl eines zarten Fadens, der sich zwischen ihm und Lilija zu spinnen schien. Lag es an dem Respekt, gepaart mit ein wenig Furcht vor der Einsamkeit, was ihn auf dieses unerwartete Gleis geführt hatte? Oder war es gar nur eine oberflächliche Schwärmerei?

Genauso hatte es damals mit Juanita in Puerto Barrios angefangen. Er durfte diesem Gefühl auf keinen Fall nachgeben, denn es traf ihn eine weitere Erkenntnis und die zu ertragen, fiel ihm schwer. Eine Liebe zwischen den Welten, jetzt hieß sie vielleicht Lilija, fest verwurzelt in der samischen Kultur, und er, ein Tourist auf Selbsterfahrungstrip. Er war ein Durchreisender, aber was mochte ein Mädchen wie Lilija in ihm sehen? Damals, in Puerto Barrios hatte er bitteres Lehrgeld für das Nachgeben seiner Gefühle zahlen müssen.

Einen Augenblick lang kam ihm der Gedanke, dass er jetzt eigentlich sein Experiment, sein Abenteuer, abbrechen müsste, um wieder nach Haus zu fahren. Aber das wäre ein harter Schritt. Wovor würde er in diesem Fall davonlaufen?

War der Vergleich Juanita mit Lilija, Puerto Barrios mit der Arktis überhaupt richtig?

‚Es ist die Einsamkeit', dachte er, ‚die gibt mir solche Gedanken ein. Ich bin schon mittendrin, in dem, was ich mir als Experiment vorgenommen habe, mittendrin in der Herausforderung einer solchen Reise.'

Er lächelte jetzt still in sich hinein. Mit allem hatte Raimund gerechnet, aber nicht, dass ihm so etwas wie die Liebe „dazwischenkommen" würde.

Er musste sich einfach zusammenreißen, beschloss er, und durfte diesen Gefühlen nicht nachgeben. Im Grunde stand er ja erst am Anfang. Ein langer, für Menschen aus einer Großstadt im mittleren Europa sogar unendlich langer Winter stand ihm bevor.

Und nun tat er das, was Männer in solchen Momenten gerne taten, um den Problemen des Augenblicks zu entkommen: Er ging Holz hacken. Er musste sehen, seinen Holzvorrat für den Winter zu vergrößern, und er arbeitete sich dabei so in Rage, dass er am Ende schweißüberströmt war.

Auf diese Weise hatte er gar nicht gemerkt, dass der spärliche Schneefall aufgehört hatte und die Wolkendecke hier und da aufriss. Er spürte, dass es eine kalte Nacht werden würde.

Nun verschaffte er sich noch einmal einen Überblick über seine Vorräte. Konserven, Nudeln, Mehl und Reis gab es genug, für Monate. Auch Knäckebrot war reichlich da und mehrere Kartons mit Tubenkäse. Vorsichtshalber erstellte er noch eine Verbrauchsliste der verderblichen Lebensmittel – Butter, Speck, Wurst beziehungsweise geräuchertes Rentierfleisch. Vielleicht wäre es ratsam, auch noch einmal Wäsche zu waschen, bevor der Winter endgültig hereinbrach.

Am frühen Abend setzte er sich an den Tisch und begann, eine Art Tagebuch und Biografie zu schreiben. Bis zu diesem Tage hatte Raimund bereits so viel erlebt, dass er wohl viele Tage daran zu arbeiten hätte. Von hier an würden die Einträge sicherlich spärlicher werden. Er hatte ja, neben der Herausforderung einer Überwinterung in Lappland, auch noch

Arbeit aus Hamburg mitgebracht. Der Shakespearetext lag im Regal und wartete auf Bearbeitung. Nun, Raimund hatte ihn bislang noch nicht ein einziges Mal angeschaut. Er hatte die letzten Wochen so viel erlebt, dass er dazu noch nicht gekommen war. Nun würde er aber sicher Zeit dafür finden.

Am nächsten Morgen bedeckte eine dünne Eisschicht das Wasser. Eigentlich hatte Raimund vorgehabt, erst in drei Tagen wieder zur Cafeteria zu fahren, aber nun beschloss er, nicht so lange zu warten. Schon morgen wollte er ins Boot steigen. Das Eis machte ihm ein bisschen Sorge. Er hatte ja nicht die geringste Ahnung, wie sich das hier in den hohen Breitengraden verhielt.

Er dachte plötzlich an sein Zuhause in Hamburg. Die Vorstellung, dass dort alles noch grün war und die Blumen blühten, ließ ihn einen Augenblick lang Zweifel an seinem Vorhaben aufkommen, einen ganzen Polarwinter in Einsamkeit und Kälte zu verbringen. Aber die Irritation hielt nur kurz an.

Einmal mehr beschäftigte er sich mit dem Hacken von Feuerholz. Wenn er so weitermachte, würde er wohl bald den großen Haufen Birkenstämme zersägt und zerkleinert haben.

Würde es überhaupt reichen? Acht Monate waren eine verdammt lange Zeit. Sollte er nicht vielleicht doch lieber noch ein paar dicke Birken fällen? Aber im selben Moment verwarf Raimund diesen Gedanken wieder. Birken gab es hier genug und im Winter waren sie noch dazu viel leichter zu fällen und zu transportieren. Er wusste ja, dass Birkenholz auch frisch geschlagen gut brannte, der Ofen musste nur mit Reisig tüchtig vorgewärmt sein. Ja, Reisig sollte er sich noch schneiden und zwar in großen Mengen, nahm er sich vor.

Am darauffolgenden Tag hielt er es aber tatsächlich nicht länger aus und begab sich erneut auf den Weg nach Nikkaluokta. Er hatte einen Sack mit Wäsche dabei und die Liste seiner Bestellungen.

Lilija freute sich offensichtlich, ihn wiederzusehen. Wie immer hatte sie den Motor seines Bootes schon von sehr weit her gehört und stand bereits am Steg, als er sich dem Anleger näherte. Sie winkte ihm von Weitem zu. Raimund durchströmte ein warmes Gefühl und er winkte zurück.

Als der Steven seines Bootes an den Balken stieß, warf er Lilija die Leine zu, die sie fest an einem Poller vertäute.

„Wenn wir so weitermachen, wird nochmal ein richtiger Matrose aus dir", lachte er.

„Jawohl, Herr Kapitän!", grinste sie und salutierte.

Als Raimund nun an Land sprang, hätte nicht mehr viel gefehlt, als dass sie sich jetzt stürmisch um den Hals gefallen wären, aber er hielt sich im letzten Augenblick zurück und begnügte sich damit, Lilija auf französische Art oder wie immer man es nennen sollte, auf Theaterart zu begrüßen. Einen kleinen Moment wirkte sie enttäuscht, denn es schien, als dass sie seinen Impuls geteilt hatte. Ein Blick zwischen beiden, hin- und hergetauscht – und dann zerstreute Lilija diesen Moment der Verlegenheit, nahm ihn bei der Hand und zog ihn mit sich zum Eingang der Cafeteria.

„Komm", sagte sie, „der Kaffee ist schon fertig."

Drinnen herrschte gähnende Leere, aber etwas anderes hatte Raimund auch nicht erwartet. Während er genüsslich seinen Kaffee schlürfte, erzählte Lilija ihm aus ihrem Alltag. Die Rentierscheidung war ja nun abgeschlossen und sobald das Eis und die Schneedecke dick genug wären, wurden die Tore der Gatter wieder geöffnet und die Rentiere könnten den Winter über frei in den Birkenwäldern umherstreifen.

„Dann werden sie auch dich besuchen kommen", meinte Lilija.

„Oh, da werde ich aber sehr glücklich sein."

Er übergab ihr die Wäsche und die Liste mit Bestellungen, die Lilija sorgfältig durchlas.

„Hast du auch genug Kekse?", fragte sie und Raimund fasste sich an den Kopf.

„Nein", erwiderte er, „ach", und: „Danke."

Lilija lächelte ihn an und dann kam ihr auf einmal eine Idee.

„Du, sag mal, hast du eigentlich einen Schlitten? Den brauchst du doch, um im Winter, wenn du auf Skiern hierherkommst, deine Waren zu transportieren."

Er schüttelte den Kopf. „Nein, ich glaube nicht, jedenfalls habe ich nirgends einen stehen sehen."

„Dann setz ihn sogleich hier mit auf deine Liste, die kosten nicht viel, das sind so einfache flache Plastikschüsseln mit Kufen und einem Zuggeschirr."

„Wenn ich dich nicht hätte!"

Raimund lächelte sie warmherzig an und dann erhob sie sich, schnappte seinen Wäschesack und verschwand. Er blieb an seinem Tisch sitzen und schaute aus dem Fenster.

Zwischendurch erschien Kajssa in der Küchentür, winkte ihm zu und fragte etwas, das er als „Möchtest du etwas zu Mittag essen?" interpretierte.

„Ja, sehr gern!", rief er hinüber und sie verschwand.

Als Lilija zurückkam, brachte sie ihre Gitarre mit.

„Heute spiele ich einmal etwas für dich", kündigte sie an, setzte sich in einem gewissen Abstand an den Tisch und hängte sich die Gitarre um.

Sie zupfte ein paar Akkorde, drehte ein wenig an den Wirbeln der Saiten und dann begann sie zu singen, schwedische Lieder, wie sie vermutlich seit Jahrhunderten hier gesungen wurden. Sie hatte eine klare, helle Stimme und Raimund schaute und lauschte und war froh.

Nachdem sie drei Lieder gesungen hatte, legte Lilija ihre Gitarre beiseite.

„Sehr schön!", applaudierte Raimund. „Waren das schwedische oder samische Lieder?"

„Samen singen keine Lieder", erklärte sie, „wir haben den ,Joik', das ist ein Gesang ohne Worte, wir besingen damit den Wind, den Schnee, die Rentiere oder unsere Verstorbenen. Joik ist nicht zur Unterhaltung gedacht. Wir singen nicht über etwas, sondern wir singen, um uns mit etwas zu verbinden, gleichsam eins zu werden mit Dingen, die höher sind als wir, und wir singen auch nur zu bestimmten Anlässen."

„Wirst du irgendwann einmal einen Joik singen?", fragte Raimund.

„Ja", gab sie zurück, „am Heiligen Abend. Der Joik ist sehr alt, er stammt aus der Zeit unserer alten Religion, aber er passt auch sehr gut zur Weihnachtszeit. Mit einem Joik können wir ohne Worte die ganze Weihnachtsgeschichte erzählen und Weihnachten ist ja auch gleichzeitig die Zeit der Wintersonnenwende. Diese aber ist, mehr noch als die Sommersonnenwende, die höchste Zeit im Jahr, denn es ist das Versprechen der Wiederkehr der Sonne. Und mit unseren ‚Joiks' verbinden wir uns mit ihr, damit es ewig so bleiben möge."

„Wie wunderschön!", sagte Raimund. „Wie wunder-, wunderschön!" Er schwieg eine lange Zeit, um dann hinzuzusetzen:

„Wenn ich einmal dabei sein dürfte, ich würde mich sehr freuen."

Nun lachte Lilija.

„Aber natürlich darfst du, du bist uns herzlich willkommen!"

Sie wurden unterbrochen von Kajssa, die Lilija zu sich winkte. Mutter und Tochter verschwanden in der Küche. Kurz darauf tauchten beide wieder auf, Tabletts mit Geschirr und dampfenden Schüsseln in den Händen. Auch der Vater erschien, und als die kleine Gesellschaft so gesehen vollständig war, setzten sich alle an den Tisch, um gemeinsam zu essen.

Raimund empfand Dankbarkeit dafür, mit so liebenswürdiger Selbstverständlichkeit in der Familie aufgenommen zu werden. Er hoffte inständig, diese Menschen nicht irgendwann zu enttäuschen oder es gar zu müssen. Ganz tief in seinem Inneren hatte er so eine unbestimmte Ahnung, dass genau das vielleicht einmal eintreffen könnte.

Was er tun könnte, um etwas in dieser Art auszuschließen, davon hatte er indes nicht die geringste Ahnung.

Dreimal war es Raimund noch möglich, mit dem Boot nach Nikkaluokta zu gelangen. Bei seiner dritten Fahrt schaffte es sein Boot aber nur noch mit Mühe, die Eisdecke zu durchbrechen, und bei diesem letzten Besuch verabschiedete sich Raimund auch früher als sonst, denn es gab noch viel zu tun. So gaben ihm schließlich alle drei das Geleit zum Steg – Jokki, der Vater, Mutter Kajssa und Lilija.

„Es ist ja nicht für den ganzen Winter", sagte der Vater und reichte ihm die Hand.

„Das nächste Mal kommst du mit Skiern über das Eis", meinte die Mutter und Lilija: „Wir warten auf dich!"

Jokki warf die Leine los und stieß das Boot mit dem Fuß ab, Raimund kippte den Außenborder herunter und startete den Motor. Wie immer beschrieb er einen weiten Bogen, um einen letzten Blick auf die drei Gestalten auf dem Steg zu haben. Sie standen nah beieinander und winkten und er erwiderte diese Geste. Des Eises wegen fuhr er mit stark gedrosseltem Motor. Nach etwa hundert Metern drehte er sich noch einmal um. Lilija war allein zurückgeblieben und winkte immer noch. Sie wirkte so klein und verlassen, es war ein ungemein rührender Anblick. Wieder beschlich Raimund diese unbestimmte düstere Ahnung.

„Es ist doch nur für drei, vier Wochen", beruhigte er sich selber und hob den Arm für einen letzten Gruß über den See.

„Mach's gut, Lilija", flüsterte er in die Kälte hinein.

Dieses Mal brauchte er lange für den Rückweg und als sein Boot mit dem Steven auf den kleinen Strand stieß, packte er als Erstes seine Schätze aus. Lilija hatte ihm einige Laibe „Glödkaker" gebacken und vom Vater hatte er zwei geräucherte Fische mitbekommen.

In der Stube war es noch ein bisschen warm, so brauchte Raimund die Glutreste nur anzufachen. Dann ging er zum Boot zurück, hakte den Außenbordmotor aus und schleppte ihn in den Holzschuppen, wo er ihn mit einer Decke verhüllte. Er würde ihn erst im Frühjahr wieder brauchen, aber dann wäre sein

Abenteuer auch schon fast vorüber. Anschließend zog er das Boot ganz auf das Ufer und kippte es um, sodass es nun kieloben auf dem Sand lag. Das alles war recht schwere Arbeit und er war danach doch ziemlich durchgeschwitzt.

Nun, für heute war sein Tagewerk erledigt und so begab er sich zurück in seine Hütte. Es dunkelte bereits, aber zum Abendessen war es noch zu früh. Er fühlte sich ein wenig antriebslos und zum ersten Mal war ihm ein wenig einsam zumute, hier auf seiner Insel im Vistasvagge-Delta. Er setzte sich an den Tisch, erinnerte sich, wie er noch vor einer Woche hier mit Lilija gesessen hatte, und bei dem Gedanken daran, fühlte er, wie sich sein ganzes Inneres zusammenzog.

Ja, es war geschehen. Er hatte sich verliebt.

‚Das hätte nicht passieren dürfen', dachte er und auch diese Schlussfolgerung traf ihn wie ein Schlag. Nicht allein, dass es höchst unvernünftig war, nein, es war unmöglich und er wusste das nur zu genau. Seine Konsequenz aus dieser Erkenntnis war zunächst einmal Verdrängung. Er lenkte sich ab, dachte an Hamburg, wo er wohnte, und an das Theater, für das er arbeitete – das alles erschien ihm schon so lange her.

Ein anderes Leben in einer anderen Welt.

Aber dann gab er sich einen Ruck.

Er blickte auf das Regal an der Wand, in dem seine Reiseschreibmaschine stand. Seltsamerweise erleichterte ihn das. Sie hatte sich gerade im richtigen Augenblick in Erinnerung gebracht. Er hatte ja seine Arbeit, die auf ihn wartete und für deren Fortsetzung er jetzt in den nächsten drei Wochen Zeit und Muße haben würde.

Aber bevor er nun damit begann, erhob er sich erst einmal, um sein Abendbrot herzurichten. Als er den Kessel mit Wasser aufsetzte, fiel sein Blick auf die beiden Wassereimer aus Edelstahl. Einer war noch bis oben hin voll, der andere zu zwei Dritteln geleert und er nahm sich vor, ihn noch heute Abend aufzufüllen. Heute Morgen noch war Raimund zum Waschen in den See gestiegen. Er hatte sich ein etwa ein bis eineinhalb Meter großes Loch ins Eis gehackt, aber er war sich nicht sicher, ob er das würde morgen Früh auch noch tun können. Da war wohl die nächsten Tage, Wochen und Monate Katzenwäsche angesagt, sagte er sich.

Zum Abendessen verspeiste er einen halben Fisch und einen ganzen Laib „Glödkaker", von lieben Händen für ihn gebacken.

„Vor allen Dingen muss ich aufpassen, dass ich nicht noch trüb- oder rührselig werde", mahnte er sich selbst, „das hier ist ja erst der Anfang!"

Nach dem Essen ging er noch einmal hinaus, um Wasser zu holen. Er schaute auf das Thermometer, minus drei Grad zeigte es an.

„Geht ja noch", meinte er und schaute zum Himmel. Es waren hier und da ein paar Sterne zu sehen, aber im Wesentlichen war es eher bewölkt. Anschließend suchte er das abseits gelegene Plumpsklo auf. Es befand sich auf einem Hügel, mit der Rückseite über der Grube.

Wenn der Wind ungünstig stand, würde er genau dort hineinblasen, überlegte Raimund.

‚Bei minus dreißig Grad und Wind von hinten möchte ich hier nicht sitzen.‘

Er schauderte. Und zum ersten Mal in seinem Leben verstand er den Sinn des Begriffes „sich den Arsch abfrieren". Im Augenblick aber fand er den Gedanken daran eher noch lustig.

‚Wenn die Leute daheim in ihren zentralgeheizten Komfortwohnungen das wüssten‘, musste er schmunzeln. Aber dann kamen ihm die Polarforscher Scott und Nansen in den Sinn und da fand er auf einmal, dass er es hier immer noch vergleichsweise komfortabel hatte.

Nach dem Abwaschen legte er sich auf seine Koje, um noch ein wenig zu lesen. Er war bereits im letzten Drittel des Buches angekommen und nun wurde es zunehmend spannender.

Und wieder dachte er an Lilija, und ob sie wohl jetzt, ebenso wie er, im Bett liegen und vielleicht die „Meistererzählungen" von Conrad lesen würde, die er ihr mitgegeben hatte?

Er beglückwünschte sich im Stillen, dass er die englischen Ausgaben dieser Romane und Erzählungen eingepackt hatte. Vor vielen Jahren hatte er sie einmal gekauft, weil er gedacht hatte, Conrad müsse man unbedingt im Original lesen.

‚Und obendrein ist es besser als jedes Lehrbuch, um wie nebenbei seine Englischkenntnisse aufzubessern‘, hatte er gedacht.

Nachdem er Conrad erst auf Deutsch und schließlich auf Englisch gelesen hatte, war ihm die Richtigkeit seiner Überlegungen nur zu bewusst geworden.

Jetzt aber las er sie bereits das zweite Mal in der englischen Originalfassung und langweilig wurde es nie.

Schon früh machte er seine Stirnlampe aus, drehte sich auf die Seite und war bald darauf eingeschlafen.

Als Raimund am Morgen erwachte, bemerkte er sogleich, dass das Licht, das durch seine Fenster fiel, heller war als die Tage davor. Er konnte es sich nicht sofort erklären, denn am Sonnenlicht schien es nicht zu liegen. Als er aus dem Fenster schaute, hatte er das Gefühl, als hätte eine Fee über Nacht mit ihrem Zauberstab über das Land gewischt und alles ringsumher mit einer weißen Decke überzogen.

Er wusste nicht, ob dieser Wettereinbruch für die nördlichen Breiten als normal galt oder ob der Beginn des Winters in diesem Jahr früher oder eher später als üblich eingetreten war. Es war ja gerade erst Ende September. Nun, jedenfalls war über Nacht der Schnee gekommen und hatte die Landschaft in ein helles Weiß getaucht. Eines war gewiss: Dieser Schnee würde jetzt für eine sehr lange Zeit nicht wieder verschwinden. So würde die Natur nun unter einer immer dicker werdenden Schneedecke begraben sein und sie würde für Wochen, ja, für Monate bleiben.

Zu Hause wäre, einmal abgesehen von der Jahreszeit, von einer weißen Pracht wie dieser in der Regel schon am selben Abend nichts mehr zu sehen. Eis und Schnee in der Stadt bedeuteten Matsch, Salz und Schmutz.

Als Raimund zum See hinunterging, konnte er das Loch, das er gestern ins Eis geschlagen hatte, unter der Schneedecke nicht mehr sehen. So stieß er dort, wo er es vermutete, mit seinem Eis-Spieß, den er im Schuppen gefunden hatte, einige Male kräftig in den Schnee, bis das Eis unter seinen Stößen splitterte. Es war über Nacht noch dicker geworden.

Nach einem Bad im See stand Raimund jetzt nicht mehr der Sinn. Er dachte an seine Bootsfahrt gestern Abend, die ihm heute fast unwirklich vorkam.

„Gerade noch einmal Glück gehabt", sagte er zu sich, „hätte ich bis heute gewartet, wäre ich wohl nicht mehr hinüber nach Nikkaluokta gekommen."

Er war nun doch ein wenig erschrocken, wie schnell das gegangen war.

Er war wegen der auf ihn zukommenden Abgeschiedenheit doch ein wenig nervös. Nun, er musste warten, bald wäre die Schneedecke wohl dick genug, um auf Skiern Ausflüge in die nähere und weitere Umgebung machen zu können.

So kehrte er schließlich in seine Hütte zurück, wusch sich zum ersten Mal in seiner Waschschüssel und bereitete sich sodann sein Frühstück.

Ab und zu hob er den Kopf und lauschte. Es war nichts zu hören. Kein Geräusch drang an sein Ohr, außer dem Prasseln des Feuers, wenn er ein neues Scheit aufgelegt hatte.

Nachdem er ausgiebig und mit großem Appetit gegessen hatte – denn all das, was Torben ihm hier als Vorrat angelegt und das, was er sich noch dazugekauft hatte, schienen ihm hier mitten in der Wildnis wahre Köstlichkeiten zu sein – holte er seine Violine hervor. Das Frühstück im Verbund mit der sich nun ausbreitenden Wärme des Ofens hatte Raimund in eine angenehm sinnliche Laune versetzt und nachdem er die Saiten gestimmt hatte, spielte er ein paar Takte an. Fast wie von selbst ging er danach in eine Weise von Sibelius über.

Und wie er musizierte und sich dabei mehr und mehr in der Melodie verlor, ging er mit langsamen Schritten auf das kleine Fenster mit den Sprossenscheiben zu und schaute, während er seinen Bogen gedankenverloren über die Saiten strich, hinaus in die weite Landschaft des Flussdeltas.

Er spielte gut eine halbe Stunde, danach holte er seine Schreibmaschine aus dem Regal und begann zu arbeiten.

Da er durch nichts abgelenkt wurde, kam er sehr gut voran. Er vertiefte sich so sehr in seinen Shakespeare, dass er alles um sich herum vergaß, und war plötzlich wieder in der ihm so vertrauten Theaterwelt angekommen.

So gingen die Tage dahin und ein Tag war wie der andere. Eine Zeit lang hatte es blauen Himmel gegeben und die Temperatur war noch weiter gesunken. Die Sonne stand am Mittag noch so flach, dass nicht mehr hinter der Bergkette hervorkam. Erst wenn sie ganz im Süden war, schien sie für etwa zwei Stunden in das Delta hinein. Sie schuf sehr lange Schatten und auf der weiten Schneefläche, die das Eis des Sees bedeckte, erzeugte sie ein Glitzern wie das von Millionen kleiner Edelsteine.

Nach etwa einer Woche schlug das Wetter um. Dicke, tiefliegende graue Wolken zogen in das Tal hinein und es schneite, schneite, schneite. Jetzt musste Raimund täglich kräftig Schnee schaufeln, einen breiten Gang zum Holzschuppen, einen schmaleren zu seinem Plumpsklo und einen mittelbreiten zum Seeufer.

Nun wurde es auch Zeit, sich ein dauerhaftes Eisloch anzulegen, das er den ganzen Winter über offen halten musste. Es sollte groß genug sein, um mit dem Eimer hineinzukommen, und so weit vom Ufer entfernt, dass Raimund den Eimer auch vollständig im Wasser versenken konnte.

Er hatte sich für diese Arbeit Gummistiefel angezogen und diese zog er sich auch noch die nächsten zwei, drei Tage an, weil das Eis unter ihm bei jedem Schritt knackte und ein-, zweimal auch unter seinem Gewicht barst. Etwa Mitte Oktober war es dann dick genug, dass es ihn bis zu seinem Loch trug. Dieses vergrößerte er, denn kleiner würde es mit der Zeit von selber werden. Er hatte auch eine Eis-Säge im Schuppen entdeckt, deshalb machte er sich keine Gedanken.

Sein Boot war inzwischen zu einem runden Schneebuckel geworden.

Das Schöne am Wetter war, dass es all die Tage und Wochen über nahezu windstill blieb, und so spürte er die zunehmende Kälte nicht so sehr.

Die Abbruchkante des Wasserloches gab ihm Auskunft darüber, wie die Eisdecke immer stärker wurde. Sie wies nach einer weiteren Woche bereits stattliche zehn Zentimeter auf, aber das reichte vielleicht noch nicht, um über den See zu gehen. Das alles dauerte länger, als er gedacht hatte, denn wenn es schneite, war es oft nicht kalt genug, um die Eisdecke noch weiter anwachsen zu lassen.

Am zweiundzwanzigsten Oktober sah Raimund das erste Mal ein Nordlicht. Es wurde tagsüber seit einiger Zeit gar nicht mehr so richtig hell und es mochte so um die drei Uhr am Nachmittag gewesen sein, er war gerade wieder einmal beim Schneeschaufeln, da sah Raimund, als er für eine Weile den Schneeschieber ruhen ließ, plötzlich grünliche Strahlenbündel über dem Bergkamm hervorschießen. Zunächst waren es noch wenige, aber es wurden immer mehr.

Wie große strahlenförmige Wolken eines geisterhaften Lichtes waberten sie über den Himmel. Sie veränderten ständig ihre Form, ihr grünes Leuchten erhellte das ganze schneebedeckte Tal und färbte den Schnee Grün.

Raimund hatte sich auf den Stiel seiner Schaufel gestützt und schaute fasziniert zum Himmel hinauf. Er erinnerte sich, was

Lilija ihm über das Nordlicht gesagt hatte, dass es die Seelen ihrer Toten sei, und da nahm er für einen Augenblick seine Mütze ab, um ihnen in Ehrfurcht zu begegnen.

Als sein Blick dann über den zugefrorenen See streifte, nahm er plötzlich eine Bewegung wahr. Am Rande des dick verschneiten Birkenwaldes der gegenüberliegenden Insel sah er ein Rentier stehen. Er wischte sich über die Augen. Es sah so unwirklich aus, als wäre es herbeigezaubert worden. Wie kam dieses Rentier dorthin? Einen Augenblick lang glaubte Raimund, Zeuge eines geradezu überirdischen Phänomens zu sein.

Aber jetzt setzte sich das Tier langsam in Bewegung und aus dem tief verschneiten Weidengestrüpp folgten ihm andere nach. Ihr Fell war inzwischen fast vollständig weiß geworden. Das wabernde Nordlicht erleuchtete inzwischen das gesamte Tal schier taghell, aber es war ein unwirkliches, ein unstetes Licht. Und auch die Rentiere, die sich jetzt in einer langen Reihe hintereinander über das Eis des Sees in Gang setzten, schienen wie aus einer anderen Welt. Gemächlich ausschreitend, mit ihren Geweihen geradezu majestätisch wirkend, zogen sie dahin.

„Das alles ist nicht wirklich wahr", sagte Raimund zu sich, „ich träume das alles nur."

Er konnte sich gar nicht losreißen von diesem Anblick und während er noch dastand und träumte, kam ihm langsam und ganz von hinten eine Erinnerung.

„Rentiere", sagte er, „irgendetwas hat es doch auf sich mit den Rentieren!"

Wo kamen diese Rentiere hier so plötzlich her? Und dann schlug er sich vor den Kopf.

Natürlich, das war's!

„Wenn du das erste Mal ein Rentier siehst, ist das Eis dick genug, dich zu tragen", hatte Lilija zu ihm gesagt. „Rentiere irren sich nicht. Sie haben einen feinen Instinkt."

Seine wochenlange Isolation hatte ein Ende gefunden.

Übermütig warf Raimund seinen Schneeschieber in die Höhe.

„Lilija, ich komme!", rief er und dann nahm er den Schieber vom Boden wieder auf, hielt ihn mit der Schaufel nach oben vor sich, so wie ein Tänzer seine Partnerin fasste, und führte hier vor seiner Hütte, inmitten der weiten weißen Einsamkeit, einen Freudentanz auf.

In dieser Nacht fand Raimund kaum in den Schlaf. Etwas mehr als vier Wochen hatte er in der Hütte, einsam und abgeschnitten vom Rest der Welt, ausgeharrt und es kam ihm wie Monate vor. Bis hierher war sein Abenteuer Einsamkeit recht gut verlaufen. Es hatte ihm weniger ausgemacht, als er erwartet hatte. Seine Gedanken an die junge Frau hinter dem Tresen hatten ihn davor bewahrt trübsinnig zu werden.

Und jetzt am Morgen, es waren nur noch wenige Stunden bis zu einem Wiedersehen mit Lilija und ihrer Familie in Nikkaluokta, überkam ihn eine unruhige Vorfreude und es fiel ihm schwer, sein Frühstück wie gewohnt einzunehmen. Nachdem er abgewaschen hatte, legte er noch einige Scheite Holz nach, zog sich seine Daunenjacke und die Skistiefel an, schnappte sich seine russische Pelzmütze, die ihm einst eine Freundin aus Moskau mitgebracht hatte, und verließ die heimelige Stube.

Draußen war es noch dunkel und es würde fortan noch mit jedem Tag später werden, dass sich ein dämmeriges Licht zögernd über die Bergkette schlich. Die Schneedecke, die das gesamte Tal in eine heller erscheinende weiße Zauberwelt verwandelt hatte, verhinderte jedoch, dass es stockdunkel wurde.

Ein Blick aufs Thermometer, er tat das jeden Morgen, wenn er vor die Tür trat, zeigte ihm minus acht Grad.

‚Geht ja noch!', dachte er bei sich.

Sodann holte er sich seine Eis-Lanze und hackte das Loch im See frei, füllte die Eimer mit Wasser und trug sie ins Haus. schließlich schloss er sorgfältig die Tür hinter sich, ging über den kleinen Hof zum Holzschuppen und holte Skier und Skistöcke aus der Ecke hervor, wo sie zwei Monate gestanden hatten, ohne dass er sie einmal angesehen hätte. Dabei fiel ihm ein, dass es ratsam wäre, seinen Reiserucksack mitzunehmen. Also ging er noch einmal hinein, nahm auch einen seiner Joseph-Conrad-Bände aus dem Regal und als er das Buch in den Rucksack stecken wollte, fiel ihm auch noch die schmutzige Wäsche ein. Es war viel zusammengekommen in den vergangenen Wochen. „Wo habe ich nur meine Gedanken!", schalt er sich.

Raimund war sich bewusst, welch ein Luxus das für ihn war: Das Angebot von Lilijas Familie, ihm ihre Waschmaschine zur Verfügung zu stellen, war viel mehr, als er an nachbarschaftlicher Hilfe erwartet hätte.

Jetzt endlich aber ging es los!

Gleich vor der kleinen Veranda schnallte er sich die Skier an, stieß sich kräftig mit den Stöcken ab und sauste, ohne noch einen Schritt zu machen, das leichte Gefälle hinunter und direkt auf die unberührte weiße Fläche des Sees hinaus.

Eine große, stille Freude überkam ihn. Wie lange hatte er nicht mehr auf Skiern gestanden? Er holte kräftig mit Armen und Beinen aus, aber sonderlich schnell kam er nicht vom Fleck, denn der Schnee war nicht so trocken, wie er gehofft hatte. Er musste sich tüchtig anstrengen und bald wurde es ihm so warm, dass er Mütze und Handschuhe auszog.

Es dauerte fast eine Stunde, bis er endlich am westlichen Ufer des Paittasjärvi angekommen war. Dort schnallte er sich die Skier ab, stieg die Kante zum Festland hoch und ging über die glattgeräumte Fläche vor der Cafeteria zum Eingang. Raimund stellte Skier und Stöcke senkrecht an die Wand und trat ein. Im Vorraum zog er seine Stiefel aus, öffnete eine weitere Tür und betrat den Gastraum. Er war dunkel und leer, nur das Licht im Tresen erhellte den Raum. Dieses Mal ging er direkt zum Tresen, schnappte sich die Klingel und läutete kräftig. Hinter der halboffenen Tür zur Küche hörte er ein Scharren und Klappern, Schritte kamen näher und dann, fast blieb ihm das Herz stehen, stand Lilija in der Tür, ein Geschirrtuch in der Hand. Und im selben Augenblick strich auch schon ein Leuchten über ihr Gesicht.

„Raimund?"

„Lilija!"

Sie warf das Tuch fort und stürzte hinter dem Tresen hervor, und weil niemand sonst anwesend war, breitete sie die Arme aus und fiel ihm in fröhlicher Ausgelassenheit um den Hals.

Genauso schnell aber löste sie ihre Umarmung wieder, drückte ihm beide Hände an die Brust, um ihn auf Armeslänge von sich abzuhalten. Sie blickte ihn prüfend an.

„Entschuldige", sagte sie und wurde dabei ein klein wenig rot, „da bist du also!"

Raimund, etwas verlegen durch ihre unerwartete Begrüßung, schaute sie an.

„Warum Entschuldigung?", fragte er.

„Ach, ich war vielleicht ein wenig stürmisch", lachte Lilija, „aber du gehörst ja schon fast zur Familie."

Sie hatte ihre Unsicherheit bereits wieder abgelegt.

Während Raimund sich nun seine Jacke auszog, schaltete Lilija das Licht an, nahm ihn bei der Hand und führte ihn an den Tisch, an dem sie immer saßen.

„Setz dich!", lud sie ihn ein. „Hier bei uns ist jetzt nichts mehr los, es ist die Zeit, wo keine Bergwanderer mehr kommen." Wieder schaute sie ihn warmherzig an. „Ich mache dir einen Kaffee", sagte sie, „hast du schon gefrühstückt? Natürlich hast du gefrühstückt, aber möchtest du vielleicht sonst irgendetwas?"

Raimund schüttelte den Kopf.

„Nein, ich bin rundherum zufrieden, aber ein Kaffee wäre jetzt richtig gut."

„Die Zeit ist dir sicher lang geworden. War es schlimm?"

„Gar nicht", entgegnete er, „dennoch bin ich froh, wieder hier bei euch zu sein."

Er schien eine Weile zu überlegen. „Vielleicht gerade noch rechtzeitig", setzte er hinzu und zeigte ein etwas schiefes Lächeln, „bevor ich nicht am Ende doch noch den Nordland-Koller bekommen hätte. Es war gestern Abend! Ich bin immer noch nicht ganz sicher, ob ich es nicht doch nur geträumt habe.

Das erste Nordlicht in diesem Jahr! Und dann stand da gegenüber auf der Insel auf einmal dieses Rentier!"

Lilija nickte. „Ich habe es dir ja gesagt, wenn du das erste Rentier siehst, ist es so weit. Aber nun will ich dir erst einmal deinen Kaffee machen."

Mit diesen Worten eilte sie davon und verschwand durch die halb offene Tür zur Küche.

Mit einer dampfenden Tasse in der Hand kam sie zurück und stellte sie vor ihn hin.

„Heiß, schwarz und süß, so, wie du's magst", sagte sie und setzte sich wieder. „Erzähl", fuhr sie fort, „wie ist es dir ergangen?"

Raimund lachte. „Wie du siehst, lebe ich ja noch", und schlürfte seinen Kaffee.

„Hast du dich nicht doch ein wenig einsam gefühlt?" hakte Lilija nach.

„Och, es war wirklich gar nicht so schlimm", meinte Raimund, „ich habe es mir ärger vorgestellt. Ich habe viel gelesen und Violine gespielt und dann hatte ich ja meine Arbeit, die mich voll und ganz in Anspruch genommen hat."

„Oh", meinte sie, „was ist das für eine Arbeit?"

„Wie ich dir ja schon erzählt habe, arbeite ich am Theater", sagte er, „als freier Regisseur."

Und nun berichtete ihr Raimund, dass er sein nächstes Stück vorbereite und an einem Shakespeare-Text arbeite. Lilija blickte ihn mit großen Augen an.

„Wie bekommst du das nur alles hin?", staunte sie, „Seemann, Musiker und nun auch noch Regisseur."

„Ach, das hört sich verworrener an, als es ist", entgegnete er, „außerdem ist das mit dem Seemann schon eine ganze Weile her. Ich dachte damals, bevor ich ein Studium begänne, würde ich mich erstmal gerne in der Welt umschauen. Und als ich das getan hatte, taugte ich wohl zu nichts anderem mehr als zu einem Künstler."

Er zwinkerte ihr zu. „Und so entschied ich mich dann für ein

Studium der Theaterwissenschaften und der Musik." Er unterbrach sich einen Augenblick und lächelte Lilija an. „Und was die Musik betrifft, ich spiele seit meiner Kindheit Geige." Lilija blickte ihn an, wie jemanden von einem anderen Stern.

„Ich kann mir das alles gar nicht vorstellen", sagte sie, „Kiruna ist die einzige Stadt, die ich kenne, und wir haben nur das ‚Folketshus‘, wo auch ein wenig Theater gespielt wird. Meine Freundin Gunhild hat auch Musik studiert, in Stockholm. Inzwischen ist sie aber wieder zurück in Kiruna und gibt nun Geigen- und Gitarrenunterricht für Kinder."

Sie schaute träumerisch zur Decke und schloss die Augen.

„Ach", sinnierte sie, „ich möchte wohl zu gern auch einmal solch eine große Stadt sehen, Stockholm vielleicht oder besser noch Kopenhagen", und nach einer langen Weile der Stille: „Aber leben wollte ich da nicht!"

Das klang sehr entschieden.

Damit war erstmal alles gesagt und zwischen ihnen entstand eine Pause.

„Weißt du, was wir machen?", fragte Lilija dann. „Wir schnallen uns die Skier an und machen einen kleinen Bogen in die Umgebung."

„Eine tolle Idee!", meinte Raimund.

„Und dann ...", fuhr Lilija fort, „... essen wir zusammen Mittag."

Ihr Blick fiel auf den Rucksack. „Hast du keine Wäsche mit? Die können wir vorher noch schnell in die Maschine stecken."

Er kramte nun darin.

„Ich habe dir auch ein neues Buch und eine Bestellung mitgebracht."

Lilija nahm das Buch entgegen. „Das andere hat mir sehr gut gefallen." Sie schien eine Weile ihren Gedanken nachzuhängen.

„Es sind sehr schöne Geschichten", sagte sie dann, „aber bei Conrad gehen wohl alle Geschichten traurig aus."

„Ja, wie im richtigen Leben."

„Ist es so?", gab Lilija fast erschrocken zurück.

Eine Weile der Stille trat ein, so als lauschten sie einem Nachhall, der durch dieses Gespräch entstanden war und der seine Schatten zu werfen schien.

Nach einer wiederum langen Weile löste Raimund die schier unmerkliche Spannung:

„Wer kann schon wissen, was das Leben alles bereithält. Wir leben jetzt!"

Lilija überwand ihre Verunsicherung und ein Lächeln kam über ihr Gesicht.

„Ja, und jetzt geht es los."

Sie ging in die Küche, um Raimunds Wäsche in die Maschine zu stecken und der Mutter Bescheid zu sagen, dass sie zusammen einen kleinen Ausflug machen wollten.

Zusammen mit Kajssa kam sie wieder zurück. Kajssa begrüßte Raimund und meinte: „Geht nur, Kinder, es ist schönes Wetter, aber bleibt nicht zu lange fort, ich mache inzwischen Essen für uns alle."

Raimund wusste nicht so recht, was er davon halten sollte, hier so pauschal als „Kind" bezeichnet zu werden, Er hatte die Dreißig überschritten, aber vermutlich war es eine Ehre, auf diese Weise dazugezählt zu werden. Lilijas Eltern kamen ihm so unvoreingenommen freundlich, ja, herzlich entgegen, dass sich in seinem Innern bereits ein schlechtes Gewissen regte.

Er hatte sich vorgenommen, die Verbindung zu Lilija möglichst auf nötige Distanz zu halten.

Er musste unbedingt versuchen, die Kontrolle über sich zu behalten. Er besaß ein hohes Maß an Bewusstsein für diese Situation. Die einsamen Wochen gerade hatten ihm geholfen, seine Lage besser zu überblicken.

Nun, er würde sich vorsehen müssen.

Er wartete, bis Lilija sich angezogen hatte, und dann schnallten sie sich beide ihre Skier an und los ging die Fahrt. Raimund hatte es natürlich vermutet: Lilija war weitaus geübter im Langlauf als er selber, mühelos glitt sie über den Schnee.

Sie folgten einige Kilometer dem ebenfalls bereits zugefrorenen Fluss Ladtjojokk und erreichten nach weniger als zwei Stunden den See Ladtjojaure. Die Zeit war wie im Flug vergangen. Hier lag den Sommer über das Boot, mit dem Lilijas Vater während der Saison die Touristen übersetzte. Der Anleger war jetzt im Winter verwaist, das Boot war mit einer Winde in einen zum See hin offenen Schuppen gezogen worden.

An dessen Seite stand eine Bank, dick verschneit. Sie schnallen die Skier ab schoben den Schnee von der Sitzfläche und nahmen Platz.

Es war ein geradezu zauberhaft schöner Ort, den Lilija ausgesucht hatte. Von hier hatten sie einen weiten Blick über den See. Am gegenüberliegenden Ufer stieg sanft das Tal Ladtjovagge an, gleichzeitig bildeten der schroff aufragende Berg Tolpagorni und das mächtige, schneebedeckte Kebnekajsemassiv, der heilige Berg der Samen, das Panorama.

„Warst du schon einmal dort oben?", wollte Raimund wissen.

Lilija schüttelte den Kopf.

„Wir Samen steigen nicht zum puren Vergnügen auf Berge", erklärte sie, „und du?"

„Ich auch nicht", er zwinkerte, „Raimund steigt auch nicht zum reinen Vergnügen auf Berge, er findet, dass sie aus der Ferne und von unten majestätischer wirken."

Da lachte Lilija. „Du erfüllst viele Voraussetzungen, um einer von uns werden zu können."

Sie hatte das so im Spaß dahingesagt, aber Raimund kam bei ihren Worten ein wenig ins Grübeln. Hielt sie es am Ende gar für möglich, dass er, der Großstädter und Weltenbummler, hier in dieser Ansiedlung der Samen ansässig werden könnte?

Lilija, die sehr wohl bemerkt hatte, wie nachdenklich er geworden war, stellte nun die Frage, die nur Frauen stellen konnten und auf die Männer in der Regel mit großer Ratlosigkeit reagierten:

„Woran denkst du?"

Raimund schwieg.

„Es ist schön hier", sagte er schließlich.

Sie seufzte und nach einer Weile meinte sie: „Ja."

Sonst nichts.

So saßen sie eine lange Zeit schweigend nebeneinander und träumten vor sich hin.

„Komm, lass uns wieder zurückfahren", sagte Lilija schließlich schlicht und so schnallten sie sich ihre Skier unter die Füße und machten sich auf den Weg.

In der Cafeteria erwartete sie bereits ein gedeckter Tisch.

„Da kommt ihr ja endlich", begrüßte sie Kajssa, „kommt, setzt euch hin, ich hole sogleich das Essen."

Und zusammen mit dem Essen kam dann auch Jokki und gesellte sich zu ihnen.

„Alles okay mit dem Boot?", fragte er seine Tochter.

Er setzte als gesichert voraus, dass sie zum See gewandert waren, denn die Zeit ihres Fortbleibens hatte er ungefähr der Entfernung nach dort zugeordnet. Es war auch einfach so eine Frage gewesen, was sollte wohl mit dem Boot sein, das dort in dem Schuppen seinen Winterschlaf hielt.

„Ja, alles okay", antwortete Lilja denn auch, dabei hatten sie nicht einmal hineingeschaut.

Nach dem Essen holte Lilija ihre Gitarre und sie sangen abwechselnd Lieder aus ihrer Heimat oder der Zeit, in der sie groß geworden waren. Raimund kannte neben den Weisen aus Lateinamerika auch einige Seemannslieder aus dem englischen Barock, so, wie sie zur damaligen Zeit in den „Alehouses" gespielt worden waren.

Bereits gegen zwei Uhr begann es wieder zu dunkeln und kurz drauf verabschiedete sich Raimund, es war Zeit, in seine Hütte zurückzukehren.

Er glitt bedächtig über den See. Nichts als Stille und Weite und Schnee umgab ihn. In seinem Innern jedoch tobte ein Sturm. Schön war es gewesen. Die Familie hatte einen Platz in seinem Herzen gefunden. Doch, wo war Lilija darin aufgehoben, inmitten dieses heimeligen Familienidylls, welche ihn wiederum so selbstverständlich in ihrer Mitte aufgenommen hatte?

War er schon zu weit gegangen?

In großer Verbundenheit hatte er mit Lilija auf der Bank am See gesessen, hatte später fröhlich Lieder mit ihr zusammen gesungen und gemeinsam musiziert.

Einfach nur so?

Raimund empfand nun plötzlich die Einsamkeit um sich herum immer stärker und Traurigkeit erfüllte ihn.

Ein Ausflug

Vier Tage später startete Raimund seine erste Skiwanderung, nur zwei Tage sollte sie dauern und ihn zur Kebnekajse-Station führen.

Weil er jetzt wieder frische Wäsche hatte, war ihm die Idee zu diesem Ausflug gekommen. Die Skier untergeschnallt, den Wanderrucksack geschultert und schon ging es los.

Seine neue „Familie" hatte er bereits zuvor von dieser Tour unterrichtet, aber als er die Cafeteria, die auf seinem Weg lag, erreicht hatte, schaute er dennoch auf eine schnelle Tasse Kaffee herein, bevor er seine Wanderung fortsetzte.

„Viel Spaß in der Sauna!", wünschte ihm Lilija.

Die Strecke war zunächst die gleiche wie die, die er vor vier Tagen mit Lilija unternommen hatte, sie führte entlang des jetzt zugefrorenen Flusses. Drüben auf der anderen Seite sah er das große Ren-Gehege, das jetzt verlassen dalag. Nur aus einem kleinen Gehege, dicht neben dem großen, schauten fünf oder sechs junge Rentiere mit ihren erst sprießenden Hörnern, die einmal ein prächtiges Geweih werden sollten, neugierig zu ihm herüber.

Nach etwa einer Stunde erreichte er das Bootshaus am Ende des Sees. Hier verhielt er seinen Schritt, stützte sich auf seine Skistöcke und betrachtete die noch erkennbaren Spuren im Schnee auf der Bank, dort, wo er und Lilija vor Kurzem noch gesessen hatten. Es war noch zu früh für eine Pause, jedoch hielt er trotzdem eine Weile inne und schickte seinen Blick über das herrliche Panorama – hatte er jemals ein schöneres gesehen?

Im Sommer und zu Fuß hätte er sich nun rechts halten müssen, um dem Wanderpfad über etwa sieben Kilometer weit am Ufer des Ladtjojaure zu folgen. Jetzt aber war es möglich, einfach geradeaus weiterzulaufen. Neben dem Bootshaus war das Ufer flach und er konnte ohne umständliche Manöver direkt hinaus auf den See gleiten. Schnee und Eis vereinfachten seine Wanderung erheblich.

Als er nach etwa einer Stunde am anderen Ende des Sees den gegenüberliegenden Bootsanleger erreichte, fand er auch hier eine einfache Holzbank vor. Also beschloss er, eine Pause einzulegen. Er schnallte seine Skier ab, fegte mit der Hand flüchtig den dicken Schnee von der Sitzfläche und setzte sich. Sein Blick schweifte zurück über die weite weiße Fläche des Sees, während er seine Wegzehrung aß.

Dieser Blick und der See waren ihm bereits so vertraut und er dachte an seine allererste Lapplandfahrt vor etwa fünf Jahren. Damals war alles noch neu für ihn gewesen. Er hatte einen unpassenden Rucksack gehabt und bereits nach drei Kilometern hatten ihm Schultern und Rücken so weh getan, dass er diesen Wegabschnitt, der im Grunde der am leichtesten zu bewältigende in ganz Lappland war, schon für eine große Herausforderung gehalten hatte.

Raimund musste schmunzeln bei dieser Erinnerung.

‚Nun, jeder fängt ja mal an', dachte er im Stillen.

Nachdem er sein Stück „Glödkaker" verzehrt und dazu einen Becher des so überaus köstlichen „Labsang Souchong"-Tees getrunken hatte, brach er erneut auf. Er schnallte sich seine Skier unter die Füße, setzte den Rucksack auf, schickte einen kurzen Blick zurück und zog weiter. Er erreichte nun bald die Stelle, wo es galt, den Bergkamm zu überwinden, der das tieferliegende Ladtjojaure-Tal, an dessen Ende Nikkaluokta lag, von dem höherliegenden Tal trennte, in dem sich die Touristen-Station befand.

Das war der schwerste Abschnitt seiner Wandertour. Jetzt musste er, seine Skier an den Füßen, sich seitlich nach oben bewegend „Treppe steigen". Die dicke Schneedecke, die all die eckigen und vorstehenden Felsenkanten zu sanften Hügeln hatte werden lassen, half ihm dabei. Dennoch war er am Ende völlig nassgeschwitzt. Nach einer weiteren Stunde, in der es bereits dunkel wurde, sah er schließlich die Lichter der Kebnekajse-

Fjällstation vor sich liegen. Aber er hatte noch fast eine dreiviertel Stunde zu gehen.

Dort angekommen, schnallte er sich die Skier ab, zog sich im Vorraum seine Stiefel aus und bestellte sich an der Rezeption ein Zimmer und, denn dieses war ja überhaupt der Grund für diese Wanderung gewesen, eine Sauna. Die Station hatte zu dieser Jahreszeit so wenige Gäste, dass jene extra für ihn eingeschaltet werden musste. Er ging auf sein Zimmer, stellte dort seinen Rucksack ab und hängte seine Wintersachen in den Schrank.

Um die Zeit zu überbrücken, bis die Sauna aufgeheizt sein würde, begab er sich in den Aufenthaltsraum. Hier war es warm und gemütlich. Obwohl es hier drinnen nur schwach beleuchtet war, verhinderte der Lichtschein dennoch die Aussicht auf das Tal.

‚Schade', dachte Raimund.

Trotzdem genoss er diese besondere Atmosphäre, die von vielen anderen Durchzüglern zu anderen Zeiten erzählte. Für ein paar Stunden und eine Nacht war er nun wieder in der Zivilisation angekommen.

Zu gegebener Zeit packte er seine Waschsachen, frische Wäsche und Handtuch zusammen, zog seine Daunenjacke über und kletterte hoch zur Sauna.

Ach, war das eine Freude! Eine heiße Dusche hatte er seit über einem Monat nicht mehr gehabt. Er war der Einzige hier, und so schaltete er das Licht aus, setzte sich im Dunkeln auf die obere Bank und hatte nun einen freien Blick auf das abenddunkle verschneite Tal.

Hier hatte er ja bereits bei seiner einstigen Wanderung gesessen, ganz überwältigt von der bunten Pracht des lappländischen Herbstes. Den Blick auf das Tal in seiner ganzen winterlichen verschneiten Weite aber, erlebte er heute das erste Mal.

Nach etwa einer Viertelstunde schwitzen duschte er sich kalt ab und ging nach draußen, um sich dort splitternackt in dem noch unberührten Schnee zu wälzen. Nach einer kurzen Pause machte er einen zweiten Durchgang und kehrte dann gut durchgewärmt und mit einem rundum wohligen Gefühl zurück zur Station, um zu Abend zu essen. Es waren wahrhaftig zwei weitere Wanderer angekommen, was für diese Jahreszeit recht außergewöhnlich war. Auf diese Weise kam Raimund zu Tischgenossen. Es waren Schweden, die sehr gut Englisch sprachen. Sie unterhielten sich, wie man das gemeinhin in solch einer Situation tat, über das Woher und Wohin, über das Wohl und Wehe langer Skiwanderungen und so fort. Sie waren von Abisko hergekommen und jetzt bereits am Ende ihrer langen Wandertour.

Es gab einige weitere Gäste in der Station, jedoch waren dies keine Wanderer, sondern Hotelgäste, die mit Schnee-Scootern hier hinaufgebracht worden waren, um einmal in ihrem Leben die dunkle Jahreszeit im hohen Norden zu erleben. Und dann kehrten sie wieder zurück in ihre hellen, geschäftigen Städte. Vor allen Dingen aber waren sie gekommen, um einmal ein richtiges Nordlicht zu sehen.

Heute allerdings wurden sie enttäuscht, denn es zeigte sich nichts am nachtdunklen Himmel. Als Raimund seine Gesprächspartner fragte, was sie bewogen habe, ausgerechnet im November eine Skitour von über hundertzehn Kilometern in Schwedens nördlichster Region zu machen, sagte einer der beiden, eine Wandertour in den Monaten November bis Januar habe für sie einen ganz speziellen Reiz. Es sei ein Erlebnis besonderer Art, diese Tour zu einer Jahreszeit zu machen, in der zum größten Teil nur Dämmerlicht oder gar völlige Dunkelheit herrschte, man dafür aber oft mit einem Nordlicht beschenkt wurde. Und nebenbei liebten sie die Einsamkeit und nutzten den Vorteil, die Wanderhütten ganz für sich allein zu haben. Daraufhin gaben die Schweden die Frage zurück und wollten nun ihrerseits von Raimund wissen, was ihn hierhergetrieben hatte. Als er ihnen erzählte, dass er unten im Vistasvagge einen ganzen Winter über in einer Hütte lebte, waren sie ganz begeistert von einer solchen Idee.

„Wie es scheint, sind wir Brüder im Geiste", sagte Raimund und sie stimmten ihm lebhaft zu.

Am Ende des Gespräches erzählte Raimund den beiden Schweden von der Erholung, die er in der Sauna gefunden hatte, ja, dass diese sogar das geheime Ziel seiner heutigen Wanderung gewesen sei. Er riet ihnen, an der Rezeption nachzufragen, ob die Sauna noch heiß wäre. Etwas Schöneres würden sie am Ende ihrer Wanderung nicht erleben können.

Er verabschiedete sich früh, zog sich in sein Zimmer zurück und ließ sich aufseufzend in sein weiches Bett fallen, mit einer richtigen Daunendecke!

Mein Gott, dachte er, das letzte Mal, dass er unter einer Daunendecke geschlafen hatte, war vor knapp drei Monaten in seinem Zuhause in Deutschland gewesen.

Am nächsten Morgen machte er sich frohgemut wieder auf den Heimweg. Diesen Ausflug in die Zivilisation würde er jetzt wenigstens einmal im Monat wiederholen, nahm er sich vor.

Am Ende aber wurde dann doch nichts daraus, denn die Dinge entwickeln sich doch oft anders, als man denkt.

Den Weg zurück legte er, weil es jetzt nur noch bergab ging, wesentlich schneller zurück als den Hinweg. Erfrischt von der Sauna und dem guten Essen war es ein herrliches Dahingleiten im Pulverschnee und am Ende wartete die gemütliche und von ihm so geliebte Cafeteria auf ihn.

Im Geiste hatte er dabei Lilijas Bild vor Augen, so, wie sie in den Sommermonaten immer hinter dem Tresen gestanden hatte, in Erwartung neuer Gäste.

Unerwarteterweise waren dieses Mal tatsächlich zwei Gäste da, als er kurz nach zwei Uhr die Cafeteria von Nikkaluokta erreichte. Schon beim Eintreten erkannte er seine zwei

Gesprächspartner vom vergangenen Abend wieder, die kurz vor ihm angekommen sein mussten.

Lilija hielt in ihrer Geschäftigkeit inne, ihre Augen leuchteten.

„Hej, Lilija!", begrüßte sie Raimund.

„Hej, Raimund!"

Sie musterte ihn schweigend, ein Lächeln umspielte ihre Mundwinkel. Kurze Zeit war Stille zwischen ihnen, gleichsam als wäre die Zeit stehengeblieben.

„Da bist du ja wieder", sagte sie sodann, „möchtest du einen Kaffee?"

„Mir wäre nichts lieber", gab Raimund zurück, „ich will nur erst hinüber zu den Wanderern dort drüben. Ich habe sie gestern bereits auf der Station getroffen."

Während Lilija für ihn den Kaffee bereitete, schlenderte Raimund zu dem Tisch hinüber, an dem die Schweden saßen. Beide erhoben sich, drückten ihm herzlich die Hand und luden ihn ein, bei ihnen Platz zu nehmen. Er hatte noch nicht lange gesessen, da kam auch schon Lilija mit dem Kaffee.

„Heiß, schwarz und süß!", sagte sie und stellte ihn vor Raimund auf den Tisch. Dann gesellte sie sich zu ihnen.

Raimund fasste für Lilija die vorangegangene Begegnung mit den Schweden zusammen und sie war beeindruckt von deren Unterfangen.

„Es gibt also außer dir noch andere Verrückte", meinte sie und alle lachten.

„Nun?", fragte Raimund, „hat es noch geklappt mit der Sauna?"

„Oh, ja!", riefen beide unisono. „Danke für den Tipp, es war ein Erlebnis der ganz besonderen Art. Wir haben extra das Licht ausgemacht, um ins Tal hinunterschauen zu können, aber es hat sich leider kein Nordlicht gezeigt."

Alle vier lachten herzlich und dann lauschten Lilija und Raimund gebannt den Erzählungen dieser Freunde der Arktis, bis sich Lilija plötzlich an die Stirn schlug.

„Mein Gott, du hast doch sicher Hunger!", rief sie.

„Was gibt es denn?"", fragte Raimund.

„"Köttbullar med makaroner"", strahlte sie.

„Oh, das ist genau das, was ich in meiner Hütte jeden vierten Tag esse", sagte Raimund und alle lachten einmal mehr.

Lilija verschwand daraufhin in die Küche und kam nach kurzer Zeit mit ihrer Mutter zurück, die den dampfenden Teller vor ihm absetzte. Nachdem er den ersten Bissen probiert hatte, unterbrach er sein Essen.

„Hmm!", sagte er gespielt überrascht. „Das schmeckt ja tausendmal besser als bei mir aus der Dose!"

Das sorgte für neue Heiterkeitsausbrüche. Die brave Kajssa aber wurde tatsächlich ein wenig rot bei diesem Lob.

Auch sie nahm jetzt am Tisch Platz und es folgte eine fröhliche Zeit geselligen Beisammenseins.

Die beiden Wanderer lebten in Stockholm, aber sie liebten den Norden über alles. Natürlich fragten sie, ob Raimund das erste Mal in Lappland sei, um sich aber gleich darauf, ebenso wie damals Agnes, die Frau, die er vor langer Zeit im „Lapplandspilen" getroffen hatte, eines Besseren zu besinnen: „Natürlich, anders ist es ja gar nicht möglich."

Die kurze Erinnerung an seine Zugfahrt gen Lappland, die Begegnung mit Agnes, verwehte, so schnell sie gekommen war. Lichtjahre entfernt.

Raimund fühlte sich nun ermuntert, von seiner sechs Wochen langen Wanderung, zwei Jahre war das jetzt her, von Kvikkjokk nach Abisko zu erzählen. Er war damals in Ritsemjokk am Akkajaure gestartet, denn bis dorthin fuhr ein Bus, und hier hatte ihn ein kleines Schiff hinüber zur Akka-Stube gebracht.

„Der Akka ist ein großer und stattlicher Berg am gleichnamigen See", fuhr Raimund nun fort, „der Name war mir ein Begriff aus Selma Lagerlöfs wundersamer Erzählung von ‚Nils Holgersson'. Ihr wisst vielleicht, dass die Anführerin der Wildgänse Akka von Kebnekajse heißt."

Alle, die mit ihm am Tisch saßen, nickten.

„Und von dort bin ich, ich glaube, neun oder zehn Tage durch Padjelanta gewandert. Wenn ihr mich fragt", meinte er, „für mich ist Padjelanta der allerschönste Teil von Lappland. Ja, ich liebe ihn geradezu. Viele wollen ja immer in den Sarek, aber ich mag es nicht so gern alpin. Die sanften Hügel Padjelantas, seine unendlich scheinende Weite, die Rentiere, auf die man im Sommer überall trifft, machen Padjelanta zu einer der traumhaft schönsten Landschaften. Wenn man irgendwann nach etlichen Tagen über einen dieser Hügel kommt, taucht mit einem Mal der See Virihaure tief unten in der weiten Landschaft auf. Er ist der schönste See in Schweden. Und an seinem südlichen Ende liegt ein Sommerlager der Samen. Man erkennt zunächst nur ein paar bunte Punkte, ganz weit in der Ferne. Aber dann, beim Näherkommen, werden die Punkte zu lauter kleinen, bunt angestrichenen Holzhäusern. Rauch steigt aus ihnen auf und man erkennt Boote, die auf den Strand gezogen worden sind. Es ist ein Blick, der einen innehalten lässt und den man nie wieder vergisst."

Er hatte sich ein bisschen in Begeisterung geredet und als er ganz automatisch nach seiner Tasse griff und sie an den Mund hob, stellte er fest, dass sie leer war.

„Liebe Lilja", bat er, „möchtest du mir vielleicht noch einen Kaffee holen?"

Sie lächelte.

„Gern", antwortete sie, aber als sie sich erheben wollte, stand Kajssa schon auf und sagte etwas zu ihrer Tochter, das Raimund so interpretierte, als dass sie sowieso nichts verstehe von seinen Erzählungen und dass er derweil ruhig weitererzählen solle.

„Tack so mycket!", sagte er daraufhin zu Kajssa und in die Runde: „Soll ich weiterberichten?"

„Oh, wir bitten darum!", meinte einer der Schweden, und: „Oh ja, du erzählst so schön", bekräftigte Lilja.

So hub Raimund also wieder an: „Am Virihaure ziehe ich niemals vorbei, ohne nicht wenigstens einen ganzen Tag und eine Nacht dortzubleiben. Die Samen haben eine kleine holzgefeuerte Sauna an seinem Ufer stehen mit einem Steg, der direkt in den See führt. Ach, es ist einfach herrlich dort. Man möchte für immer dableiben."

Er drehte sich um.

„Aber jetzt kommt der Kaffee!"

Raimund wartete, bis Kajssa die Tasse vor ihn hingestellt hatte, und nahm einen Schluck.

„Von dort bin ich dann nach Kvikkjokk gewandert. Man muss dafür zunächst über ein etwas unwegsames Bergmassiv, aber dafür läuft man dann zwei Tage lang nur noch sanft bergab. Kvikkjokk ist, ihr wisst es vermutlich, ein kleiner Ort, ursprünglich ein Winterlager der Samen, bis dann vor zwei-, dreihundert Jahren Silber dort gefunden wurde. Das Bergwerk existiert allerdings schon lange nicht mehr, es gibt jetzt nur noch ein paar Ruinen."

Wieder trank er einen Schluck heißen Kaffee.

„Von Kvikkjokk aus geht es dann eine ganze Weile steil bergauf. Und wenn man oben angekommen ist, läuft man noch etwa einen halben Tag, bis man einen See erreicht. Hier kommt man zu Fuß nicht weiter und daher hat der schwedische Wanderverein drei Boote stationiert. Wenn man dort am Ufer steht, hat man theoretisch drei Möglichkeiten: Findet man am Steg zwei Boote vor, nimmt man eines davon und rudert hinüber, das ist der einfache Weg. Ist nur eins dort, rudert man mit dem einen hinüber auf die andere Seite, nimmt eins der zwei Boote, die dann dort liegen müssen, in Schlepp und rudert auf diese Weise wieder zurück, vertäut das geschleppte Boot am Steg und rudert ein drittes Mal über den See und das ist der umständlichere Weg. Ist gar kein Boot da, wartet man darauf, dass eins kommen möge, und verfährt mit diesem dann wie beschrieben. Wenn man also sieht, dass jemand in einem Boot, das ein weiteres Boot im Schlepp hat, im Begriff ist, herüberzukommen, hat man eher Glück gehabt.

Kurz hinter der Bootslände am gegenüberliegenden Ufer kommt man nach einiger Zeit an einem verfallenen Bauernhof aus alter Zeit vorbei. Dessen Anblick mit seinen teilweise eingestürzten Wasendächern berührte mich außerordentlich. Wer mochte dort so unendlich weit von jeder Zivilisation wohl gewohnt und vermutlich auch gelitten haben? Wie viel harte Arbeit, Sorge und bittere Not mochten die Menschen dort erlebt haben mitten in einer unbarmherzigen Natur und einem schier ewig dauernden Winter, bis sie diesen Ort zu leben am Ende schließlich doch aufgegeben hatten. Auf welchem Wege mochten sie einst gekommen sein und wie hatten sie ihr Vieh hierherbringen können? Der Hof heißt Aktse und mich hat der Anblick, ich muss es gestehen, in eine große Melancholie versetzt und diese Melancholie verließ mich auch den ganzen Tag nicht mehr wieder. Es war noch früh, als ich diesen Einsiedlerhof passierte, und so beschloss ich, noch zum Skierfe weiterzugehen, an dessen Fuß ich dann mein Zelt aufbaute. Man muss sich unter dem Skierfe einen hohen, spitzen Berg vorstellen, den zu Urzeiten ein Riese von oben, von seiner Spitze her, bis ganz nach unten einmal ganz aufgeschnitten haben muss. Die eine Hälfte ließ er stehen, die andere aber zerkleinerte er und verstreute sie im Tal. Am nächsten Morgen stieg ich dann ohne Gepäck auf seinen Gipfel. Ich stand dort oben und schaute in einen fünfhundert Meter tiefen, senkrecht nach unten abfallenden Abgrund."

Raimund unterbrach sich und schaute seine Zuhörer mit dem ihm eigenen schiefen Lächeln an.

„Nichts für Leute, die nicht schwindelfrei sind, nicht wahr?", fügte er an. „Von dort oben hat man einen geradezu traumhaft großartigen Blick über das berühmte Rapa-Tal, mit seinem weit verzweigten Delta und den ihm so eigentümlichen türkis-weißen Wasserläufen. Nun gut, ich setzte meine Wanderung fort und kam nach einer weiteren Tagesreise erneut an einen See. Auch hier befand sich ein Sommerlager der Samen, unweit dessen ich mein Zelt aufschlug. Ich fand es ein wenig kurios, als ich am Abend, ich lag bereits im Zelt und die Sonne schickte sich gerade an unterzugehen, unweit der Zeltwand hörte, wie Kinder Federball spielten, mitten in der Wildnis. Die Samen verdienten sich dort ein wenig Geld damit, dass sie Wanderer mit dem Boot über den See setzten. Ich brauchte also am nächsten Morgen nur die Glocke zu läuten, die dort am Ufer hing."

Jetzt unterbrach Lilija seine Rede.

„Der andere See, von dem du erzählt hast, bist du rübergekommen, ohne wieder ein Boot zurückbringen zu müssen?"

„Nein!" sagte er. „Ich musste dreimal hin und zurück", und alle prusteten vor Lachen.

„Nach dem Übersetzen ging es direkt nach Stora Sjöfallet", fuhr Raimund fort, „wir müssen uns, glaube ich, darüber nicht austauschen, dass diese einst eine der schönsten Landschaften Schwedens mit dem größten Wasserfall durch das Kraftwerk, das dort gebaut wurde, leider zu etwas geworden ist, von dem ich froh war, es möglichst schnell wieder verlassen zu können. Ich musste dann auf der anderen Seite des Flusses etwa zwei bis drei Kilometer auf einer Straße laufen. Über den sich anschließenden See setzte ich mit einem Motorboot über, das von einem sehr netten Samen gesteuert wurde, und kam nun hinein in ein für mich bis dahin unbekanntes Gebiet Lapplands. Diese Gegend, um Kaitum herum, durchwanderte ich in einer weiteren, drei Tage dauernden Tour und erreichte schließlich am Ende das Gebiet des Kebnekajse." Raimund unterbrach sich und schaute seine beiden Wandergefährten an.

„Wie ich dann weiter bis nach Abisko gegangen bin, muss in dieser Runde wohl nicht weiter ausführen, ihr kommt ja gerade von dort."

Hier beendete Raimund seinen Bericht und die am Tisch Versammelten ließen das soeben Gehörte in sich nachwirken.

„Das muss toll sein, sechs Wochen lang nur Wildnis, Natur und Stille", sagte einer der beiden Schweden schließlich, „und jeden Tag eine andere Landschaft, ein anderer Ausblick."

„Warst du allein unterwegs?", fragte Lilija.

„Nein, mit einer Freundin."

Sie blickte ihn prüfend an, so als überlege sie, ob das in irgendeiner Weise bedeutungsvoll für sie sein könnte.

Raimund lachte, denn natürlich erriet er ihre Gedanken.

„Sie sitzt jetzt nicht zu Hause bei mir und wartet auf meine Rückkehr", sagte er, „wir haben uns vor einem Jahr getrennt."

Aber als er bemerkte, wie Lilija rot wurde, verwünschte er im Stillen seine Taktlosigkeit.

Jetzt hörten sie draußen den Bus herankommen, er fuhr im Winterhalbjahr eine Stunde früher ab. Die beiden Wanderer packten ihre Sachen und verabschiedeten sich.

„Willst du nicht eine Station mitfahren?", fragte Lilija.

Aber Raimund meinte, dass er die drei Kilometer auch noch würde laufen können.

„Vater sagt, dass es heute ein Nordlicht gibt", meinte Lilija.

„Umso besser", lachte er, denn er hatte nicht den geringsten Zweifel daran, dass, wenn Jokki das voraussagte, es auch genau so geschehen würde.

Und wirklich, eine gute Weile später, er war etwa einen halben Kilometer über den zugefrorenen See gelaufen, da sah er schon die ersten Strahlen über die Bergkette wabern und mit jeder Minute wurde es heller, bis es am Ende nahezu taghell war, eine allerdings unwirklich erscheinende, ja, geisterhafte Helligkeit. Gerade als er im Begriff war, die Spitze der seiner Insel gegenüberliegenden Insel zu umrunden, lief ihm auch noch eine kleine Herde Rentiere, vielleicht fünf oder sechs Tiere, über den Weg.

Raimund verhielt seinen Schritt, um dieses zauberhaft schöne Bild in sich aufzunehmen, mitzunehmen in seine Hütte und mit in seinen Schlaf hinein.

Als er die Tür zu seiner Hütte öffnete, war es nicht so kalt, wie er erwartet hatte. Die Schweden verstanden es offenbar, ausgezeichnet isolierte Holzhäuser zu bauen. Die ersten paar Scheite im Ofen brannten bald und es wurde zunehmend gemütlich.

Raimunds kurzer Ausflug in die Zivilisation war erst einmal beendet.

Er bedauerte seine Rückkehr nicht, denn hier in seiner Hütte fühlte er sich inzwischen so richtig wohl, eigentlich lud sie sogar geradezu zum Bleiben ein.

Es war diese einmalig wundervolle Sauna dort oben in den Bergen gewesen, die ihn gelockt hatte, und sie hatte ihm dann auch tatsächlich so wohlgetan, dass er sich auf eine Wiederholung bereits freute.

Nach dem Abendessen ging er noch einmal vor die Tür, denn er wollte sein Eisloch kontrollieren. Er nahm den Spieß mit und hackte das Loch auf. Am nächsten Morgen würde er es nun etwas leichter haben.

Er suchte früh seine Koje auf, um noch ein wenig zu lesen. Heute begann er ein neues Buch: „Der Verdammte der Inseln", natürlich von Joseph Conrad.

‚Es ist wohl vielleicht doch nicht so weit von Lappland bis zu den Sundainseln‘, dachte Raimund und schmunzelte in sich hinein.

Ausschnitte aus Raimunds Tagebuch

Vistas-Delta, 23. November.

Es schneit seit vier Tagen.

Ich komme mit dem Schneeschaufeln fast nicht mehr hinterher. Dazu weht neuerdings ein unangenehmer Wind, der zu hohen Schneeverwehungen führt und sie an der Nordwand meiner Hütte und vor dem Eingang des Holzschuppens auftürmt. Es ist nur noch drei Stunden am Tag hell, kurz nach ein Uhr mittags geht die Sonne schon wieder unter. Sehen tut man sie indes nicht mehr. Sie steht so flach, dass sie nicht mehr über die Berge kommt. Durch den Schnee, oder aus welchem Grund auch immer, wird es des Nachts nie richtig dunkel. Das Thermometer zeigt am Morgen acht Grad minus, aber vor einigen Tagen waren es schon mal vierzehn Grad unter null.

Ich habe meine Insel seit einer Woche nicht mehr verlassen. Vielleicht ist es gut so. Mit jeder weiteren Stunde zieht es mich mehr nach Nikkaluokta.

Ich ringe mit mir.

Eine Achterbahn meiner Gefühle und Gedanken.

Die Zeit wird mir nicht lang. Ich komme gut voran mit meiner Arbeit und wenn ich mich zu sehr der Schwermut hingebe, hole ich meine Violine hervor und spiele.

Neulich sah ich dabei aus meinem Fenster zwei Rentiere zu meiner Hütte herüberschauen. Da öffnete ich ein Fenster und ich schwöre, dass ich gesehen habe, wie sie ihre Ohren spitzten, um den ungewohnten Klängen zu lauschen.

Vistas-Delta, 29. November.

Seit zwei Tagen herrscht wieder klarer Himmel, dafür ist es nun durchgehend bitterkalt geworden. Heute Morgen waren es achtzehn Grad minus. Aber da der Wind vollständig eingeschlafen ist, fühlt es sich nicht gar so kalt an.

Das Eisloch ist so klein geworden, dass der Eimer fast nicht mehr hineinpasst. Ich muss heute sehen, dass ich es mit der Eissäge vergrößern kann.

Gestern war wieder Nordlicht. Am Abend, als ich die Tür nach draußen öffnete, sah ich einen Fuchs weglaufen. Das arme Tier hatte sicher Hunger und hoffte wohl, bei mir etwas zu finden. Meine Lebensmittel wie Brot, Butter, Speck oder geräuchertes Renfleisch gehen zur Neige. Habe aber noch reichlich Tubenkäse und Fischkonserven.

Morgen laufe ich nach Nikkaluokta.

Viastas-Delta, 3. Dezember.

Ich überraschte Lilija mit meinem Besuch. Sie freute sich überaus darüber.

Vorwürfe gab es auch, dass ich so lange ausgeblieben war.

Wir haben den ganzen Tag in der Cafeteria gesessen und uns unterhalten. Ich hatte ihr ein neues Buch mitgebracht. Zum Mittagessen war wieder die ganze Familie anwesend. Am Nachmittag spielten wir Lieder und sangen. Lilija hat einen neuen lateinamerikanischen Tanz gelernt: La Cumbia. Das Temperamentvolle gefällt ihr. Ich stellte mir vor, wie das wohl gewesen wäre, wenn ein zufällig vorbeikommender Wanderer einen Blick durchs Fenster geworfen hätte. Ich glaube, der hätte uns für komplett verrückt gehalten oder seinen Augen nicht getraut.

Zu Weihnachten und Silvester bin ich von der Familie eingeladen worden. Um vier Uhr soll ich mit zur Kirche kommen. Ich gestand, dass ich ja überhaupt keine Festtagskleidung hätte, aber Lilija meinte, das mache nichts. Ich glaube das aber nicht so ganz.

Vistas-Delta, 13. Dezember.

Heute hat die Zeit der Polarnächte begonnen. Ich beobachte es schon seit über einer Woche. Über Mittag herrschte noch einige Zeit lang ein fahles Licht, es reichte immerhin, um mir ein kurzes Gefühl von Tag zu geben.

Ab heute hat sich das, was wir Tag nennen, nun endgültig verabschiedet und ich werde bis Ende des Monats warten müssen, bis ich das nächste Mal wieder so etwas wie die erste Stufe einer Dämmerung wiedersehen werde. Ein wenig unheimlich ist es mir schon, bei dem Gedanken an diese vierundzwanzig Stunden anhaltende Dunkelheit. Aber um diese Erfahrung zu machen, bin ich ja unter anderem hierhergekommen. Es wurde bis jetzt nicht gar so stockdunkel, wie ich erwartet hatte, selbst bei Neumond. Das liegt sicher am Schnee.

Vistas-Delta, 17 September

Heute lief ich wieder zur Cafeteria. Die Dunkelheit ist mir ein wenig aufs Gemüt geschlagen. Habe meine Violine mitgenommen und wir haben ein wenig musiziert. Mir war eine Idee gekommen. Die Unterhaltung mit Lilija über die Joiks der Samen haben mich darauf gebracht. Sind sie nicht vielleicht unseren Vokalisen ähnlich? Ich habe Lilija „La Llorona" vorgespielt und sie gebeten, einfach so, aus ihrem Gefühl heraus dazu zu singen. Es war ganz toll. Sie nahm die Melodie zunächst lauschend auf und begann dann leise zu singen und mit der Zeit wurde ihr Gesang immer beherzter. Es klappte so gut, dass sie nach einer Weile ihre Gitarre aufnahm, um uns dabei sogar noch zu begleiten.

Es war ein wahres Wunder und es klang so überirdisch schön, dass sehr bald Kajssa aus ihrer Küche hervorgelockt wurde, und

wenig später kam auch noch der Vater dazu. Sie saßen stumm und andächtig und lauschten ergriffen unseren Klängen.
Ich glaube, sie hatten wohl nicht geahnt, welche Talente in ihrer Tochter schlummern.
Wir haben uns vorgenommen, dieses Stück am Weihnachtstag zu spielen.

Vistas-Delta 20.Dezember.

Ich bin nun wieder „zu Hause", in meiner Hütte.
Um die Polarnacht hautnah zu erleben, habe ich eine Ski-Tour gemacht, zwei Tage, weit hinauf ins Vistasvagge. Es war ein herrliches Gefühl, in diesem seltsamen Licht über die weißen Flächen zu gleiten. Es war nicht Tag und es war nicht Nacht. Häufig sah ich Rentiere und einmal auch einen Elch.
Mein Ziel war die Vitasstuga, die Tourist-Hütte, an der ich bereits bei meiner Herbst-Tour hinauf in die Fjäll-Region vorübergegangen war. Es war keine Menschenseele darinnen, ich hatte es auch nicht erwartet. Ein bewundernswertes Land, mit einer bewundernswerten Bevölkerung, dieses Schweden. Nirgends ist etwas abgeschlossen und alles ist für alle da. Man vertraut einfach darauf, dass man eine Hütte, in der man Unterschlupf findet, wieder so verlässt, wie man sie vorgefunden hat.
Es war ein eigentümliches Gefühl, so im schneeilluminierten Nachtdunkel und mit dem Wissen, dass es mitten am Tag war, durch die verschneite Natur zu ziehen, ein Gefühl von Ehrfurcht, ja, von Demut.
Zum ersten Mal, seit ich hier bin, beschlich mich ein Gefühl von echter, purer Einsamkeit. Es machte mir Angst und war doch auch irgendwie schön zugleich.
Es war, als würde mein Inneres gleichsam mit der äußeren Welt verschmelzen.
Fühlt sich so der Tod an?

Nun sitze ich aber wieder in meiner warmen und gemütlichen Hütte am Tisch und das alles kommt mir immer noch wie ein Traum vor.

Ein Traum, den ich niemals mehr vergessen werde.

In wenigen Tagen ist Weihnachten, ich freue mich ganz wahnsinnig darauf. Tatsächlich war ich ja ursprünglich davon ausgegangen, Weihnachten ganz allein hier in meiner Hütte verbringen zu müssen. Ich hatte Sorge gehabt, wie es mir damit gehen würde, einerseits. Andererseits war es ja Teil meines Abenteuers, genau diese Grenzen auszuloten. Und nun? Es ist anders gekommen.

Weihnachten in Lappland

Die erwartungsvolle Frage *Werden wir Weihnachten ein Nordlicht haben?* trieb Raimund voran auf seinem Weg nach Nikkaluokta, um dort mit den Bewohnern der Ansiedlung das Fest der Feste zu feiern. Am Tag und in der Nacht hatte er kein Glück gehabt und auch jetzt gab es keinerlei Anzeichen dafür, dass es vielleicht eins geben könnte. Aber er war natürlich kein Fachmann. Es war jetzt ungefähr fünfzehn Uhr, aber es hätte an der Dunkelheit gemessen genauso gut kurz vor Mitternacht sein können.

Es war für ihn immer wieder ein ganz seltsames Gefühl, am Mittag oder am frühen Nachmittag in dieser eigenartigen Dunkelheit unterwegs zu sein. Er konnte sich einfach nicht daran gewöhnen.

Lilija hatte ihm anvertraut, dass das Weihnachtsfest, so, wie sie es hier feierten, eine Mischung aus schwedisch-christlicher Tradition und den alten Riten des Volkes der Samen war.

Als Raimund nach etwas mehr als einer halben Stunde die Cafeteria betrat, fand er einen weihnachtlich hergerichteten Raum vor, mit einem von einer Lichterkette beleuchteten und geschmückten Tannenbaum. Alle Tische waren gedeckt und an einigen hatten sich bereits einige Einwohner eingefunden – Großeltern, Eltern und Kinder. Fast alle waren sie zur Feier des Tages in ihrer bunten Nationaltracht gekleidet.

Ein schönes Bild!

Nachdem sich Raimund Handschuhe, Pelzmütze und Daunenjacke ausgezogen hatte, stellte Lilija ihn den Anwesenden vor. Sie sah wunderschön aus in ihrer bunten Tracht. An einem der Tische saß Jokki, der sich sogleich erhob, um ihn mit Handschlag zu begrüßen. Die Tischgenossen taten es ihm sodann nach und Raimund vermutete, dass es sich bei ihnen wohl um Anverwandte handeln musste. Die Tische waren jeweils so weit zusammengeschoben, dass immer eine ganze Familie daran Platz fand.

Raimund nahm neben Jokki am Tisch der Familie Platz.

Da Lilija wieder in der Küche verschwunden war, wurde es mit der Unterhaltung schwierig, denn die um Raimund Versammelten, die verständlicherweise sehr neugierig waren und mehr über ihn erfahren wollten, sprachen allesamt kein Englisch. Natürlich war allgemein bekannt, dass er schon seit Ende August in der Hütte im Vistasdalen wohnte, um dort einen ganzen Winter zu verbringen. Ob sie ihn aus diesem Grunde für etwas sehr überspannt hielten oder es im Gegenteil sogar gut fanden, hätte er wohl gern gewusst. Er nahm sich vor, Lilija bei Gelegenheit dazu zu befragen.

So nach und nach trudelten jetzt weitere Gäste ein. Zwischendurch war das Geräusch eines Automotors zu hören und die Person, die daraufhin eintrat, wurde ihm als der Pastor vorgestellt.

Raimund schämte sich ein wenig, dass er nicht vorher wenigstens einmal einen Gottesdienst in der kleinen Holzkirche auf dem Hügel hinter der Cafeteria besucht hatte.

Dann aber, als offenbar alle versammelt waren, erschien hinter dem Tresen eine ganze Prozession von Frauen, die gefüllte Teller und Kannen in den Händen trugen, vorweg schritt Kajssa, gefolgt von Lilija und weiteren Frauen der Ansiedlung. Kaffee, Kuchen und Kekse wurden feierlich aufgetragen.

Für die Kinder gab es Kakao.

Als halbwegs wieder Ruhe eingekehrt war, erhob sich Jokki, um als Gastgeber eine kleine Rede zu halten. Danach kam der Pastor dran und alsdann begann das Kaffeetrinken.

Lilija setzte sich zu Raimunds Rechten und das kam ihm sehr entgegen, denn Frage reihte sich an Frage, die eine zog die andere nach sich und Lilija bemühte sich sehr, es allen recht zu machen und niemanden zu überhören. Sie kam dabei kaum zum Essen und Trinken. Raimund hatte die Cafeteria noch nie mit so vielen Menschen gefüllt erlebt, es herrschte ein unbeschreibliches Stimmengewirr und dazu kam das fröhliche Lachen der vielen Kinder.

Nachdem alle den Getränken und den verschiedenen Backwaren fleißig zugesprochen hatten, zog die ganze Schar hinüber in die Kirche zum Gottesdienst. Hier erwarteten sie bereits weitere Bewohner des Ortes und Raimund ging davon aus, dass hier nun alle Einwohner von Nikkaluokta versammelt waren. Er kam sich inmitten dieser in ihrer bunten Nationaltracht gekleideten Menschen nun doch ein wenig verloren, ja, geradezu exotisch vor.

Am Altar war eine lebensgroße Krippe aufgebaut doch statt Esel und Schaf wurden nun zwei Rentiere hereingeführt. Das Mädchen und der Junge von etwa zwölf Jahren, die die Rentiere an ihren Stricken hielten, spielten die Jungfrau Maria und Joseph.

Raimund war ergriffen, das ihm vertraute Krippenspiel ins ferne Lappland versetzt zu sehen, das für ihn so gut wie beinahe schon am Nordpol lag.

‚Nur eben mit veränderten Rahmenbedingungen', lächelte er in sich hinein, ‚statt Ochs, Esel und Schaf eben Rentiere. Nun, es ist eben ein Gottesdienst, wie ihn Christen in aller Welt feiern, ob sie nun am Äquator leben oder in Lappland.'

Es erinnerte ihn an seine Kindheit. Denn er war bereits vor vielen Jahren aus der Kirche ausgetreten und seither auch nicht mehr in einem Weihnachtsgottesdienst gewesen. Hier aber, inmitten dieser einfachen Menschen, fühlte er sich irgendwie geborgen.

Er mochte die schwedische Sprache und liebte ihren Klang. Während er der Weihnachtsgeschichte lauschte, von der er sogar das eine oder das andere Wort verstand, beobachtete er ein wenig belustigt die beiden Kinder, die als Maria und Joseph verkleidet waren. Diese schienen von der Predigt etwas gelangweilt, denn sie dachten gar nicht daran, zuzuhören, sondern beschäftigen sich die ganze Zeit über äußerst zugewandt

Mit ihren zahmen Rentieren.

Nach dem Gottesdienst sollte nun der lappländische Teil des Weihnachtsfestes beginnen, das Fest der Wintersonnenwende.

Die ganze Schar begab sich also, nachdem man sich in die Winterjacken gehüllt hatte, zu einem abseits sich befindlichen Platz, der in Richtung des nahe gelegenen zugefrorenen Flusses lag. Hier hatte man einen hohen Haufen von Birkenästen und Gestrüpp aufgeschichtet, der nun entzündet wurde. Schweigend gruppierten sich die Menschen um das Feuer. Einige hatten sich eine Sitzunterlage mitgebracht, andere hockten sich in die Knie, indem sie die Fußsohlen dabei vollständig am Boden hatten, genau so, wie Raimund das bereits von den Menschen der lateinamerikanischen Länder her kannte.

‚Seltsame Gemeinsamkeiten gibt es‘, dachte er.

Er hatte sich diese Art zu sitzen während seiner Seefahrtszeit ebenfalls angewöhnt, war nun richtig froh, dass er diese Haltung ermüdungsfrei beherrschte. Wenn man es gewohnt war, konnte man auf diese Weise stundenlang auf seinen Fersen verweilen.

Der Kreis der Menschen um das Feuer blickte schweigend in die Flammen. Raimund fühlte förmlich, wie sich Raum und Zeit ausdehnten, an Bedeutung verloren, wie die Stille sich ausbreitete und er selber innerlich zur Ruhe kam.

Schließlich ergriff ein sehr alter Mann, vermutlich der Dorfälteste, nach seiner Schamanentrommel. Er schloss die Augen und begann, mit dem gebogenen Holzschlegel gleichmäßig und in großen Abständen auf das Trommelfell zu schlagen. Nach einer langen Weile öffnete er seine Augen, schaute in den Nachthimmel und stimmte seinen Joik an. Der Kreis der um ihn Sitzenden lauschte gebannt seinen Tönen und begann sich zu seinem Gesang leise hin- und herzuwiegen.

Raimund, der etwas in dieser Art nie zuvor gehört hatte, wurde von einer seltsamen Spannung ergriffen. Er fühlte, dass er Zeuge eines Schauspiels wurde, das vermutlich viel älter war als das Christentum.

Der alte Mann da, inmitten der Dorfgemeinschaft, sang die Sonne an, sie, die Schöpferin allen Lebens, sie möge zu ihnen zurückkommen und die Macht des Winters brechen. Sein Gesang vermochte gleichsam bis weit hinauf aufs Fjäll zu dringen. Dorthin, wo die Natur, erstarrt unter einer dicken Decke von Eis und Schnee, ihren langen Schlaf hielt.

Und man mag es glauben oder nicht, in genau dem Augenblick, als die ersten Töne gen Himmel sich erhoben, begannen, zögernd noch, die Strahlen eines Nordlichtes über die Bergkette hervorzuschießen und sich auszubreiten. Es wirkte gleichsam wie ein mystischer und geisterhafter Feen-Tanz, der hier zum Gesang des Ältesten am Himmel hin und her waberte.

Raimund schien es, als hätte der Alte mit seinem Joik das Nordlicht regelrecht herbeigerufen, um in dieser Stunde die Seelen der Vorfahren mit den Seelen der hier im Kreis Versammelten zu vereinen.

Nachdem der Alte seinen Gesang beendet hatte, erhob sich nun Lilija, auch sie eine Schamanentrommel in der Hand. Raimund mochte es fast scheinen, hier eine völlig andere Lilija vor sich zu sehen als diejenige, die er kannte.

Und als sie mit ihrer schönen klaren Stimme anhob, einen weiteren Joik zu singen, durchlief es Raimund heiß und kalt.

‚Wie ein Engel, der direkt heraus aus dem Nordlicht und hinab auf die Erde geschwebt ist!', dachte er, und: ‚Mein Gott! Wie überirdisch schön!'

Lilija sang vom baldigen Frühling, wenn der Schnee und das Eis schmolzen, die ersten zarten Knospen an den Birken sprössen und wenn die Vögel aus den fernen warmen Ländern wieder zu ihnen zurückkehrten. Es war eine Melodie des Hoffens und des Wartens, darauf, dass das Leben immer wieder aufs Neue beginnen mochte.

Nachdem der letzte Ton verklungen war, saß die versammelte Gemeinschaft eine endlose Weile schweigend um das Feuer, so, als lauschten sie dem Echo der langsam verhallenden Töne.

Das Nordlicht schoss über die Bergkämme bis in den Zenit, bis es schließlich so, wie es gekommen war, langsam wieder in sich zusammenfiel.

Es war jetzt dunkel. Nur das Feuer leuchtete noch und spiegelte sich in den Augen der Umsitzenden.

Wenn Raimund dieses Naturphänomen nicht mit eigenen Augen gesehen und erlebt, sondern es ihm jemand erzählt hätte, er hätte es nicht geglaubt. Als sich der Dorfälteste schließlich mühsam erhob, zeigte er damit auch das Ende der Zeremonie an und alle taten es ihm nach, um entweder nach Hause oder hinüber zur Cafeteria zu gehen.

Sie nahmen die Stille noch mit sich, als sie nun ihre Plätze an den gedeckten Tischen einnahmen. Auch Raimund hatte einige Mühe, sich nach dem soeben Erlebten zurück in der realen Welt zurechtzufinden. Nur langsam kamen die Gespräche wieder auf. Es waren die Kinder, denen es scheinbar mühelos gelang, zwischen diesen beiden Welten hin- und herzuspringen. Ihr Lachen und ihr fröhliches Geplapper in Erwartung des Festessens aber, steckten ihre Eltern so nach und nach an.

Und nun kamen auch schon die fleißigen Frauen mit dampfenden Tellern und Schüsseln aus der Küche.

Es gab geschmortes Rentierfleisch mit karamellisierten Kartoffeln und brauner Soße. Das Klappern von Messern und Gabeln und die angeregte Unterhaltung der Gäste erfüllten den Raum.

Nach dem Essen wurde Punsch serviert und nun begann der gelöst unterhaltsame Teil des Abends.

Lilija holte ihre Gitarre hervor, setzte sich auf ein flaches Podest und trug schwedische Lieder vor, deren Refrains alle Anwesenden fröhlich mitsangen. Der Gegensatz zu dem noch vor so kurzer Zeit Erlebten schien Raimund so unglaublich, dass er erheblich mehr Mühe hatte, sich in der Gegenwart einzufinden als all die Umsitzenden, die scheinbar weit müheloser zwischen diesen beiden Welten hin- und herzuwechseln vermochten. Wieder einmal beschlich ihn das Gefühl, hier inmitten der Menschen, miteinander verbunden durch ihre jahrhundertealte Kultur, ein Fremder zu sein. Nach drei bis vier Stücken hielt Lilija inne und Raimund wurde gewahr, wie sich Jokki nun erhob. Raimund ahnte bereits, was auf ihn zukommen würde, schließlich hatte er ja auf Lilijas Bitte hin seine Violine mitgebracht. Jokki kündigte nun Lilija und Raimund mit einem mexikanischen Liebeslied an.

Da half es nichts, unter dem Applaus aller Anwesenden erhob Raimund sich und schritt zu Lilija hinüber, die ihm seine Violine reichte.

Er setzte das Instrument an, strich einige Male, so, wie er das vor dem Spielen stets tat, mit dem Bogen fast liebevoll über die Saiten, stimmte die Geige und als er nach fast endlos langer Zeit zufrieden war, nickte er Lilija zu, die nun zu ihrer Gitarre griff. Sie blickten einander an, Raimund nickte ein zweites Mal, trat drei Mal mit dem Fuß auf und sie begannen zu spielen.

Sie spielten und sangen „La Llorona", das tieftraurige Lied von der weinenden Frau.

Lilija sang mit ihrer so wunderschönen klaren Stimme die Liedstimme zu Raimunds Geigenspiel und nach dem Zwischenspiel setzte Raimund seine Violine ab und begann zu singen. Lilija wechselte in die Zweitstimme und begleitete ihn.

Die Zuschauer, die es ja von alters her gewohnt waren, Geschichten mit vokallosem Gesang zu erzählen, schauten gebannt zu den beiden hin und lauschten, ergriffen von diesem fremden Lied aus einer so anderen Kultur, und sie schienen gemeinsam mit den beiden Musizierenden diese uralte mexikanische Liebesgeschichte nachfühlen zu können. Es gab kein Scharren und kein Hüsteln, sie waren allesamt ergriffen und manch einem von ihnen wurden gar die Augen feucht.

‚Ein Glück', dachte Raimund bei sich, ,dass sie die Geschichte nicht wirklich verstehen', denn in dieser Geschichte ging es um eine Frau, die von ihrem Ehemann betrogen und verlassen, ihre beiden Kinder und sich selbst im Fluss ertränkte seitdem als der „Geist der weinenden Frau" weiterlebte, allen Liebenden zur Warnung. Ein jahrhundertealtes Lied.

Als Lilija und Raimund geendet hatten, saßen die Gäste eine ganze Weile still da und Raimund hatte plötzlich den Eindruck, dass sich das über dem Lied schwebende Gefühl von Liebe und Verzweiflung offenbar auch ohne Worte, rein durch den Klang der Musik mitgeteilt hätte.

Dann aber erhoben sie sich von den Stühlen und klatschten den beiden begeistert zu.

Natürlich wollten sie jetzt mehr in dieser Art hören, Raimund hatte es geahnt, und so spielte er ihnen nun „La Paloma Blanca", das Lied von der weißen Taube. Lilija kannte es nicht, hörte sich aber schnell ein und begann, zunächst suchend, dann aber immer routinierter, ihn auf ihrer Gitarre zu begleiten, und zwischendurch setzte Raimund seine Violine ab und sang den Text der ersten und zweiten Strophe zu ihrem Gitarrenspiel.

Die Begeisterung der Zuhörer für diese ihnen so fremden, traurig-romantischen Weisen kannte keine Grenzen. Besonders die jungen Frauen und Männer baten durch rhythmisches Klatschen um eine weitere Zugabe. Raimund beugte sich zu Lilija hinunter und alle sahen, wie er auf sie einsprach. Sie sahen, wie Lilija am Ende nickte, sich daraufhin erhob, um ihnen mitzuteilen, dass Raimund nur diese beiden Lieder ohne Noten spielen könne. Ansonsten könnte er höchstens noch Tanzmusik spielen, eine „Fiesta Mexicana", aber das wäre wohl nichts für Weihnachten. Wenn sie aber wollten, würde er Silvester wiederkommen und ihnen aufspielen, und … mit einem Seitenblick auf ihn … dazu vielleicht sogar tanzen.

Damit gaben sich am Ende alle zufrieden und Raimund hielt es allmählich für angebracht, an Aufbruch zu denken.

Und so verabschiedete er sich, zog sich seine warmen Sachen über und verließ die Gemeinschaft der Feiernden.

Lilija begleitete ihn nach draußen und nachdem er sich seine Skier angeschnallt hatte, trat sie noch einmal vor ihn, schlang ihre Arme um seinen Hals und küsste ihn – und das nicht allein nur zum Abschied.

Ihren Kuss spürte er noch, als er bereits kilometerweit von der Cafeteria entfernt war.

Über den Bergen waberte ein neues, zart verhaltenes Polarlicht und schickte seine Strahlen in den Himmel, um ihm auf seinem einsamen Weg über den verschneiten See zu leuchten.

Eine Musikprobe

Zwei Tage nach Weihnachten bekam Raimund unverhofft Besuch auf seiner Insel. Er war gerade damit beschäftigt, den Gang zum Seeufer und zu seinem Wasserloch freizuschaufeln, es hatte in der Nacht geschneit, da konnte er eben erkennen, wie zwei Skiwanderer die Spitze der ihm gegenüber liegenden Insel umrundeten und nun ganz offensichtlich seine zum Ziel hatten. Das war mehr als überraschend, denn er hatte all die Monate, die er jetzt hier lebte, noch nie Besuch bekommen. Er unterbrach seine Arbeit und auf den Stiel seines Schneeschiebers gestützt betrachtete er erwartungsfroh die Ankömmlinge. Wenngleich die Uhr bereits kurz nach elf am Morgen zeigte, herrschte aufgrund der Polarnächte dieses immerwährende halbdunkle Dämmerlicht. Trotz der schlechten Sichtverhältnisse erschien Raimund eine der beiden Gestalten irgendwie vertraut.

Lilija!

Sollte es tatsächlich Lilija sein, die ihn da besuchen kam? Doch wer mochte ihre Begleitung sein? Als sie näher herankamen, sah er, dass beide etwas auf dem Rücken geschnallt mit sich führten, wie Rucksäcke sah es aber nicht aus. Jetzt konnte er die Personen deutlich erkennen: Ja, es war Lilija und ihre Begleitung war eine junge Frau und das, was Lilija auf dem Rücken trug, war zweifellos ihr Gitarrenkasten.

Na, war das eine Überraschung!

Außer sich vor Freude winkte er ihnen zu.

Wer aber mochte die andere sein?

Er konnte jetzt erkennen, dass der Kasten, den die Begleiterin mit sich trug, ein Geigenkasten war. Beide wedelten ihm mit ihren Skistöcken zu.

„Hej, Lilija!", rief er, als sie nun nähergekommen waren. „Was für eine Freude!"

„Hej, Raimund!"

Jetzt waren sie ganz herangekommen und schnallten sich die Skier von den Füßen. Lilija und er hatten sich seit Heiligabend nicht mehr gesehen, das war nun vier Tage her, und Raimund hatte die beiden Feiertage allein in seiner Hütte verbracht.

„Puh!", sagte Lilija. „Was für ein Wetter!"

Erst nachdem sie ihre Skier aufrecht gegen die Hüttenwand gelehnt hatte, kam sie freudestrahlend auf ihn zu und umarmte ihn.

„Wie bist du zurechtgekommen, die Weihnachtstage?", fragte sie.

„Ach", meinte Raimund, „ich habe einfach so getan, als wären es ganz normale Tage. Man muss sich hüten vor allzu viel Sentimentalität."

„Das ist meine Freundin Gunhild", stellte Lilija jetzt ihre Begleiterin vor, „wir kennen uns noch aus der Schulzeit, ich glaube, ich hatte sie dir gegenüber erwähnt. Ich habe mit ihr telefoniert und gefragt, ob sie nicht Lust hätte, uns zwischen Weihnachten und Neujahr zu besuchen, um dann mit uns Silvester zu feiern."

Sie machte eine bedeutsame Pause.

„… und sie hat ihre Violine mitgebracht!"

„Hej, Gunhild!", begrüßte Raimund sie.

„Hej, Raimund! Ich habe schon viel von dir gehört!"

„Na, welch eine Überraschung", sagte er, „ich beginne zu ahnen, welche Idee in euren Köpfen herumspukt. Wenn es das ist, was ich denke, etwas anderes ist ja gar nicht möglich, ich sehe es ja an der Violine, die Gunhild mitgebracht hat, ist das eine rundherum tolle Idee."

Er nahm nun seinen Schneeschieber und wandte sich dem Eingang seiner Hütte zu, stellte ihn zurück an die Hauswand und betrat die kleine Veranda. Raimund öffnete ihnen die Tür zu dem winzigen Vorraum, wo sie sich ihre Schuhe auszogen und nun begann ein munteres Gedränge. Der Raum war so klein, dass es unmöglich war, sich hier zu dritt noch irgendwie bewegen zu können, geschweige denn, sich seiner dicken Kleidung zu entledigen, und so trat Raimund wieder zurück ins Freie und ließ seinen Besucherinnen den Vortritt.

„Entschuldigung", sagte er, als ihre Jacken an den Haken hingen und die Schuhe auf dem Schuhregal standen, und drängelte sich an ihnen vorbei, um ihnen die Tür ins Innere der Hütte zu öffnen. Daraufhin schloss er die Haustür, um sich nun seinerseits der Schuhe zu entledigen.

Erst dann gesellte er sich zu den beiden jungen Frauen und schloss die Tür zur Stube hinter sich.

„Herzlich willkommen in meiner bescheidenen Behausung!"

Lilija bewegte sich in der Hütte mit einer Selbstverständlichkeit, als wäre sie schon viele Male hier gewesen, indem sie sogleich auf den warmen Ofen zusteuerte und sich die Hände rieb. Gunhild indes blieb zunächst einen Augenblick stehen, um das Innere der Hütte auf sich wirken zu lassen.

„Gemütlich hast du's hier", sagte sie zu Raimund.

„Oh, danke", erwiderte dieser, „fühl dich wie zu Hause", und ging zu seinem Gaskocher.

„Tee oder Kaffee?", fragte er.

Die beiden entschieden sich für Tee und während Lilija und Gunhild am Tisch Platz nahmen, setzte er Wasser auf und stellte für alle Becher und die Zuckerdose auf den Tisch.

„Du trinkst doch sonst immer Kaffee", sagte Lilija, als er sich, die dampfende Teekanne in der Hand, zu ihnen setzte.

„Es ist komplizierter", klärte er sie auf, „ich trinke immer dann Kaffee, wenn ich dem Tee misstraue, in England mache ich es gerade umgekehrt, weil die Engländer in der Regel einen grauenhaften Kaffee kochen.

„Soll das heißen, dass wir zu Hause bei uns einen grauenhaften Tee machen?", meinte Lilija mit gespielter Entrüstung.

„Um Gottes willen, nein!", beeilte sich Raimund zu versichern. „Aber ich gehe wohl nicht fehl in der Annahme, dass ihr einfach nur einen Teebeutel nehmt und heißes Wasser darübergießt."

„Ja, gibt es denn eine andere Art, Tee zu kochen?", fragte Lilija.

„In der Tat", gab er zurück, „erstens nehme ich richtige getrocknete Teeblätter und gieße sie auf, kurz bevor das Wasser kocht. Dann lasse ich sie anderthalb Minuten ziehen, rühre um und seie die Blätter ab, nachdem ich vorher die Teekanne mit heißem Wasser angewärmt habe. Zweitens, und das ist das Wesentliche, ist es ein besonderer Tee, den ich mir ausschließlich für meine Lapplandreisen kaufe, ein chinesischer Tee, mit leicht rauchigem Geschmack, Labsang Souchon. Aber probiert selbst!", forderte er sie auf, indem er einschenkte.

Zum Tee servierte er Digestive-Kekse, die er sich in großen Mengen eingekauft hatte. Vorher aber holten die Frauen noch ihre Musikinstrumente aus den Kästen, damit sie rechtzeitig die Raumtemperatur annähmen, denn dass sie diese hier zu spielen gedachten, stand wohl außer Frage.

„Mhhmm, ich habe noch nie einen so köstlichen Tee getrunken", schwärmte Lilija, nachdem sie den ersten Schluck des heißen Getränkes geschlürft hatte.

„Ja, wirklich!", pflichtete ihr Gunhild bei. „Absolut köstlich."

Bald fanden sie und Lilija, dass es der Gemeinplätze genug wäre, und es sprudelte geradezu aus ihnen heraus, warum sie zudem gekommen waren. Sie schlugen nämlich vor, nachdem Raimund auf der Weihnachtsfeier angekündigt hatte, zu Silvester etwas aufzuspielen, das Ganze noch um eine zweite Violine zu erweitern.

Raimund war ganz angetan von der Idee, hatte aber Zweifel. Ohne Noten würde es wohl sehr schwierig werden.

„Ja", sagte Lilija, „das ist uns natürlich klar, aber ich glaube trotzdem, dass wir das irgendwie hinkriegen. Wir haben uns das alles genau überlegt: Gunhild wird zu deiner ersten Stimme eine zweite finden.

Raimund blickte etwas zweifelnd drein.

„Wir werden es versuchen", pflichtete Gunhild bei, „ich traue mir das durchaus zu."

„Ah, so", meinte Raimund, „na, dann? Lasst es uns einfach probieren."

Und so stimmten sie ihre Instrumente.

„Ich spiele euch jetzt einfach mal eine dieser Melodien", sagte er, setzte seine Violine an und legte los.

Mit dem Fuß schlug er den Takt dazu. Gunhild und Lilija hörten sehr aufmerksam zu und Lilija begann nach einer Weile, den Takt auf dem Holz ihrer Gitarre zu klopfen. Dann nahm Gunhild ihre Violine auf und begann ihrerseits mit langen Strichen die Melodie zu unterlegen. Das alles klang schon mal nicht schlecht.

„Ja, toll!", rief Raimund, setzte seine Violine ab und fing an zu singen, und Lilija begleitete ihn mit Akkorden auf der Gitarre.

Sie fühlten sich alle drei in die Melodie hinein. Raimund trieb sie immer weiter an.

„Super!", rief er. „Weiter so!", nahm wieder seine Violine auf, und begann, zu seinem Spiel langsam die Tanzschritte zu setzen, so wie er es hundertfach in Mexiko und Guatemala gesehen hatte.

Das befeuerte das Spiel der beiden jungen Frauen umso mehr und als Raimund seinen Bogen über die Saiten jagend einmal um den Ofen herumgetanzt war, setzten alle drei, fast wie auf Kommando, ihre Instrumente ab und lachten ausgelassen.

Sie hatten sich hineingefunden.

„Ich glaube, das wird etwas!", jauchzte Raimund und seine beiden musikalischen Begleiterinnen stimmten ihm zu.

„Wenn es uns gelingt, vier oder fünf dieser mexikanischen Lieder zu spielen, sie sind sich alle ganz ähnlich, dann wird das eine ganz tolle Sache", sagte Raimund, „und wir können dabei auch wechseln."

Er wandte sich an Gunhild:

„Spielst du auch Gitarre?"

Gunhild nickte nur.

„Dann könntest du zeitweilig den Part der Gitarre übernehmen und Lilija tanzt dazu, was haltet ihr davon?"

„Au ja, so machen wir's!", jubelte Lilija.

Sie war jetzt schon begeistert von ihrem gemeinsamen Vorhaben.

„Lasst es uns probieren!", rief sie und reichte Gunhild die Gitarre.

Raimund hatte sich einen der Töpfe vom Herd genommen und einen Holzlöffel dazu und begann den Takt zu schlagen. Gunhild horchte sich ein wenig ein und übernahm diesen nach einer Weile mit der Gitarre.

Nachdem sie alle drei im Rhythmus schwangen, legte Raimund seinen Topf beiseite und winkte Lilija heran. Sie stellten sich nebeneinander auf, nahmen sich an den Hüften und Raimund zeigte Lilija die Schritte. Und so tanzten sie nach links, tanzten nach rechts, einmal vor und dann wieder zurück. Lilija machte es großen Spaß, sie wollte gar nicht mehr aufhören.

Am Ende brachen sie atemlos von der Anstrengung ihren Tanz ab und fielen lachend auf die Stühle.

Gunhild legte ihre Gitarre beiseite und klatschte ihnen zu.

„Bravo!", rief sie.

„Und jetzt üben wir noch einmal den instrumentalen Teil", strahlte Lilija, ganz Feuer und Flamme.

Also reichte Gunhild ihr wieder die Gitarre und griff sich dafür ihre Violine.

„Jetzt probieren wir ein anderes Lied", schlug Raimund vor, „hört zu!"

Er spielte ihnen nun eine andere Melodie vor, welche aber im Grunde dem vorherigen sehr ähnlich war.

„Voilà!", sagte er. „Lasst es uns nun zusammen versuchen."

Er gab Gunhild das Zeichen, trommelte mit den Fingern den Rhythmus auf dem Gehäuse seiner Geige und rief: „Un, dos, tres, cuatro!", und begann.

Gunhild setzte mit der Violine ein und ein wenig später fand Lilija sich mit der Gitarre ein.

Es mochte hier und da noch Patzer gegeben oder ein wenig schräg geklungen haben, aber am Ende waren alle zufrieden.

„Ich finde, wir können ruhig ein wenig stolz auf uns sein", meinte Lilija.

„Ja, das können wir", pflichtete Raimund ihr bei.

Und dann wandte er sich an Gunhild, die die ganze Zeit über nur wenig gesagt hatte.

„Was meinst du, Gunhild?", fragte er.

„Ich denke, wir schaffen das, Silvester", entgegnete diese, „wir haben ja noch ein paar Tage zum Üben."

„Lasst mich noch einmal allein tanzen, zum Ausprobieren", bat Lilija.

Raimund blickte hinüber zu Gunhild und diese nickte.

„Okay!", sagte er.

Lilija übergab noch einmal ihre Gitarre an Gunhild. Diese zögerte nicht lange und ließ zum Auftakt den ersten Akkord erklingen, der Rhythmus war ihr ins Blut gegangen. Raimund stimmte ein und fasziniert blickten sie auf Lilija, die nun, die Hände auf dem Rücken verschränkt, ganz so wie eine Mexikanerin zögernd die ersten Tanzschritte machte, aber mit jedem Takt an Selbstbewusstsein gewann, bis sie am Ende erschöpft und lachend abbrach.

Gunhild und Raimund klatschten ihr Beifall.

Dann blickte er auf seine Uhr.

„Mein Gott!", rief er. „Schon so spät?"

„Oh Gott!", rief nun auch Lilija. „Wie schnell die Zeit vergeht."

Sie packten die Instrumente ein, zogen sich ihre Skibekleidung über und gingen zur Tür. Raimund schnallte sich ebenfalls die Skier an, er wollte sie wenigstens noch bis zur Brücke bringen, und dann zogen sie frohgemut und munter miteinander plaudernd nebeneinander über das Eis.

An der Brücke angekommen verabschiedeten sie sich und Raimund schaute ihnen eine lange Weile hinterher, zwei Punkte in einer grenzenlos weiten Landschaft, dahingleitend auf der Schneedecke des Paittasjärvie, und von Minute zu Minute kleiner werdend.

Lilija, kaum noch zu erkennen, drehte sich noch einmal zu ihm zurück, ein letztes Winken.

Da drehte sich auch Raimund um und machte sich auf einen einsamen Heimweg.

Kein Nordlicht begleitete ihn und auch die Rentiere zeigten sich heute Abend nicht.

Als er schließlich wieder seine Hütte betrat, wirkte diese, eben noch mit Leben, Lachen und Frohsinn gefüllt, sonderbar leer.

Dieser Kontrast traf ihn unvorbereitet.

Das hatte er bisher noch nie so empfunden.

Er ging mit schweren Schritten auf seinen Tisch zu und setzte sich. Ein Gefühl von Schwermut schlug ihn nieder.

‚Was tust du hier eigentlich?‘, fragte er sich.

Diese Musik, die gerade noch seine Hütte gefüllt hatte, ja, fast war es, als schwebte sie noch in den dunklen Ecken, sie ließ Erinnerungen in ihm anklingen, an eine lang zurückliegende Zeit. Er bemühte sich, so sehr er nur konnte, ihren Namen nicht auszusprechen, aber er drängte sich ganz von selber in sein Hirn.

Juanita.

„Nein, nein", flüsterte er, „es ist lange, lange her und längst vergessen, ich fühle nichts mehr für sie."

Und es stimmte sogar, er fühlte nichts mehr für sie. Es waren eine andere Zeit und ein anderes Leben gewesen.

Aber er fühlte etwas anderes und er hatte Angst davor.

Richtige und ganz wahnsinnige Angst.

Eine *Fiesta Lapplandii*

Raimunds tiefe Melancholie war jedoch nicht von langer Dauer. Nachdem er in einem Zustand der Trübsinnigkeit seine Abendmahlzeit beendet hatte, klappte er seinen Geigenkasten auf, nahm seine Violine zur Hand und spielte sich all seine seelischen Nöte von der Seele. Er spielte Vivaldi, denn er wusste, dass er sich in dieser Stimmung auf Vivaldi verlassen konnte. Vivaldi war sein Mittel gegen Kummer.

Vivaldi war Venedig, seine beschwingte lebensfrohe Musik voller Leichtigkeit erzählte von dem türkisfarbenen Wasser der Lagune und seinen Tausenden von Lichtreflektionen an den Fassaden der Palazzi am Canale Grande. Noch jedes Mal hatte ihn diese Musik von allem Seelenschmerz befreit. Und durch sein leidenschaftliches, völlig auf sein Instrument konzentriertes Spiel gelang es ihm auch dieses Mal, einen Hauch des Glanzes der Lagunenstadt in seine einsame Hütte zu zaubern und alle schweren Gedanken zu verscheuchen.

Und als er sich dann schließlich, die Stirnlampe eingeschaltet, in seinem Schlafsack auf der weichen Unterlage der Rentierfelle in der Koje ausstreckte, begann er ein neues Buch von Joseph Conrad, „Das Ende vom Lied".

Und so kam es dann auch, dass sich Raimund am nächsten Morgen recht aufgeräumt auf den Weg nach Nikkaluokta machte. Er hatte es Lilija und Gunhild versprochen, die kommenden drei Tage bis Silvester mit ihnen zu üben.

Schon als er seine Skier abschnallte, hörte er von drinnen die Klänge einer Violine und einer Gitarre, und als er die Cafeteria betrat, fand er die beiden bereits eifrig am Üben.

Die jungen Frauen setzten ihre Instrumente ab und blickten ihm mit lachenden Gesichtern erwartungsvoll entgegen.

„Da bist du ja endlich!", rief ihm Lilija in scherzhaftem Ton zu.

„Oh", sagte er, „wie ich sehe, habt ihr schon angefangen."

Er beugte sich herunter und hauchte zunächst Gunhild und dann

Lilija einen flüchtigen Kuss auf die Wange, um den Moment einer kurz aufkommenden Verlegenheit zu überspielen.

Und während er seine Geige auspackte, hatte er sich bereits wieder gefangen.

„Nun denn, dann wollen wir auch nicht mehr zaudern."

Durch das lockere, scherzhafte Willkommen hatte sich Raimunds anfängliche Scheu sehr schnell verflüchtigt, und so hatten sie ihre ausgelassene Laune vom Vortag flugs wiedergefunden.

Fröhliche Stunden waren es, die sie nun musizierend verlebten, und auf seinem stillen Heimweg über die weite zugeschneite Fläche des Sees trug ihn seine frohe Stimmung bis in seine Hütte und hielt über Nacht bis zum nächsten Morgen an. Er freute sich mächtig über das ungewöhnliche musikalische Projekt und das unverhoffte Miteinander.

,Was wir hier vorhaben, dürfte wohl ziemlich einmalig bleiben in der Geschichte von Nikkaluokta', dachte er.

Die folgenden Tage vergingen wie im Flug; Gunhild hatte sich tatsächlich für die ganze Woche bei Lilijas Familie einquartiert.

Und dann war es endlich so weit, dass sich Raimund frohgemut, den Geigenkasten auf dem Rücken, am Morgen des Silvestertages auf den Weg zur Cafeteria machte.

Der große Tag war gekommen.

Dass es die ganze Zeit über gar nicht richtig hell wurde, hatte Raimund schon so verinnerlicht, dass es ihm gar nicht mehr auffiel.

Bei seinem Eintreten fand er die Cafeteria bereits schön geschmückt vor, Lilija und Gunhild waren fleißig gewesen. Vor die Lampen hatten sie buntes Papier geklebt und bunte Luftschlangen kreuz und quer durch den Raum gezogen. Vor dem flachen Podest für die Musiker hatten sie eine kleine Tanzfläche für Lilija freigelassen. Ein kurzer gemeinsamer Imbiss vorweg, die Instrumente gestimmt und sich eingespielt und dann kamen auch schon die ersten Gäste.

Im Unterschied zu Heiligabend gab es kein gemeinsames Essen für die Dorfgemeinschaft.

Raimund bemerkte auch, dass im Gegensatz zu Weihnachten die Mehrheit der Gäste deutlich jünger war. Es hatte sich wohl herumgesprochen, dass es heute etwas Besonderes geben sollte, denn alles in allem waren es jetzt sehr viel mehr Menschen, die sich um die vollbesetzten Tische drängten. Wie schon zu Weihnachten gab es Punsch, Kaffee und Tee und diesmal für die Kinder Limonade. Auf die Tische hatte man zudem Schalen mit Salzgebäck gestellt.

Der Abend begann zunächst mit den üblichen schwedischen Liedern und Volkstänzen, an denen sich die Gäste rege beteiligten. Das war ein munteres und ausgelassenes Durcheinanderwirbeln von Jungen und Mädchen und die Älteren saßen, wenn sie es ihnen nicht gleichtaten, an ihren Tischen und schauten den Tanzenden heiter zu.

Als die Stimmung auf dem Höhepunkt war, machte die Combo erst einmal Pause, in der die drei Musiker für eine Weile in der Tür hinter dem Tresen verschwanden.

Nach etwa zwanzig Minuten kam Lilija, ihre Gitarre in der Hand, wieder zum Vorschein. Die Stimmung im Saal war laut und fröhlich und bei ihrem Erscheinen ertönten einzelne Ausrufe und hier und da wurde geklatscht. Lilija trat flott auf das kleine Podest.

„Wollt ihr eine Fiesta mexicana? Eine richtige, heiße Fiesta mexicana?", rief sie den Leuten zu, und: „Jaaaa!", brüllte der ganze Saal zurück.

„Dann müsst ihr jetzt alle einmal kräftig zusammen klatschen!", rief sie wiederum und die versammelte Menge ließ sich nicht lange bitten.

Zunächst war es nur ein wildes Durcheinander, bis das Publikum schließlich den Rhythmus gefunden hatte, den Lilija vorgab.

Und dann kamen auch Gunhild und Raimund hinter dem Tresen hervor, ihre Instrumente in den Händen. Als sie das Podest betraten, wandelte sich das rhythmische Klatschen zu einem kräftigen Applaus. Lilija mit ihrer Gitarre setzte sich auf den bereitstehenden Stuhl und Raimund und Gunhild stellten sich daneben. Kurzer Blickkontakt, gemeinsames Einatmen und dann stampfte Raimund viermal mit dem Fuß auf.

„Un, dos, tres, cuatro!", rief er und ab ging die Post.

Etwas in dieser Art hatte man hier noch niemals zuvor gehört und es dauerte auch nicht lange, dass die Gäste hier und da anfingen, sich im Takt zu wiegen.

Nach dem Vorspiel setzte Raimund seine Violine ab und hub an zu singen. Es war eine dieser typisch mexikanischen Melodien, bei der der Sänger bei der letzten Silbe jedes Mal in eine höhere Oktave sprang. Raimund konnte förmlich spüren, wie die Musik die Menschen mitnahm, und als er jetzt wieder seine Violine ansetzte und sein Bogen in einer atemberaubenden Geschwindigkeit über die Saiten fegte, stampfte er weiter mit dem Fuß im Takt.

„Hej, hej, hej, hej!", heizte er die Zuhörer an.

Die Kinder waren die Ersten, die von ihren Sitzen aufsprangen, um sich auf der kleinen Tanzfläche zur Musik zu bewegen.

Raimund bemerkte mit einem schnellen Seitenblick, dass Lilija und Gunhild über das ganze Gesicht strahlten. Sie waren zu einer Einheit geworden, ein richtiges kleines Ensemble, und die Freude und Begeisterung ihrer Zuhörer berauschte sie.

Sie spielten nacheinander vier Stücke in diesem schnellen Huapango-Rhythmus und machten sodann eine kurze Pause, damit sie ein wenig verschnaufen konnten. Raimund behielt seine Uhr im Auge. Er hatte vor, als Nächstes den Cumbia zu spielen, um dann kurz vor zwölf den letzten Ton verklingen zu lassen.

Lilija trat vor und machte eine neue Ansage:

„Und jetzt, liebe Leute, spielen wir euch einen Cumbia aus dem Land Kolumbien und dabei müssen alle, die hier versammelt sind, mitmachen. Nehmt dazu irgendetwas, was ihr gerade findet, mit dem man auf den Tisch, gegen ein Trinkglas oder eine Flasche schlagen kann, oder trommelt mit den Händen auf die Sitzflächen der Stühle."

Sie blickte einmal über die Menge, um sich derer Zustimmung zu vergewissern, und als sie sah, dass alle auf irgendeine Weise ausgerüstet waren, rief sie:

„Okay, lasst es uns einmal probieren! Achtung!", sie hob die Hand. „Und los!", und der ganze Saal trommelte und klirrte drauflos, wie es jedem gerade in den Sinn kam. Es war ein unglaubliches Getöse.

Lilija hob jetzt wieder die Hand.

„Stopp!", rief sie und die daraufhin plötzlich einsetzende Stille wirkte fast gespenstisch.

„So", fuhr sie fort, „und jetzt machen wir das Ganze noch einmal im Rhythmus, Raimund macht es euch einmal vor, es ist ganz einfach!"

Und dieser begann, den Takt mit beiden Händen auf Lilijas Stuhl zu trommeln: *Tata tomm, tata tomm, tata tomm, tata tomm.*

„Nun alle zusammen!", gab Lilija an und wieder setzte ein unbeschreibliches Spektakel ein.

Aber so langsam fand sich die Menge hinein und das Klirren, Klopfen, das Schlagen und Stampfen bekam eine gewisse Form. Lilija hatte sich ein Tamburin gegriffen und gab damit den Takt vor. Als sie halbwegs zufrieden war, machte sie ein Zeichen und alle hielten inne.

„Okay", sagte sie, „das war schon nicht schlecht. Dann wollen wir mal loslegen. Raimund", sie deutete mit dem Finger auf ihn, „wird rufen: La Cumbia! ,und dann fangt ihr an."

Genannter erhob sich, die Geige bereit, Gunhild wiederum legte ihre Violine beiseite und nahm stattdessen Lilijas Gitarre und hängte sich den Gurt um. Lilija schnappte sich indes ein langes rotes Seidentuch, das sie sich schon bereitgelegt hatte.

„Fertig?", fragte sie in den Saal, und: „Jaaaa", ertönte es zurück. Dann deutete sie auf Raimund. Dieser blickte auf sein ungewohntes Publikum. Dann hob er die Hand, die den Geigenbogen hielt.

„Laaa Cuumbia!", schmetterte er, woraufhin ein ohrenbetäubendes Geräuschkonzert begann. Es rasselte, rumpelte, klopfte im Takt, das Publikum beteiligte sich mit allem, was jedem gerade in die Finger kam. Dann fiel die Gitarre ein, und als Raimund das Gefühl hatte, dass alles im Fluss war, setzte er den Geigenbogen an und über alles legte sich der Klang seiner Violine.

Tata tomm, tata tomm, tata tomm, tata tomm ...

Und das war der Moment, dass Lilija die Tanzfläche betrat. Sie suchte zunächst etwas zaghaft nach den Schritten, schloss dabei die Augen, um sich ganz auf die Musik zu konzentrieren, und mit jedem Ton setzte sie ihre Füße kräftiger und selbstbewusster auf den Boden. Sie tanzte nach rechts, tanzte nach links, wirbelte im Kreis und ließ dabei ihr rotes Tuch über ihrem Kopf und zu den Seiten wehen, als hätte sie ihr ganzes Leben in Lateinamerika zugebracht. Ihr roter Rock, weit und leicht ihre Gestalt umfließend, flatterte und schwang bei jeder Bewegung um sie herum.

Tata tomm, tata tomm, viele der erwachsenen Anwesenden hielt es nun auch nicht mehr auf ihren Stühlen, sie sprangen auf und schon begannen die ersten, auf die kleine Tanzfläche zu strömen. Am Ende wogte der ganze Saal. So etwas hatte man hier am Polarkreis noch nicht erlebt. Alt und Jung klatschte den Takt mit den Händen und alle waren sie außer Rand und Band. Raimunds Bogen jagte so flink über die Saiten, dass man ihm kaum noch folgen konnte.

Irgendwann wurde Lilija in ihrem Tanz langsamer und auch Gunhild und Raimund fielen in ein verhalteneres und leiseres Spiel.

„Hergehört!", rief Lilija in den Saal. „Ich werde gleich mein rotes Tuch in die Höhe halten und dann hören wir alle gleichzeitig auf."

Daraufhin nahmen die Musiker ihr Tempo wieder auf.

Tata tomm, tata tomm, tata tomm, tata tomm!

„Aaachtung …", Lilija streckte blitzartig ihren Arm mit dem Tuch in die Höhe.

Mit einem Schlag war es still im Saal, Lilija machte eine letzte Drehung und stand still.

Und dann brandete ein Applaus auf, der nicht enden wollte. Gunhild erhob sich von ihrem Stuhl und alle drei verbeugten sich. Einmal, zweimal und noch einmal. Und dann fassten sie sich an den Händen, verbeugten sich ein weiteres Mal, fingen ebenfalls an zu klatschen.

Als sich nach einer Weile alles beruhigt hatte, sagte Lilija, indem sie ihren Arm mit der Uhr hochhielt:

„Es ist jetzt genau elf Minuten vor zwölf. Seht bitte zu, dass ihr alle ein Getränk habt, gleich beginnt das neue Jahr und damit hat die Polarnacht auch ihren höchsten Punkt erreicht, denn ab heute macht sich die Sonne auf, um wieder zu uns zurückzukehren."

Um Punkt zwölf schlug Jokki einen Gong, alle hoben ihre Gläser und stießen miteinander an. Raimund und Lilija blickten sich beim Anstoßen tief in die Augen. Es lag so unendlich viel in ihrem Blick, Hoffnung, Sehnsucht und Liebe, aber auch ein Hauch von Furcht vor der Zukunft.

Und während noch alle Gäste in Grüppchen beisammenstanden und miteinander plauderten, machte sich Raimund langsam daran, sich zu verabschieden. Alle winkten ihm fröhlich zu und es waren nicht wenige, die ihm für den schönen Abend dankten. Ganz besonders verbunden waren im Kajssa und Jokki.

Nacheinander, erst Kajssa, dann Jokki, ergriffen sie seine beiden Hände und drückten sie warm und herzlich.

„Ein so schöner und unvergesslicher Abend", sagten sie und wünschten ihm für seine Zeit hier in Lappland noch weiterhin viel Glück.

Raimunds besonderer Dank galt Gunhild. Wie ein Mexikaner vollführte er eine gezierte tiefe Verbeugung, nahm ihre Hand und führte sie an seine Lippen, ein klassischer Handkuss.

„Meine allertiefste Verehrung für diese musikalische Meisterleistung!", sagte er.

Gunhild lachte und wurde ein wenig rot.

„Ach Gott, das war doch nichts Besonderes", versuchte sie abzuwiegeln.

„Oh, wenn das nichts Besonderes war, würde ich gerne einmal deine ganz besonderen Fähigkeiten kennenlernen", erwiderte er, „alles Gute für dich, liebe Gunhild! Vielleicht sehen wir uns ja noch einmal."

Er lachte kurz. „Ich bin ja noch ein Weilchen hier."

Lilija begleitete ihn vor die Tür, und als sie hinaustraten, stand ein Nordlicht am Himmel.

„Oh, schau nur", Lilija flüsterte fast, „das leuchtet extra für uns."

Zusammen schritten sie über den Vorplatz. Raimund trug seine Violine auf dem Rücken und hielt seine Skier in der Hand. Am Seeufer blieben sie stehen. Sie schauten schweigend über die weite weiße Fläche des Sees, über die das Nordlicht sein mystisches Licht breitete, unruhig hin- und her wabernd, majestätisch in seiner Pracht. Als sie sich nun einander zuwandten, schlang Lilija im Überschwang der Gefühle beide Arme um Raimund und schien ihn gar nicht wieder loslassen zu wollen. Er umfasste sie behutsam und zärtlich, senkte seinen Kopf und küsste sie ganz sacht auf die Stirn.

„Was soll nur aus uns werden?", wisperte Lilija leise an seinem Ohr.

Inzwischen fragte sich Gunhild, wo denn ihre Freundin so lange sei. Sie öffnete die Außentür und was sie sah, ließ sie mit einem schnellen Schritt hinaustreten. Hurtig schloss sie die Tür hinter sich.

Eine lange Weile betrachtete sie dieses Bild, das sich ihr bot.

Fast unwirklich wirkten die beiden einsamen Menschen am Ufer des Sees, wie verschmolzen zu einer einzigen Gestalt, im Licht des Nordlichtes fast nur als Silhouette auszumachen.

Ihr Anblick berührte Gunhild zutiefst.

„Oh Gott", sagte sie leise, „alle meine guten Wünsche, liebe Lilija! Ich fürchte sehr, du wirst sie brauchen."

Wie in Zeitlupe drehte sie sich um, betrat das Haus und schloss ganz sachte die Tür hinter sich.

Eine neue Freundin

Zwei Tage nach Neujahr schnallte sich Raimund wieder einmal seine Skier an die Füße und dieses Mal trug er seinen gepackten Wanderrucksack auf dem Rücken. Es zog ihn mit aller Macht hinauf in die Einsamkeit des Fjälls – solange die Polarnacht noch dauerte.

Streng genommen hatte die Zeit der Polarnacht ja bereits Ende Dezember geendet, denn es wurde bereits zwischen halb elf und eins für eine kurze Zeit wieder ein wenig hell und die Helligkeit würde sich nun mit jedem Tag um etwa eine halbe Stunde verlängern. Aber in der Hochphase der Polarnacht, zwischen Weihnachten und Neujahr, war er mit anderen Dingen beschäftigt gewesen und diese hatten mit seiner ursprünglichen Idee einer Überwinterung in Lappland recht wenig zu tun gehabt.

Es wurde also Zeit, an den eigentlichen Plan wieder anzuknüpfen.

Er folgte nun zunächst dem bekannten Weg, den er bereits zweimal gegangen war, einmal zur Zeit der „Ruska Aika" und das andere Mal bei seiner zweitägigen Nachtwanderung.

Dieses Mal war er bei der ersten Frühdämmerung aufgebrochen und nachdem er auf halbem Wege Halt gemacht hatte, um sich Tee aus geschmolzenem Schnee zu kochen und etwas zu essen, setzte bereits wieder die Dunkelheit ein.

Aufgrund der Jahreszeit konnte er quer über den zugefrorenen und mit einer Schneedecke überzogenen Fluss laufen. Jedoch war der Schnee tief und noch jungfräulich, sodass er trotz der Skier bei jedem Schritt einsank.

Zeit gewann er also durch die Abkürzung nicht. Er quälte sich geradezu und war bald trotz der Minus-Temperaturen schweißgebadet.

„Ich hätte mir Schneeschuhe besorgen sollen", sagte er zu sich selber.

Er hatte sich im Lauf der Wochen und Monate angewöhnt, ungeniert und laut mit sich selbst zu sprechen, und er scheute sich nicht einmal, sich selbst zu beschimpfen, wenn er einen Fehler begangen hatte. Nun erinnerte er sich plötzlich an die Lektüre seiner Jugendjahre. Damals hatte er die Bücher von Jack London geradezu verschlungen und so hätte er also wissen können, dass man, um im hohen Schnee vorwärtszukommen, Schneeschuhe brauchte und nicht Skier.

Nun gut, dafür war es jetzt zu spät, es musste eben auch so gehen.

Und so pflügte er unverdrossen weiter durch den Schnee. Die Erinnerung an die Abenteuerromane Jack Londons ließen ihn jedoch so schnell nicht wieder los.

Die Schneeschuhe, mit denen London gelaufen war, hatten ja noch einen zweiten Sinn gehabt, nämlich damit eine Spur für seine nachfolgenden Schlittenhunde zu treten.

Aber je länger Raimund lief, umso mehr gewöhnte er sich an diese Art des Vorwärtskommens: auf einer noch unberührten Schneefläche, in einer fast nachtdunklen Landschaft. Denn obgleich es noch früher Nachmittag war, hatte er wieder einmal den Eindruck, sich auf einer Nachtwanderung zu befinden. Mit der Zeit überwog das Gefühl eines unwirklichen Zaubers, der ihn umgab, und die Mühen des Vorwärtskommens traten in den Hintergrund. Er hatte ja keine Eile.

Als ihm nach endloser Zeit ein Rudel Rentiere über den Weg lief, begrüßte er sie so, wie man alte Bekannte begrüßt.

„Hallo, Freunde, auch unterwegs? Wohin soll's denn gehen?"

Die Rentiere verhielten in ihrem Lauf und schauten ihn an, aber sie erwiderten nichts. Nach einer Weile zogen sie weiter. Für sie war es ein unbeschwerter Nachmittagsspaziergang, denn sie bewegten sich so absolut mühelos im hohen Schnee, dass Raimund sie inbrünstig beneidete. Als er nach etwa vier Stunden Skiwanderung die Vistashütte erreichte, war er doch herzlich froh. Sie war, wie er es auch nicht anders erwartet hatte, leer. So entzündete er als Erstes ein Feuer und bereitete sein Abendessen. Dieses fiel nun allerdings deutlich karger aus, als er es „zu Hause" in seiner eigenen Hütte, unten, am Eingang des Tales, gewohnt war. Heißwasser bereiten, Tüte aufreißen, das gefriergetrocknete Pulver hineinrühren und schon war die Suppe fertig, und dazu gab es ein Stück Knäckebrot.

Raimund war wieder einmal erstaunt, wie die Schweden es fertigbrachten, diesen Fertiggerichten einen so leckeren Geschmack zu verleihen. Es war die Sahne darin, wusste er, aber das konnte nicht der alleinige Grund sein.

Müde von seiner anstrengenden Tour, aber von einer inneren Ruhe erfüllt, legte er sich in einer der Kojen zum Schlafen nieder.

Am nächsten Morgen brach er frisch gestärkt auf, um seinen Weg ins Fjäll fortzusetzen.

Jetzt würde es vielleicht etwas leichter werden, dachte er, denn von hier ab folgte er wieder dem Verlauf des offiziellen Wanderweges. Aber dass er scheinbar noch mitten in der Nacht aufbrach, obgleich es eben zehn Uhr war, verwirrte ihn erneut.

„Es ist schon seltsam", sagte er zu sich, „ich dachte, man gewöhnt sich mit der Zeit daran, aber das stimmt offenbar nicht."

Der zweite Abschnitt der Wanderung stellte sich indes sehr bald als erheblich schwerer heraus als der erste. Etwa knapp eine Stunde ging es recht gut voran, aber als Raimund aus dem Birkengürtel heraus war, wurde der Weg steiler und mit Skiern kaum noch zu bewältigen. Am Ende sah er sich gezwungen, die Skier abzuschnallen und zu versuchen, zu Fuß weiterzukommen. Dabei aber sank er bei jedem dritten oder vierten Schritt noch viel tiefer ein als zuvor und er entschied sich wiederum für die Skier.

Es bedeutete für ihn, sich der Technik des sogenannten „Treppesteigens" zu bedienen. Das hieß, seitlich Schritt um

Schritt mit den langen Skiern an den Füßen, *step by step,* emporzukraxeln, wobei ihm ständig hervorstehende Felsnasen im Wege waren. Der Pfad war aufgrund des Schnees und der Dunkelheit nicht mehr auszumachen und er stieg nun einfach der Nase nach, darauf bedacht, die grobe Richtung beizubehalten. Zögernd war es etwas hell geworden, der Himmel war bedeckt und es war nicht gar so kalt. Er schätzte, dass es wohl so um die acht Grad minus sein mussten.

Es war dennoch außerordentlich mühsam und er war, als er mittags eine windgeschützte Ecke suchte, um Pause zu machen, vollkommen durchgeschwitzt.

Die mitgeführte Schneeschaufel verwendete er nun, um sich eine runde Grube auszuheben, in der er gut geschützt seinen Tee trinken konnte. Wieder einmal hatte er das Gefühl, nur noch ganz allein auf der Welt zu sein, und er dachte, dass sich so ähnlich vielleicht auch Amundsen auf seinem einsamen Marsch zum Südpol gefühlt haben musste.

Als Raimund sich etwas erholt hatte und sich durch den heißen Tee gekräftigt fühlte, brach er wieder auf, und nun hatte er Glück, denn die Strecke wurde leichter begehbar und nach etwa einer halben Stunde hatte er den Kamm des Passes erreicht.

Das weite baumlose Alesjauretal lag nun vor ihm. Von dem See, der hier auf seiner Herbstwanderung in seiner ganzen Schönheit unter ihm gelegen hatte, war jetzt freilich nichts mehr zu sehen; er war ebenso wie das ihn umgebene Land unter einer dicken Schneedecke begraben. Trotz der Dunkelheit hatte Raimund kilometerweite Sicht. Weit unten zu seiner Linken konnte er sogar die eingeschneiten bunten Hütten des Sommerlagers der Samen erkennen, die in dem endlos weiten weißen Tal an ein Gemälde erinnernde Farbtupfer bildeten.

Abweichend zu seiner Herbstwanderung wandte er sich nun nach rechts. Sein Ziel war die Kieron-Hütte, oben am Ende des Alesjauretales. Hier wollte er übernachten, um dann am nächsten Morgen in einem großen Bogen auf der anderen Seite des Tales wieder zurückzukehren. Bereits kurz vor Erreichen des Kamms hatte es leicht zu schneien begonnen.

Nun aber wurde das Schneetreiben mit jeder Minute stärker. Der Weg ging leicht bergab, sodass Raimund durch kräftige Stöße mit den Skistöcken recht flott vorwärtskam. Die Schneeflocken wehten ihm genau ins Gesicht und die Sichtweite schrumpfte zusehends. Am Ende konnte Raimund kaum noch zehn Meter weit schauen.

Als sein Weg nach einer ganzen Weile zunehmend wieder plan verlief, fühlte Raimund mehr als dass er es erkennen konnte, dass er sich jetzt auf dem See befand.

Er verhielt seinen Schritt, um sich in diesem dichten Schneetreiben zu orientieren. Zum ersten Mal, seit er hier in Lappland unterwegs war, sah er sich genötigt, seinen Kompass aus der Tasche hervorzukramen. Auch seine Stirnlampe hatte er in einer seiner Jackentaschen, und die zog er nun hervor, nahm seine russische Pelzmütze ab, um sich die Lampe über den Kopf zu streifen. Noch glaubte er, recht genau zu wissen, wo er sich befand, doch für den weiteren Weg half es nichts, er musste seine Karte ungeachtet des Schneetreibens entfalten, sich mit ihr nach Norden drehen und dann seinen Kompass darauflegen. So stellte er die Richtung fest, in die er gehen musste.

‚Sich auf diese Weise vorwärtskämpfen zu müssen, ist wenig ergötzlich‘, dachte er bei sich und erschwerend dazu kam noch die Dunkelheit.

Da er auch nicht wissen konnte, wie lange der Schneefall anhalten würde, begann er sich Sorgen zu machen. Er überlegte, ob er vielleicht doch lieber umkehren sollte, aber seine eigene Spur würde bereits nicht mehr zu erkennen sein.

Zur Not wusste er natürlich sein Zelt in seinem Rucksack, ohne dieses begab er sich absolut nie auf eine Wanderung. Jedoch erschien ihm eine Zeltübernachtung unter den gegebenen Wetterbedingungen ein wenig wagemutig. Allein mitten im

Nirgendwo in Eis und Schnee ein Zelt aufzubauen, um darin zu übernachten, theoretisch denkbar, in der Praxis aber nicht gar so einfach. Man musste höllisch aufpassen, dass einem dabei nichts aus der Hand fiel, denn das wäre vermutlich unwiederbringlich verloren. Und das war nur ein Teil der Herausforderung.

‚Oje!‘, dachte er. ‚Aber es läuft wohl doch alles auf eine Übernachtung im Zelt hinaus.‘

Kein schöner Gedanke, der dichte Schneefall hielt an und auch der Dunkelheit würde er nicht entkommen können.

Aber wie das manchmal so ist, plötzlich erinnerte er sich, dass er auf einer seiner Sommerwanderungen in dieser Gegend eine ihm bis dahin unbekannte Hütte hatte liegen sehen. Er hatte später in der Karte nachgeschaut und sie stand tatsächlich unter dem Namen Miesakjaure-Hütte an dieser Stelle verzeichnet. Allerdings war sie keine der sonst hier üblichen Wanderhütten. Er wusste nicht, wem sie gehörte, aber er vertraute darauf, dass sie wie alle Hütten hier in Lappland nicht zugeschlossen sein würde. Zur Not müsste er eben sein Zelt im Schutz der Hütte aufbauen. Immer noch besser als in der freien Ebene. Raimund war sich ziemlich sicher, dass er sich hier, wo er jetzt stand, unterhalb dieser Hütte befinden müsste, und eigentlich sollte sie gar nicht so sehr weit entfernet sein. Er faltete noch einmal seine Karte auf, um jetzt seinen Kurs darauf auszurichten.

Daraufhin schob er seine Karte wieder zurück unter die Jacke und wandte sich in die Richtung, die er laut Kompass einschlagen musste. Er lief stetig, nur leicht bergauf führte ihn der Weg. Rings um sich herum, sah er nichts als Weiß. Voraus konnte er gerade noch etwa fünf Meter vor sich den Boden erkennen.

Nachdem er sich auf diese Weise etwa eine halbe Stunde vorwärtsgekämpft hatte, bemerkte er zu seiner Erleichterung, dass der Schneefall nachzulassen schien.

Und wie er jetzt seinen Blick im Halbkreis schweifen ließ, er erschrak fast, wie von einer Erscheinung heimgesucht, tauchten auf einmal in knapper Entfernung links neben ihm die verschneiten Umrisse der Hütte auf. Ohne das Nachlassen des Schneefalls wäre er wohl mit ziemlicher Sicherheit an ihr vorübergelaufen.

Es durchfuhr ihn ein heißes Gefühl der Erleichterung und er konnte daran wahrnehmen, dass er wohl doch nicht so ganz ohne Furcht gewesen war und dass nur die Wetterbesserung sowie eine gute Portion Glück ihn vor die Tür der Hütte geführt hatten. ‚Glück muss man eben auch mal haben', dachte er.

Entschlossen änderte er seinen Kurs um etwa neunzig Grad und steuerte nun direkt auf den sicheren Hafen zu.

Der Eingang der Hütte, unter einem kleinen Vorbau, befand sich auf der dem Wind abgewandten Seite und war aus diesem Grunde kaum zugeschneit. Raimund lief nun auf seinen Skiern auf die Tür an ihrer Stirnwand zu. Hoffnung und Enttäuschung liegen nur allzu oft dicht beieinander. Dies war keine Hütte des Schwedischen Wandervereins und die Möglichkeit, dass die Tür abgeschlossen war, bestand nach wie vor. Wie hatte doch Torben bei seiner Ankunft zu ihm gesagt: „Hier oben im Norden schließen wir unsere Türen nicht zu."

‚Möge er doch recht behalten', betete nun Raimund und noch bevor er seine Skier abschnallte, drückte er die Klinke.

Die Tür war offen!

„Puh! Das war jetzt ein Akt echter Hochspannung", sagte er laut und fügte wie sich selbst erklärend hinzu: „Erleichterung ist gar kein Ausdruck, denn nun heißt es, doch kein Schneebiwak, sondern eine vergleichsweise komfortable Unterkunft."

Eine Übernachtung im Grand Hotel in einer Großstadt war nichts dagegen. Er verfiel fast schlagartig in eine derart aufgeräumt gute Laune, dass er nun, während er seine Skier abschnallte, ein Lied vor sich hin trällerte.

Er betrat den Vorraum, zog seine Schuhe aus und ging weiter hinein in den. In der Ecke gleich neben der Tür befand sich ein Herd, was darauf schließen ließ, dass es sich tatsächlich um eine

Hütte der Samen handelte. Sie hatte nur ein einziges Fenster, einen Tisch mit zwei festen Bänken und zwei übereinanderliegende Doppelkojen. Außer ein paar Kerzenstummeln gab es keinerlei Gegenstände, auch die Kojen waren leer bis auf das blanke Holz.

Das machte Raimund jedoch nichts aus, denn er hatte ja seinen Schlafsack und die Liegeunterlage dabei. So zündete er zunächst einmal einen der Kerzenreste an. Neben dem Herd lag ein großer Haufen Reisig, sodass er sogar ein Feuer anzünden konnte, gerade eben warm genug, um Schnee für seine Essenszubereitung zu tauen.

Aber als er dann auf der langen Bank am Tisch saß und seine Mahlzeit löffelte, überkam ihn völlig unvermutet und ganz plötzlich eine grenzenlose Einsamkeit.

So hatte er sich in seiner Hütte im Vistastal bisher nie gefühlt.

Als er seinen Löffel beiseitelegte und den Teller nach hinten schob, überfiel ihn Stille. Bis zu diesem Zeitpunkt hatte er immer irgendwie Geräusche erzeugt, aber jetzt, nachdem er sich zurückgelehnt hatte und in die Flamme der Kerze schaute, deren trüber Schein kaum bis in die Winkel des kahlen, leeren Raumes drang, traf ihn diese absolute Lautlosigkeit mit neuer Wucht. Er hatte geglaubt, sich daran gewöhnt zu haben, aber nun kam sie wieder mit ihr: Die Angst. Die Hütte, so sicher er dort auch aufgehoben war, schenkte keinen Trost in der Einsamkeit. Sie war leer und offenbar meist unbewohnt, ohne jede Spur von Leben. Dazu kam das Bewusstsein, vermutlich der einzige Mensch im Umkreis von zwei Tagesreisen zu sein.

Das Reisigfeuer hatte die Raumtemperatur gerade eben auf knapp über den Gefrierpunkt bringen können. Raimund zog die Schultern hoch, ihn fröstelte es.

Im Geiste sah er die endlose, verschneite Landschaft vor sich, die ihn umgab, darin ein winziges, dunkles Viereck, das kaum aus dem Schnee lugte: seine Hütte. Und darin saß ein einsamer Mensch an einem Tisch, er selber.

Und dann urplötzlich hatte er Lilijas Bild vor Augen.

Er sah sie, in der ansonsten völlig leeren Cafeteria hinter ihrem Tresen stehend, ihr Blick war auf die Eingangstür gerichtet, so, als erwartete sie noch jemanden.

Aber dann sah er ihren Blick langsam leerer werden.

Es kam niemand.

Schließlich wandte sie ihre Augen ab. Sie löschte das Licht und verschwand durch die Tür zur Küche.

Und da konnte er einfach nicht mehr an sich halten.

Sein Kopf sank ihm auf die Arme, die er auf der Tischplatte verschränkt hatte, und er begann hemmungslos zu weinen.

Er wusste nicht mehr, wie lange er dort so gesessen hatte, irgendwann waren die Tränen schließlich versiegt und er richtete sich langsam wieder auf. Müde wie ein alter Mann erhob er sich, um sein Geschirr abzuräumen und mit dem letzten Rest des Wassers abzuwaschen und aufgrund all dieser Verrichtungen waren sie plötzlich wieder da: die Geräusche.

Er nahm die drei Töpfe seines Trangia und öffnete die Tür nach draußen, um sie dort mit Schnee zu füllen. Es hatte inzwischen gänzlich aufgehört zu schneien.

Das weite schneebedeckte Tal, vom Mondlicht beleuchtet lag es vor ihm. Da! Wieder diese Stille!

‚Bloß nicht aufhören, mich zu bewege‘n, dachte er, ‚wo Geräusche sind, ist Leben.‘

Er bückte sich, um die Töpfe mit Schnee zu füllen, und zurück in der Hütte stellte er sie auf den warmen Herd. Er legte noch ein paar Reiser nach, rollte sodann seine Liegematte in der unteren Koje aus und entledigte sich seiner Oberbekleidung, um sie gegen seine Faserpelzwäsche zu tauschen.

Er hatte nichts mitgenommen, mit dem er sich hätte ablenken können, kein Buch, das er lesen, kein Tagebuch, das er schreiben konnte.

Und so rollte er dann seinen Schlafsack aus, löschte die Kerze und kroch hinein. Seine Gedanken wirbelten in seinem Kopf herum, aber es gelang ihm nicht, auch nur einen von ihnen festzuhalten.

Am Ende schlief er dennoch ein.

Mitten in der Nacht schreckte er hoch. Er wusste nicht, wie lange er geschlafen und was ihn geweckt hatte. Er lauschte in die Stille.

Da! Da war etwas! Es klang fast wie das Geheul eines Wolfes. Ihn schauderte.

Da war es schon wieder!

‚Wölfe', dachte er, ‚in Schweden gibt es keine Wölfe.'

Doch dann erinnerte er sich, dass er gelesen hatte, dass manchmal, in strengen Wintermonaten, Wölfe aus Finnland herüberkommen würden. Er stellte sich plötzlich vor, dass er die Hütte nicht gefunden hätte und stattdessen nun irgendwo dort draußen in seinem Zelt liegen würde.

Wieder schauderte es ihn. Aber das Heulen blieb diesmal aus. Hatte es überhaupt geheult? Hatte er sich das nicht vielleicht nur eingebildet?

Den Rest der Nacht verbrachte er unruhig.

Fahles Dämmerlicht fiel durch das einzige Fenster des Raumes, als Raimund erwachte. Er kroch aus seinem Schlafsack und entzündete ein Feuer im Herd. Dann machte er sich den Oberkörper frei, ging vor die Tür und rieb sich kräftig mit Schnee ab. Als er sich wieder der Hütte zuwandte, entdeckte er ein Thermometer neben der Tür. Ein genauer Blick darauf zeigte minus einundzwanzig Grad. Nun, an diesem Morgen, fühlte er sich besser.

Vor seinem einfachen Frühstück sitzend, dachte er an die Karussellfahrt seiner Gefühle am vorausgegangenen Abend. Er konnte sich nicht erinnern, jemals zuvor so etwas erlebt zu haben. Irgendetwas war ihm zu viel gewesen, aber es war nicht nur die Einsamkeit und auch nicht die Stille.

„Lilija", sagte er leise vor sich hin und noch einmal: „Lilija."

Das Bild, wie sie das Licht löschte und durch die Tür verschwand, hatte sich ihm eingebrannt.

Die Wölfe hatten bei Tageslicht ihren Schrecken verloren.

‚Ein Traum', dachte er, ‚nichts als ein Traum.'

Nachdem er gefrühstückt hatte, abgewaschen und gepackt, und er wieder auf seine Skier stieg, erlebte er, wie die Sonne, nach wochenlanger Abwesenheit, zaghaft über die Berge schaute und die weite Schneefläche zum Glitzern brachte.

In andächtiger Betrachtung blieb er auf dem Fleck stehen.

Es war die Sonne, die ihm, auch wenn sie erstmal nur für kurze Zeit scheinen würde, seine alte Kraft zurückgab. Die Sonne gab ihm Hoffnung. Er schaute zunächst in Richtung Kieron-Hütte, die sein eigentliches Ziel gewesen war. Dann wendete er den Blick dorthin, von wo er gestern hergekommen war.

Er entschied sich zurückzulaufen.

Der Weg ging leicht bergab, die Skier liefen fast wie von selbst und er freute sich an dieser einzigartig schönen Landschaft. Nach etwa einer Stunde flotten Skilaufens sah er in der Ferne erneut das eingeschneite Sommerlager der Samen liegen. Und wieder musste er an Lilija denken, denn er wusste, dass es sich um das Lager ihrer Familie handelte. Hier hatte sie in den Sommermonaten ihre Kindheit verbracht. Einen langen Augenblick war er von dem Wunsch beseelt, hinüberzulaufen, nur allein aus dem Gefühl heraus, ihr dort einen kleinen Moment nahe sein zu können.

Aber er schüttelte den Gedanken von sich ab. Das alles würde es nur schlimmer machen.

Etwa gegen eins verschwand die Sonne wieder hinter den Bergen. Er war jetzt am „Eingang" zum Vistasvagge-Tal angekommen. Hier legte er eine Mittagspause ein, von hier aus waren es nur noch drei Stunden bis zur Vistashütte.

Die letzten zwei Stunden lief er dann schon wieder im Dunkeln. Als er sein Ziel in der Ferne auf der Landzunge auftauchen sah, fühlte er sich schon fast wieder wie zu Hause. Er übernachtete nun ja bereits zum zweiten Mal hier. „Vistas Stugan", wie es hier hieß, bestand in Wirklichkeit aus mehreren Hütten. Den Sommer über, aber auch in der Wintersaison, die jetzt bald beginnen würde, kümmerte sich ein „Herbergsvater", wie man ihn in Deutschland genannt hätte, um die Gäste – hier in Schweden waren es allerdings überwiegend Frauen, die die Wanderhütten betreuten.

Das Haupthaus bestand aus einem großen weiten Raum, gut doppelt so groß wie Raimunds eigene Hütte im Vistastal. Mittig an der Rückwand stand ein gusseiserner Ofen, links davon gestapelte Birkenscheite und rechts befanden sich eine Spüle, ebenso wie zwei Tische mit zweiflammigen Gaskochern. Im Raum verteilt standen mehrere lange Tische, Stühle davor, vorgesehen für die Übernachtungsgäste.

Raimund packte zunächst einmal seinen Rucksack aus. Schlafsack, Liegeunterlage und Faserpelz-Garnitur brachte er gleich in dem linken der Schlafräume unter, dieser war etwas kleiner und hatte lediglich zwei Doppelkojen.

Sodann entzündete er ein Feuer und während er wartete, dass der Raum sich erwärmte, ging er hinaus, um Holz zu hacken. Er kannte das ungeschriebene Gesetz, dass man ebenso viel Holz, wie man verbrauchte, im Gegenzug zu sägen und zu hacken hatte. Raimund fand das Sägen meistens anstrengender als das Hacken, denn die Sägen waren oft stumpf.

Als er wieder hereinkam, war es schon recht mollig warm. Er kochte sich Tee und aß Knäckebrot mit getrocknetem Rentierfleisch und Tubenkäse.

Er saß noch nicht lange an seinem Tisch, als er plötzlich vermeinte, eine Art Winseln von draußen an der Tür zu hören.

‚Geht das schon wieder los', dachte er, weil sofort die Erinnerung an das ihm traumhaft erschienene Wolfsgeheul der letzten Nacht in ihm aufblitzte. Aber dann hörte er deutlich, wie etwas an der Tür scharrte.

„Was ist das!", rief er aus, erhob sich von seinem Stuhl und ging zur Tür, um nachzusehen, was es damit auf sich haben konnte.

Noch bevor er sie öffnete, hörte er es erneut winseln, und als er jetzt hinaus trat, saß vor ihm ein Hund im Schnee und schaute treuherzig zu ihm auf.

„Nanu!", entfuhr es ihm. „Wer bist du denn?"

War dieses Tier etwa der „Wolf" gewesen, den er letzte Nacht gehört hatte?

Während er noch weiter darüber nachsann, schien es ihm plötzlich, als hätte er schon den ganzen Tag über solch ein seltsam unbestimmtes Gefühl gehabt, als ob ihm jemand folgen würde. Aber immer, wenn er zurückgeschaut hatte, war nichts zu erkennen gewesen.

Der da jetzt vor ihm saß, war ein Lappland Spitz mit einem rotweiß geflecktem Fell und der kleine Kerl sah recht abgemagert aus.

„Nun, mein Freund", fragte Raimund, „wo kommst du denn her?"

Er öffnete die Tür ein wenig weiter.

„Na komm, mein Kleiner!", sagte er und der Hund schlüpfte nur allzu bereitwillig zu ihm hinein.

„Du hast sicher großen Hunger", und als Antwort wedelte der Hund mit dem Schwanz.

„Nun, dann wollen wir doch mal schauen, ob wir etwas zu Futtern für dich finden."

Raimund hatte noch ein ansehnliches Stück getrocknetes Rentierfleisch, das teilte er nun zur Hälfte und hielt dem Hund das eine Stück hin. Dieser schnappte gierig danach und kaute heißhungrig darauf herum.

„Oje, hast du aber Hunger, mein Kleiner", stellte Raimund fest und war so großmütig, dem Hund die andere Hälfte auch noch zu geben.

‚Ich werde mich wohl mit dem Tubenkäse begnügen müssen' stellte er fest und sah zu, wie das Tier sich heißhungrig auch noch über den Rest seines Rentierfleisches hermachte.

„Du wirst sicher auch Durst haben", sprach er weiter zu dem Tier, nahm den Deckel von seinem Trangia-Kocher, füllte ihn mit Wasser, stellte ihn seinem vierbeinigen Gast hin und schaute zu, wie dieser gierig schlabberte.

‚Nun', dachte Raimund dann, ‚hier habe ich wohl jetzt einen neuen Freund gefunden.'

Er kniete sich nieder, um den Hund zu streicheln, und dieser drehte sich voller Wohlbehagen auf den Rücken und streckte alle Viere in die Luft. Wenn er eine Katze gewesen wäre, hätte er wohl auch noch schnurren mögen.

„Oh, du bist ja ein Mädchen!", stellte Raimund fest, als er *sie* nun eingehend betrachtete: „Und offensichtlich noch ganz jung. Wo magst du wohl herkommen?"

Sie konnte ja eigentlich nur aus einem der Sommerlager der Samen stammen, vielleicht war sie abhandengekommen, als diese es verlassen hatten, um in ihr Winterquartier zu wechseln. Und da der Hund vermutlich im Sommerlager groß geworden war, er war ja noch jung, war ihm der Weg ins Winterlager nicht bekannt. Ersteres war ja sein Zuhause. Und nun hatte er sich offensichtlich an den erstbesten Menschen gehängt, der ihm über den Weg gelaufen war. So in etwa gingen Raimunds Überlegungen.

‚Ja!', dachte er, ‚Sie war der Wolf, den ich nachts in der Miesakjaure-Hütte gehört habe.'

Die Kleine war sicher einsam und wie verloren über die verschneite Ebene des Ahlesjaure gezogen und hatte ihren Schmerz und ihr Heimweh, nach den Menschen und den Rentieren nach sicherer und behaglicher Gemeinschaft, in die stille Polarnacht geheult.

„Mein armes kleines Hundchen", meinte Raimund nun mitfühlend.

Er untersuchte das Tier, soweit er das konnte, oberflächlich gesehen schien der Hund gesund.

„Da ich dich hier oben im tiefsten Lappland gefunden habe, werde ich dich Akka nennen", beschloss er, Akka von Kebnekajse. Denn dies war der Name des Bergmassivs, das hier direkt hinter seiner Hütte in den Himmel ragte.

Raimund war sehr vertraut mit dem Buch „Nils Holgersson" von Selma Lagerlöf und daher auch mit Akka von Kebnekajse, der Leitgans, die mit Marten, dem weißen Gänserich, und Nils Holgersson, dem in einen Wichtel verzauberten Menschenkind, hierhergeflogen war.

„Ich denke, sie hätte wohl nichts dagegen gehabt, wenn ich jetzt einer Hündin denselben Namen gebe", überlegte Raimund laut und die Hündin blickte ihn so aufmerksam an, so, als verstünde sie jedes seiner Worte.

Als er sich am Abend schlafen legte, streckte sich Akka behaglich vor seinem Bett aus, ganz so, als hätte sie das immer schon so gemacht, und er war bereits so gut wie eingeschlafen, da fühlte er plötzlich eine Bewegung an seinen Füßen.

Akka von Kebnekajse war auf sein Bett gesprungen und rollte sich auf seinen Füßen zusammen.

Am Morgen teilte Raimund sein letztes Knäckebrot mit Akka, aber als er dann, die Skier unter den Füßen, aufbrach, wandte er sich zunächst zurück in die Richtung, aus der er am Abend zuvor gekommen war. Er folgte seinem eigenen Weg etwa fünfhundert Meter. Es war so, wie er vermutet hatte, die Hündin war ihm gefolgt. Sie musste wohl irgendwann, als er dort oben die einsam liegende Miesakjaure-Hütte bereits verlassen hatte, seinen Weg gekreuzt haben, ihn gewittert und seine Spur aufgenommen haben.

Mit dieser neu gewonnenen Gewissheit drehte er um und schlug die Richtung zu seinem Zuhause ein.

Die gute Wetterlage machte ihm den Rückweg leichter. Seine alte Spur von vor drei Tagen war zwar wieder zugeschneit, aber dieses Mal tröstete er sich damit, für seine neue Freundin einen Weg treten zu können.

Und damit war er, wie zu Beginn seiner Wanderung, wieder bei Jack London gelandet.

Die Hündin Akka folgte Raimund, ohne dass es einer Aufforderung bedurft hätte. Er war sich absolut sicher, dass sie ihn jetzt, und wenn es das Schicksal nicht anders mit ihr meinte, nicht mehr verlassen würde.

Nach einer Mittagspause und einem Becher heißen Tee erreichten sie gemeinsam, nach insgesamt fünf Stunden, seine Hütte.

Als er diese aus der Ferne vor sich liegen sah, hatte er tatsächlich das Gefühl, nach langer Zeit wieder nach Hause zu kommen. Dabei war er gerade mal vier Tage fort gewesen.

Auch hier hatte es neuen Schnee gegeben und, nachdem er den Ofen angezündet hatte, musste er sich wohl oder übel erst einmal daran machen, seine wichtigsten Wege freizuschaufeln.

Die Schneeberge links und rechts waren mit der Zeit beachtlich hoch geworden.

Sodann hackte er sein Eisloch frei, schöpfte zwei Eimer Wasser und holte Holz für den Ofen. Die ganze Zeit über lief Akka neben ihm her, so als hätte sie Angst, dass er ebenso plötzlich, wie er in ihrem Leben aufgetaucht war, wieder verschwinden könnte.

Zum Abendessen aßen sie beide zusammen „Fiskebullar i Dillsauce" mit Reis, er hatte ja nichts anderes für seine neue Freundin.

Nachdem er abgewaschen hatte, nahm er seine Violine aus ihrem Gehäuse, stimmte sie und begann, planlos irgendeine Melodie zu spielen, Töne, Klänge, vage Erinnerungen an bekannte Stücke.

Irgendetwas war auf dieser Wanderung mit ihm geschehen, aber er hatte Angst davor, darüber nachzudenken.

Und wie schon so oft war es die Musik, die ihn auf andere Gedanken brachte. Er spielte, was ihm gerade so in den Sinn kam, kramte einfache Melodien aus seinem Geist hervor, aber nach einer Weile unterbrach er sich, suchte in seinen Notenheften und zog schließlich Vivaldis „La Tempesta di Mare" aus dem Stapel.

Ausschnitte aus Raimunds Tagebuch

Vistasdelta, 6. Januar

Heute Früh bin ich gleich als Erstes nach Nikkaluokta gelaufen, um bezüglich meiner neuen vierbeinigen Freundin Erkundigungen einzuholen. Lilija war überrascht, mich in Begleitung eines Hundes kommen zu sehen. Sie war ganz bezaubert von meiner neuen Freundin. Die Geschichte, wie der kleine Hund des Nachts an meiner Tür gekratzt hat, rührte sie und sie teilte meine Vermutung, Akka sei aus einem Sommerlager der Samen entwischt.

Allerdings hält sie es für ausgeschlossen, dass es sich dabei um das Lager ihrer eigenen Familie handeln könnte, da der „Fundort" ja recht weit davon entfernt liegt. Sie wird sich aber dennoch mal bei den Nachbarn umhören, ob jemand etwas weiß oder vielleicht sogar Besitzansprüche stellt. In jedem Fall aber müsse ich jetzt wohl Hundefutter bestellen, meinte sie, und zur Sicherheit auch ein Halsband und eine Leine. Dann ist sie gleich losgegangen, um bei einem der Rentierzüchter in ihrer Nachbarschaft etwas Futter für die nächsten Tage zu besorgen. Als sie zurückkehrte, fütterte Lilija die Kleine und kümmerte sich liebevoll um sie. Sie sagte mir noch, dass der Nachbar nichts von einem verschwundenen Hund gehört habe. Aber, meinte sie weiter, für den nächsten Tag sei ich nun wenigstens nicht mehr so einsam in meiner Hütte.

Wem die Miesakjaure-Hütte gehört, konnte sie mir aber auch nicht sagen.

Vistasdelta, 27. Januar

Akka von Kebnekajse ist immer noch bei mir und wird es wohl auch bleiben. Es ist jetzt schon wieder sieben Stunden hell am Tag, von acht Uhr morgens bis drei Uhr am Nachmittag. Der Januar hat bisher kaum noch neuen Schnee gebracht, dafür ist es aber fast gleichbleibend kalt, immer so zwischen minus zwanzig Grad des Nachts und zwölf bis fünfzehn Grad am Tag. Das Nordlicht erscheint seltener am Himmel. Vor zwei Tagen bin ich für einen Saunabesuch zur Kebnekajse-Station gelaufen.

Meine Haare sind recht lang geworden, denn mein letzter Friseurbesuch liegt mehr als vier Monate zurück. Ich kämme sie nun immer glatt zurück und fasse sie im Nacken mit einem Band zusammen. Lilija sagt, so gefällt es ihr.

Meine Tage verbringe ich mit Holzhacken, Bude-Saubermachen und Eisloch-Freihacken oder gar neu Aussägen. Akka folgt mir bei allen meinen Verrichtungen. Sie hat ein schönes neues Halsband bekommen und sieht nun inzwischen auch nicht mehr so mager aus. Während ich zur Kebnekajse-Station unterwegs war, habe ich sie unter Lilijas Obhut in Nikkaluokta gelassen. Das hat dem Tier aber gar nicht gefallen. Als ich zurückkam, hat Akka geradezu einen Freudentanz aufgeführt. Es war so ungemein rührend.

Seit Mitte Januar ist die Cafeteria wieder für Wanderer geöffnet. Die Wintersaison für Skilang- und Abfahrtsläufer hat begonnen. Nahe der Station gibt es ein paar gute Hänge, aber zum Glück noch keine Skilifte. Wer weiß, vielleicht bauen sie die auch eines Tages.

Vistasdelta, 10. Februar

Ich verbringe jetzt wieder viel Zeit mit dem Schreiben an dem Text für meine nächste Theaterproduktion. Zwar bin ich schon gut vorangekommen, aber das alles hat auch irgendwie etwas Schizophrenes. Ich empfinde mich selber wie zwei unterschiedliche Personen, eine lebt hier in Eis und Schnee am Rande der Welt und die andere irrlichtert durch die Großstadt und macht in Kunst. Ich kann mich gar nicht mehr so recht in die Welt des Theaters hineinfinden. Mir scheint es alles so lange her. Denn wenn ich nach einer langen Zeit des Schreibens plötzlich aufblicke, trifft mich meine Realität hier jedes Mal wie ein Schock. Ich habe zunehmend Schwierigkeiten, diese beiden Welten zusammenzubekommen.

Es hat zwischendurch wieder viele Tage mit Neuschnee gegeben. Ich habe einige Ausflüge unternommen und Akka ist bereitwillig neben mir hergelaufen. Lilija habe ich erzählt, dass ich gern noch einmal eine größere Wanderung von etwa sieben Tagen machen möchte, eine Tour ähnlich der von Anfang September, damals, als ich so zauberhaft in den Herbst hineingelaufen bin. Lilija meinte, dann müsse ich mir aus Kiruna einen Hunderucksack kommen lassen, es sei hier in Schweden üblich, dass die Hunde auf Wandertouren ihr Futter selber tragen müssen, und außerdem sei mein eigener Rucksack ja schon schwer genug.

Und danach hat sie eine ganze Weile geschwiegen, bis sie plötzlich sagte, dass sie ganz wahnsinnig gern mitgehen würde, sie habe aber Angst, in diesem Fall Schwierigkeiten mit ihren Eltern zu bekommen. Ich fürchte das allerdings auch.

Andererseits wäre es natürlich nichts weniger als die Erfüllung eines geheimen Traumes für mich.

Ich wage gar nicht, daran zu denken, wie das wäre.

Nur, wenn sie tatsächlich mitkäme, auf was ließen wir uns dabei ein? Es würde sich mit Sicherheit etwas verändern in unserer Beziehung. Noch ist alles offen. Wir sind uns nah, wir sind gerne beieinander. Es fühlt sich an wie frisch gefallener Schnee, rein, hoffnungsfroh, schön. Was würde mit uns passieren, wenn wir gemeinsam wandern würden und so lange und so allein in dieser grandiosen Natur zusammen wären?

Ich habe Angst und gleichzeitig möchte ich nichts lieber als das.

Es ist wieder einmal Zeit für Gebete. Ich bin absolut ratlos, habe ich bereits die Kontrolle verloren? Aber was heißt eigentlich Kontrolle?

Hat man denn überhaupt jemals die Kontrolle über sich selber? Sind wir nicht vielmehr immer Getriebene unserer selbst?

Wie ich mich auch entscheide, beides kann verkehrt sein. Das
Schicksal entscheidet stets, ohne zu fragen, ob es uns recht ist –
ich vertraue auf mein Gefühl.

Ich plane, oder soll ich vielleicht sogar sagen, „wir" planen diese
Tour etwa für Mitte März. Am 21. März ist Tag- und
Nachtgleiche, das würde gut passen, und Lilija meint, trotz der
Kälte, die im März noch nicht vorbei sein wird, kann man mit so
viel Sonne rechnen, dass man wahrscheinlich sogar ohne Mütze
und Handschuhe wird laufen können.

Zwei Wochen für ein ganzes Leben

Und wieder einmal hatte Raimund seinen Rucksack gepackt. Es würde seine letzte Skiwanderung werden, die Zeit seines Aufenthaltes hier, im hohen Norden der Welt, neigte sich dem Ende zu. Er empfand etwas wie Wehmut bei diesem Gedanken. Bis zuletzt hatte er gehofft, dass Lilija ihn begleiten würde, aber es war ihr keine feste Zusage zu entlocken gewesen.

‚Nun‘, dachte er, ‚es ist vielleicht auch besser so.‘

Sie hatten diese Wanderung zunächst voller Enthusiasmus gemeinsam geplant, doch dann hatte er lange Zeit nichts mehr diesbezüglich von ihr gehört. Hatten ihre Eltern, wie erwartet, Einspruch erhoben? Scheute sich Lilija plötzlich, mit ihm auf diese Reise ins Ungewisse zu gehen? Raimund wusste es nicht und hatte auch irgendwie nicht mehr zu fragen gewagt. Er selber fühlte sich ja ebenfalls zerrissen – Hoffnungen, Erwartungen, alles wirbelte durcheinander.

Aber wie er nun vor der Tür seiner Hütte stand und Akka von Kebnekajse den Futterrucksack auf ihren Rücken schnallte, fühlte er sich doch recht niedergeschlagen.

Nun, das würde vielleicht vergehen, wenn er erst einmal unterwegs sei, so hoffte er.

Er wuchtete sich also seufzend seinen eigenen Rucksack auf den Rücken, schnallte sich die Skier unter die Füße und war gerade im Begriff, sich abzustoßen, um mit Schwung auf den zugefrorenen See zu gleiten, da gewahrte er eine Person, die auf Skiern um die Spitze der gegenüberliegenden Insel kam.

Ihm blieb fast das Herz stehen.

Es war Lilija! Und sie zog, zusätzlich zu einem Rucksack, den sie auf dem Rücken trug, einen leichten Gepäckschlitten hinter sich her.

Raimund wurde es auf einmal ganz heiß und sein Herz hüpfte vor Freude. Akka lief Lilija freudig bellend entgegen, aber er selber vermochte nichts anderes, als still auf der Stelle stehen zu bleiben und zu warten, bis sie zu ihm aufgeschlossen hatte. In ihrem Gesicht las er eine Mischung aus Verlegenheit und eine Art von Scheu, aber tief aus ihrem Inneren heraus leuchtete ihm aus ihren Augen eine so warme und rührende Freude entgegen, dass diese sich auch auf ihn übertrug.

Da stand sie nun vor ihm, rührend wie ein Schulmädchen, das sich einer Schuld bewusst war, um nun von ihm Verzeihung zu erbitten.

„Du bist gekommen", stellte er fest.

„Ja."

„Mit dem Segen der Eltern?"

„Nein."

‚Nun ist es also geschehen', dachte er, ‚aber was soll's.'

Er warf seinen Rucksack ab, entledigte sich der Skier und war mit zwei Schritten bei ihr.

Wortlos nahm er sie in die Arme.

„Lilija", flüsterte er nach einer Weile, „Lilija", und er spürte, wie sie weinte.

Er wischte ihr zaghaft die Tränen ab.

„Ich bin so glücklich, dass du gekommen bist."

Da lachte sie. Es war ein etwas klägliches Lachen, ein Lachen zwischen Weinen und Freude und er drückte sie ganz fest an sich. Der Hund hüpfte und sprang und bellte.

„Schau nur, wie Akka von Kebnekajse sich freut, komm, lass es uns ebenso machen."

„Ja, lass es uns ebenso machen", sagte sie, wischte sich die letzten Tränen ab und versuchte, ein tapferes Gesicht aufzusetzen.

„Was schleppst du denn da in deinem Schlitten alles hinter dir her?", fragte er.

„Ach", meinte sie, „ich habe nur noch ein bisschen Verpflegung eingepackt und etwas für den Hund."

Raimund strich ihr liebevoll über ihre Wollmütze, die mit den drei bunten Bommeln.

„Okay", sagte er also, „auf geht's! Ich freu mich riesig."

Er griff wieder nach seinem Rucksack, wuchtete ihn sich zum zweiten Mal auf den Rücken und schnallte sich die Skier an.

Und dann glitten sie nebeneinander über die glatte, weiße Schneedecke, die Flussarme und Seen gleichermaßen bedeckte. Raimund fühlte sich auf einmal so ungeheuer leicht und froh, dass er ein Lied anstimmte, eines, das sie oft zusammen gesungen hatten, und es dauerte auch gar nicht lange, da stimmte Lilija in sein Lied ein.

So zogen sie gemeinsam das Tal hinauf, den Bergen zu und Raimund dachte, dass er niemals vorher in seinem an Abenteuern nicht gerade armen Leben so glücklich gewesen sei.

Akka lief mal vorweg, mal blieb sie ein Stück zurück, aber immer blieb die Hündin in ihrer Nähe. Die Fröhlichkeit des kleinen Hundes, dazu die frei und anmutig vorwärtsstrebende Lilija, diese Stimmung übertrug sich auch auf Raimund. Nur noch seine Verbundenheit mit dem Mädchen, seinem Hund und der Natur zählte für ihn. Alles andere verblasste.

Bald war die kleine Wandergruppe aus dem Gebiet des Deltas heraus und folgte dem Lauf des Flusses.

Nach zwei Stunden des Weges legten sie eine Pause ein. Raimund schaufelte eine Mulde in die dicke Schneedecke, mit einer Bank zum Sitzen. Er kochte Tee und bald darauf saßen sie beieinander, zwei Menschen unter dem hohen Himmel des Nordens, mitten in der weißen Wildnis, der Hund zu ihren Füßen, tranken Tee und verspeisten ihr Picknick.

Der Himmel war bedeckt, aber es schneite nicht. Der Wind wehte milde und es war mäßig kalt. Immerhin war es schon Mitte März und man konnte bereits spüren, dass die Kraft des Winters gebrochen war.

Nach weiteren zwei Stunden Wanderzeit erreichten sie die Vistashütte. Sie befanden sich ja mitten in der Wintersaison und aus diesem Grund war nun eine Hüttenwirtin anwesend.

Da sie den Hund dabeihatten, wies sie ihnen einen Schlafplatz in einem der Nebengebäude zu.

Es sei nicht ausgeschlossen, dass noch weitere Wanderer einträfen, sagte sie. So war es Raimund und Lilija sehr recht, und als sie gerade bei ihrem Abendessen saßen, kam tatsächlich noch eine Wandergruppe, bestehend aus vier Personen, herein. Raimund hatte so wie es üblich war, vorher noch etwas Holz gehackt und die beiden Wassereimer gefüllt.

Die Neuankömmlinge waren zunächst eine gute Weile mit sich selbst beschäftigt, sodass Raimund und Lilija bereits fertig mit ihrem Essen waren, als diese Gäste sich anschickten, ebenfalls zu Abend zu speisen. Der Kontakt blieb kurz und knapp, man fragte nur so am Rand nach dem Woher und Wohin, und dann zogen sich Lilija, Raimund und Akka in ihre kleine Hütte zurück, in der sie schlafen sollten.

Hier war es natürlich kalt, es gab ja keinen Ofen, aber das machte ihnen nichts. Sie schlüpften in ihre Schlafsäcke, setzten sich einander gegenüber in eine der unteren Doppel-Kojen, um vor dem Schlafengehen, gemütlich eingekuschelt, noch ein wenig zu plaudern. Und so waren dann die nächsten Stunden gefüllt mit der unendlichen Neugier, die sie aufeinander hatten – Herkunft, Kultur und ihre so überaus unterschiedlichen Lebensformen. Im Grunde wussten sie immer noch recht wenig voneinander. Lilija fragte Raimund nach seiner Arbeit am Theater, seinem Leben in der Großstadt. Sie vermochte nicht wirklich zu begreifen, wie man in seinem Alter, er war ja noch jung, schon so viel hatte erleben können. Bei alldem merkten sie nicht, wie die Zeit verging. Die Flamme ihrer Kerze war langsam immer dunkler geworden, sodass sie sich unverhofft irgendwann im Stockdunkeln gegenübersaßen, weil der Docht umkippte und endgültig in den Resten des flüssigen Wachses verlöschte.

„Mein Gott!", rief sie da. „Nun sitzen wir hier und reden und reden und inzwischen kann ich dich nicht einmal mehr sehen."

Sie lachten beide herzlich darüber.

Akka hatte es sich schon lange vor ihrer Koje gemütlich gemacht und schlief den Schlaf der Gerechten. Dinge außerhalb ihrer ureigenen Bedürfnisse interessierten die Hündin nun nicht. Und so taten die beiden Menschen es ihr nach und streckten sich zum Schlafen aus.

„Gute Nacht, liebe Lilija!"

„Gute Nacht, lieber Raimund, ich freu mich schon auf morgen."

Am nächsten Tag übernahm Lilija die Führung und Raimund zog den Schlitten. Er selber hätte einen anderen Weg eingeschlagen, aber er folgte Lilija ohne Vorbehalt. Er hatte, ohne dass sie darüber gesprochen hätten, bemerkt, dass sie einem festen Ziel zu folgen schien.

‚Sie wird schon wissen, wohin sie mich führen möchte', dachte er und er tat gut daran.

Lilija hielt sich nun, im Unterschied zu seinen vorherigen Touren, links des zugefrorenen Flusslaufs, und als sie das Ende des Vistasdalen erreicht hatten, an dem der Aufstieg zum Gebirgskamm begann, beschlossen sie, erst einmal Mittagspause zu machen.

Eine gute Stärkung war jetzt durchaus vonnöten, denn hernach würde ein recht anstrengender Streckenabschnitt folgen.

Sie bereiteten ihren Picknick-Platz, den Tee, in gleichschwingender Selbstverständlichkeit. Genossen Stille, Aussicht, das Beisammensein, Worte brauchte es heute nicht viele.

Frisch gestärkt machten sie sich sodann an den Aufstieg. Dieser stellte sich tatsächlich als recht beschwerlich heraus und Raimund musste, ob er wollte oder nicht, seine Skier abschnallen und auf dem Schlitten befestigen. Lilija trat ihm mit ihren Skiern eine Spur, indem sie ihre Bretter querstellte und den Hang wie eine Treppe berganstieg. Raimund folgte ihr, den

Schlitten hinter sich herziehend, streckenweise musste er dabei sogar rückwärtsgehen.

‚Was zum Teufel mag Lilija da alles eingepackt haben?‘, rumorte er im Stillen.

Er musste jedoch anerkennen, dass sie die Erfahrenere war, und sie würde wohl ihre Gründe haben, den Schlitten mitzuführen.

Oben auf dem Kamm des Höhenzuges angekommen, war das Skiwandern wieder möglich, er schnallte sich seine erneut unter die Füße und nun liefen sie, Kurs leicht links, über den kleineren Tjatjajauresee.

Bald hatten sie das Ende der Hochebene erreicht und hier nun verhielten sie ihre Schritte, um über das vor ihnen liegende unendlich weite Alesjauretal zu schauen. Ein Anblick von Grandiosität, der Raimund immer wieder aufs Neue in tiefe Ehrfurcht versetzte. Und dann, als er seine Augen ein wenig weiter nach links schweifen ließ, erkannte er schlagartig das Ziel, welches Lilija bereits seit Beginn ihrer Wanderung angestrebt haben musste: Dort unten in weiter Ferne erkannte er die winzigen bunten Punkte des Sommerlagers der Samen von Nikkaluokta, die er dort vor gar nicht so sehr langer Zeit ebenfalls gesehen hatte. Damals war er unschlüssig gewesen, ob er dorthingehen sollte, um Lilija, ihrer Herkunft, ihrem Leben nachzuspüren.

Ihn durchlief ein prickelndes, warmes Gefühl und als er nun seinen Kopf wandte, um Lilija anzuschauen, bemerkte er, dass sie ihn wohl schon eine ganze Weile von der Seite her betrachtet hatte.

Fragend, ein wenig unsicher war ihr Blick, es rührte ihn. Aber als sie ihm nun in die Augen sah, klärte sich ihr Antlitz in einem frohen, glücklichen Lächeln.

Es kam wie ein Sonnenstrahl über ihr Gesicht.

Sie brauchten keine Worte, um sich zu verstehen.

Nun lag lediglich noch ein flotter Abfahrtslauf vor ihnen, hinunter zum Lager, Akka von Kebnekajse begleitete das

Vergnügen der Skifahrer mit munteren Sprüngen. Den Zuggurt des Schlittens hatte Raimund nach vorne verschnallt, sodass er den Schlitten vor sich hergleiten lassen konnte, ohne diese Maßnahme wäre es wohl schwierig geworden.

Im Sommerlager angekommen, steuerte Lilija zielstrebig auf einen der großen runden Schneehügel zu, von denen Raimund wusste, dass sich darunter eine der Kåtas befand, in denen die Samen in alten Tagen gewohnt hatten, denn ein einsames Ofenrohr ragte oben aus dem Schnee heraus.

Und als sie nun einmal um den kleinen Hügel herumgegangen waren, sahen sie auch den oberen Teil einer Tür aus dem Weiß herausragen.

Aufgrund der runden Bauart dieser Grassoden-Hütten verlief der Türrahmen stets etwas schräg nach oben, sodass man die Tür beim Öffnen himmelwärts ziehen musste. Klappte man sie nicht vollständig herum, fiel sie von selber wieder zu. Vor dieser halb im Schnee vergrabenen Tür hielt Lilija nun an und setzte ihren Rucksack ab.

„Hier ist unser Nachtquartier", sagte sie, „sei bitte so gut und schaufle schon mal die Tür frei und vielleicht auch vorn das Fenster, falls es zugeweht ist. Ich hole inzwischen Feuerholz." Und mit diesen Worten wandte sie sich einer der Holzhütten zu, die, scheinbar wie zufällig durcheinandergewürfelt, aus dem Schnee schauten.

Während er Lilija hinterherschaute, blieb Raimund noch eine ganze Weile reglos vor der Grassoden-Hütte stehen.

Es musste etwas Besonderes auf sich haben mit ihr, dachte er, etwas, das ganz persönlich mit Lilija und ihrem Leben zusammenhing. Was mochten ihre Beweggründe sein?

Und auf einmal war ihm alles klar, dieses war die Kåta, in der Lilija ihre Kindheit verbracht hatte. Er ahnte, was auf sie beide jetzt zukam. Sollte er nun nicht wenigstens erschrocken sein? Aber warum eigentlich?

Vielleicht nahm sie ihm eine Entscheidung ab, die er sowieso nie wirklich hätte treffen können.

Entschlossen wischte er all diese Gedanken beiseite. Hatte er sich nicht sein ganzes bisheriges Leben einfach so treiben lassen, immer einfach so aus dem Bauch, aus einem Gefühl heraus gehandelt?

Und dieses Gefühl war es dann auch, das jetzt übermächtig von ihm Besitz ergriff.

‚Wir leben jetzt!‘, sagte er sich. ‚Wir leben heute! Was morgen ist, wird das Schicksal eh auch ohne unser wollendes Zutun entscheiden. Und was gestern war, daran sollten wir nicht allzu sehr denken.‘

Mit einem Ruck packte er seine Schneeschaufel und machte sich ans Werk, den Eingang zur Kåta freizuschaufeln. Anschließend ging er um die Hütte herum und entdeckte das Fenster, das ebenfalls halb von Schnee bedeckt war. Er fegte es frei und da erschien auch schon Lilija wieder, den Arm voll Feuerholz. Sie öffnete die Tür, klappte sie einmal ganz herum und ließ Raimund hineinschauen. Er konnte nicht verhehlen, dass er von einer großen inneren Anspannung ergriffen wurde. Im Halbdunkeln nahm er den erstaunlich groß wirkenden Innenraum der Kåta wahr, den sie nun so vorfanden, wie die Bewohner ihn verlassen hatten, um irgendwann in eine „schönere“ und größere Hütte aus rostrot gestrichenem Holz zu ziehen.

Das Bild, das ihm der Raum bot, erinnerte ihn stark an eine Hütte gleicher Bauart, die er einst auf seiner Wanderung durch Padjelanta betreten hatte, um nach frischen „Glödkaker“ zu fragen.

Damals hatten noch viele der Samen, wie schon seit Jahrhunderten, in Kåtas gelebt. Es hatte dort ein Halbdunkel geherrscht, durch ein winziges Fenster drang nur schwach Licht. In der Mitte brannte ein Feuer, das den Wohnraum, trotz des Rauchloches ganz oben im Dach, mit Rauch schwängerte. Eine alte Frau hatte auf einem der Steine gesessen, die in einem gewissen Abstand rings um die Feuerstelle gelegt waren, und in einer großen gusseiserenen Pfanne „Glödkaker" gebacken. Erst als sich seine Augen an das rauchige Halbdunkel gewöhnt hatten, war er auch des Mannes gewahr geworden, der auf einem der rings um die Feuerstelle ausgebreiteten Rentierfelle gelegen hatte. Dieser war, ungeachtet des Qualms, damit beschäftigt gewesen, eine Pfeife zu rauchen, und hatte ihm gutmütig lächelnd entgegengeblickt.

Hier aber, in der Hütte von Lilijas Familie, war die Feuerstelle offensichtlich seit Jahrzehnten nicht mehr benutzt worden, denn zu ihrer linken Seite entdeckte Raimund einen Küchenherd.
Gegenüber der Tür befand sich das winzige Fenster, welches er gerade eben vom Schnee befreit hatte.
In der Mitte der Kåta, genau unterhalb der Stelle, wo früher im Dach das Rauchloch gewesen war, lagen noch immer die Steine der ehemaligen Feuerstelle. Und rings um diesen Steinkreis war der Boden mit dicht aufeinandergeschichteten Birkenzweigen bedeckt, die wiederum dick mit weichen Rentierfellen belegt waren.
Alles war blitzsauber und die Pfannen und Töpfe auf dem Herd sahen aus, als wären sie gerade erst benutzt und gereinigt worden. Das alles wirkte auf Raimund so ungemein einladend und gemütlich, dass er sich am liebsten sofort auf den Fellen ausgestreckt hätte.
Doch zunächst musste einiges geordnet und organisiert werden.
Sie steckten also ihre Skier und die Stöcke aufrecht neben der Tür in den Schnee und schafften ihre Rucksäcke ins Innere.
„Mein Gott, was für ein einladendes und gemütliches Plätzchen!", entfuhr es ihm.
„Herzlich willkommen in unserem Zuhause!", Lilija breitete ihre Arme aus und ließ sie einmal über den Raum schweifen.
„Hier habe ich als kleines Kind den Sommer über immer

gewohnt", sagte sie. „Meine Generation ist die letzte, die noch in diesen Kåtas groß geworden ist."

Sie ließ Raimund eine Weile Zeit, alles hier in sich aufzunehmen, und fuhr dann fort:

„Wenn du Feuer machst, packe ich inzwischen aus."

Als das Feuer lustig brannte, gingen sie nochmal zusammen hinüber zu dem Holzhäuschen, von wo Lilija zuvor das Brennholz geholt hatte.

Akka von Kebnekajse begleitete sie bei all ihren Gängen, tollte um sie herum und zerstob den Schnee in alle Richtungen.

Auf der Rückseite des Hauses befand sich ein Anbau, versehen mit einer separaten Tür. Raimund kam das alles sehr vertraut vor, denn es war nahezu die gleiche Architektur wie in seiner eigenen Hütte. Als er die Tür öffnete, sah er auch nahezu die gleichen Gerätschaften dort untergebracht: Gasflaschen, einen Außenbordmotor, einige Treibstoffkanister und dazu allerlei Gerätschaften, unter anderem einen Eisbohrer, eine Eissäge und eine Lanze zum Aufhacken des Eises.

Während Lilija einen weiteren Arm voll Holz aufnahm, schnappte sich Raimund die Eisgeräte, und so bepackt gingen sie zu ihrer Kåta zurück. Er stellte seine Gerätschaften erst einmal ab, und als Lilija mit dem Feuerholz in der Kåta verschwunden war, machte er die Tür hinter ihr zu, schnappte sich die Schneeschaufel und marschierte zum Ufer des Sees, die treue Hündin an seiner Seite.

Nun schaufelte er sich zunächst einen Gang frei, der etwa vier bis fünf Meter auf den See hinausging. Mithilfe der Schneeschaufel schob er dann einen großen runden Kreis frei und lief anschließend mit Akka um die Wette zurück zur Hütte, um die Eisgeräte zu holen.

In der Mitte seines schneefreien Kreises setzte er nun den Bohrer an, um ein Loch in die Eisdecke zu bohren. Als er das geschafft hatte, nahm er die Säge und schnitt ein Loch, groß genug, um mit einem Eimer Wasser daraus zu schöpfen. Ein solcher fehlte ihm jetzt nur noch. Er ging zur Kåta hinüber, hob vorsichtig die Tür an und lugte durch den Spalt. Lilija war bereits damit beschäftigt, das Abendessen zu kochen, und rührte in den Töpfen.

„Eimer?", fragte er, worauf Lilija ihren Platz am Herd verließ und kurzzeitig seinem Blickfeld entschwand.

„Ich hole welche", sagte sie, „pass inzwischen auf das Essen auf."

So zog er seine Stiefel aus, um ihren Platz am Herd einzunehmen.

Als sie nach einer Weile mit zwei ineinandergestellten Eimern und einem niedrigen Hocker zurückkam, übergab ihr Raimund den Rührlöffel, schlüpfte wieder in seine Stiefel, um, die Eimer in der Hand, zurück auf den See zu stapfen und Wasser zu schöpfen.

Den Hocker hatte Lilija zurückbehalten und stellte diesen nun über die nicht mehr benutzte Feuerstelle. Neben dem Herd zog sie ein Brett hervor, offenbar für genau diesen Zweck dort abgelegt, und legte es über den äußeren Steinkreis. Auf diese Weise schaffte sie ihnen einen richtigen kleinen Platz zum Essen mit Tisch und Bank.

„Das Essen ist fertig!", rief Lilija schließlich.

Raimund trat hinter sie, fasste sie an den Hüften und beugte sich über ihre Schulter.

Er machte Schnüffelgeräusche mit der Nase.

„Oh, das riecht aber lecker", stellte er fest.

„Köttfärs-Sås med korta makaroner", sagte sie, „alles aus der Dose und aus der Tüte."

„Für mich ist es köstlicher als ein Vier-Sterne-Menü", gab Raimund lachend zurück.

Daraufhin ging er noch einmal zurück zur Tür, öffnete sie und rief die Hündin:

„Aaaakkaaa!", und sie kam sofort angesaust. „Schau nur, sie hört schon auf ihren Namen", sagte er erfreut.

Akka von Kebnekajse entdeckte sofort die beiden Näpfe, die Lilija ihr bereitgestellt hatte, und während sie sich über ihr Trockenfutter hermachte, nahmen Raimund und Lilija nebeneinander auf dem Brett Platz, um ebenfalls zu Abend zu essen.

Es kehrte nun Ruhe ein.

Wenn es auch nur eine Hütte aus Birkenstämmen und Grassoden war, mit einem Brett über ein paar verwitterten Steinen und einem alten Hocker als Tisch, so war es doch, als säßen sie zum ersten Mal so vertraut beisammen. Denn es war der Raum, in dem Lilija einen großen Teil ihrer Kindheit verbracht hatte, und es ging ein zarter Zauber von ihr auf ihn über.

Dieser Ort, vergangenheitsschwer und doch so leicht, wurde zu ihrem gemeinsamen Zuhause.

Sie schwiegen während des Essens und die große Stille des Nordens kam langsam zu ihnen in die Hütte. Raimund fühlte sich leicht und frei, ein feines inneres Beben breitete sich in ihm aus. Lilija schien es ähnlich zu gehen, denn sie rückte ganz unmerklich und millimeterweise immer näher an ihn heran.

Während sie aßen, war es im Innern ihrer Hütte immer dunkler geworden, und am Ende leuchtete nur noch das rotflackernde Licht des Herdfeuers. Die Mahlzeit war längst beendet, aber keiner von beiden mochte aufstehen.

Sie fühlten den Zauber.

Akka hatte sich neben dem Herd zusammengerollt und gab winzige Schnarch-Geräusche von sich.

So saßen sie, minuten, scheinbar stundenlang – eine halbe Ewigkeit, bis Lilija sich ganz, ganz sacht von Raimund löste und sich erhob.

Im nunmehr nahezu Stockdunklen tastete sie sich zu ihrer großen Reisetasche, die sie auf dem Schlitten befördert hatte, und kramte ein paar Wachskerzen hervor. Sie hatte an alles gedacht! Im Licht der entzündeten Kerzen konnte Raimund erkennen, dass sie bereits das Nachtlager bereitet hatte, gegenüber des Herdes lagen ihre Schlafsäcke ausgebreitet auf den Rentierfellen.

Was konnte man in einer Kåta schon groß anderes tun, als sich auf den weichen Fellen auszustrecken?

Und so taten sie es dann auch. Es gab genügend Felle in der Hütte, sodass sie sich ein gemütliches Nachtlager herrichten konnten, an Bequemlichkeit gab es keinen Mangel. Und wie am vergangenen Abend in der „Vistasstugan" weilten sie nun noch beieinander, nur war jede noch so kleine Unsicherheit, jedes noch so winzige Zögern im Umgang miteinander einer tiefen, stillen Vertrautheit gewichen. Das flackernde Licht der Kerzen, das einmütige Schweigen, das sich mit Fragen und Antworten abwechselte, waren wie eine Fortsetzung ihres Gespräches vom Vorabend. Sie hatten sich so unendlich viel zu erzählen und sie fragten nicht nach dem Morgen. Ohne es ausgesprochen zu haben, lebten sie nur in der Gegenwart. Sie schufen sich ein kleines Paradies, wohl wissend, dass es endlich wäre.

Als es allmählich Zeit wurde, sich schlafen zu legen, sagte Lilija: „Komm. Lass uns noch einmal vor die Tür gehen."

Und so zogen sie sich ihre Daunenjacken über, Lilija setzte sich ihre dreispitzige Pudelmütze auf und Raimund seine russische Pelzmütze und so gingen sie vor die Tür. Noch während sie damit beschäftigt gewesen waren, ihre Jacken überzuziehen, war Akka herbeigesprungen gekommen, um ihnen zu folgen.

Draußen empfing sie eine sternenklare Nacht. Sie schritten eben um ihre Hütte herum, wandten sich der weißen Fläche des Sees zu und blieben dicht beieinander stehen. Raimunds Augen suchten den Nordstern.

„Sieh!", sagte er da. „Dort ist der Nordstern."

Lilija legte ihm ihren Arm um und kuschelte sich an ihn. Ihr Blick folgte seinem ausgestreckten Arm.

„Siehst du ihn?"

Sie schüttelte den Kopf.

„Siehst du den großen Wagen?"

„Ja, den sehe ich", gab sie zurück.

„Wenn du nun die Linie zwischen den beiden hinteren Sternen nach oben verlängerst, etwa drei Mal, dann siehst du ihn am Ende deiner gedachten Linie."

„Oh, ja, jetzt erkenne ich ihn."

Beide schauten hoch zum Sternenhimmel, er glänzte und glitzerte in der kalten Polarnacht.

Raimund hatte nun ebenfalls Lilija umfasst. Er zog sie ganz sanft an sich und Lilija lehnte ihren Kopf an seine Schulter.

Schweigend, in der Erhabenheit der Landschaft, standen sie da, nur da, ganz hier und gegenwärtig. Auch Akka saß still neben ihnen.

Nach einer langen Weile vernahm Raimund dicht an seinem Ohr, wie Lilija ganz leise und zart eine Melodie zu summen begann. Und langsam wurde ihr Summen lauter. Sie summte das Lied von der weinenden Frau, „La Llorona". Raimund begann leise, den Text dazu zu sprechen, und beim ersten Refrain hob er an, zu singen.

Zunächst nur leise intonierend, fast eher ebenfalls summend, aber mit jeder Zeile kräftiger sang Raimund schließlich und sodann fiel auch Lilija mit ihrer hellen, klaren Stimme mit ein und sie schickten ihr Lied hinaus über die weite Fläche des Sees, bis hin zur gegenüberliegenden Ebene des Tals. Die Klänge schwebten empor über die Berge und hinauf in den sternklaren Himmel, und als der Text des Liedes zu Ende war, begann Raimund wieder von vorn.

‚Bloß nicht ihr Singen unterbrechen', dachte er, ‚es ist so schön! Und wenn wir noch bis Mitternacht so stehen.'

Als er seinen Kopf wandte, um sie anzuschauen, sah er, dass sie weinte.

Sie sang innig und voller Hingabe und funkelnde Tränen liefen ihr dabei aus den Augen. Da verlor Raimunds Singen an Kraft, seine Stimme wurde spröde, ja, rau, und brach schließlich ganz ab.

Nun wurde auch Lilijas Stimme leiser und leiser.

„Weine nicht, meine Lilija", sagte er, „denk nicht an morgen. Lass uns leben – jetzt!"

Sie schaute zu ihm auf.

„Ich weine nicht, weil ich traurig bin", entgegnete sie.

„Ich weiß!", sagte Raimund, sie drehten sich zueinander und umarmten sich, so fest sie nur konnten und so, als würden sie sich niemals mehr loslassen wollen.

Irgendwann aber wandten sie sich dann doch wieder dem Eingang ihrer Kåta zu, und als Raimund Lilija die Tür öffnete, empfing sie wohlige Wärme. Er ließ sie an sich vorbei eintreten und drehte sich noch einmal zurück.

„Komm, Akka!", rief er. Woraufhin die Hündin sofort losschoss, um durch den Türspalt zu schlüpfen, den er ihr offen hielt.

Und hier, im tanzenden Flackerlicht des Herdfeuers, umarmten sie sich ein zweites Mal.

„Komm, lass uns schlafen gehen", meinte Lilija schließlich.

Die Nacht breitete seine behütende Decke über sie und ihre einsam gelegene Hütte verschmolz mit der großen nordischen Einsamkeit. Und auch der Hund, er hatte sich zufrieden zu ihren Füßen zusammengerollt.

Mitten in der Nacht wurde Raimund wach, ein heftiger Wind pfiff um die Hütte. Er lauschte eine Weile dem Treiben der Naturgewalten und war froh, dass er bei diesem Wetter nicht auf Skiern unterwegs war, sondern wohlig und warm, Arm in Arm mit Lilija lag.

Er richtete sich halb auf und schaute auf sie nieder. Die Dunkelheit verhüllte ihr Gesicht. Er küsste sie sacht auf die Stirn, um sie nicht zu wecken, aber Lilija erwachte dennoch.

„Ist etwas?", fragte sie schläfrig.

„Nein, meine Liebe, es ist nichts, es ist lediglich ein Wind aufgekommen. Aber der kann uns nichts anhaben. Schlaf nur weiter."

Lilija kuschelte sich an ihn, atmete einmal tief und war auch schon wieder eingeschlafen.

Am Morgen stürmte es immer noch. Fahles Licht, das durch das erneut zugewehte Fenster drang, tauchte das Innere der Kåta in ein schummeriges Halbdunkel.

Als Raimund sich ein wenig rührte, erwachte auch Lilija.

„Ist es noch Nacht?", fragte sie.

„Nein, es ist früher Morgen, die Uhr zeigt bereits halb neun."

„Ach", seufzte Lilija, „ich könnte ewig so weiterschlafen."

„Ja, schlaf nur, meine Liebe!", sagte Raimund, „wir leben außerhalb der Zeit. Nichts drängt uns, irgendetwas zu tun, es gibt niemanden, der etwas von uns erwartet."

Lilija dämmerte noch eine ganze Weile im Halbschlaf, aber dann spürte Raimund, dass ein Ruck sie durchfuhr, und sie richtete sich auf.

„Komm, lass uns Feuer machen", meinte sie, „ich habe einen Riesenhunger."

Akka von Kebnekajse hatte nur darauf gewartet, dass ihre Menschen endlich aufwachten. Sie kam schwanzwedelnd herbei und machte sich daran, Lilija das Gesicht abzulecken.

„Guten Morgen, Akka", rief Lilija lachend und versuchte, die Hündin abzuwehren, „nicht so stürmisch!"

Raimund kroch derweil aus den Federn und machte sich als Erstes am Herd zu schaffen. Als das Feuer lustig brannte, ging er zur Tür und lupfte sie ganz vorsichtig an. Sofort wehte der Wind eine Wolke von Schnee hinein und Raimund ließ sie gleich wieder zufallen. Aber da der Hund nun einmal hinausmusste, öffnete er die Tür erneut und Akka sprang bellend mitten hinein ins Schneegestöber.

„Mit dem Waschen wird es heute wohl nichts", murmelte er, „aber es orgelt schon nicht mehr ganz so wie in der Nacht."

Dann zog er sich seine warme Winterkleidung an und folgte Akka ins Freie. Er blickte sich um, da kam die Hündin auch schon hinter einer Hausecke hervorgeschossen. Zusammen kämpften sie sich gegen den Sturm zur Kåta zurück.

„Das hat durchaus etwas von einer Expedition", sagte er zu sich selbst.

Lilija hatte am Abend zuvor bereits einen Brotteig vorbereitet, und während Raimund Kaffeewasser aufsetzte, begann sie „Glödkaker" zu backen. Der Duft des frischen Brotes breitete sich, gemischt mit dem des Holzfeuers im Herd, in der ganzen Hütte aus.

Raimund staunte, wie gut diese Grassoden-Behausungen die Wärme in ihrem Innern hielten.

Lilija hatte tatsächlich sogar ein Stück geräucherten Speck aus ihrer Vorratstasche gezaubert, diesen briet Raimund nun auf dem Herd.

Gemütlich war es auf ihrem kleinen, improvisierten Sitzplatz an der ehemaligen Feuerstelle. Noch warm aßen sie die „Glödkaker" und genossen ihren Kaffee.

„Heiß, süß und schwarz!", sagte Lilija beim Eingießen und Raimund durchströmte ein Gefühl von Wärme und grenzenloser Zuneigung bei ihren Worten. So vertraut klangen sie.

Nach dem Frühstück begaben sich die beiden, halb liegend, halb sitzend, auf die Rentierfelle und Lilija begann von ihrer Kindheit hier oben am See zu erzählen. Sie ließ die Zeit wieder lebendig werden, wie sie da als kleines Mädchen zwischen den Hütten gespielt oder ihrer Mutter bei den täglichen Verrichtungen geholfen hatte, während die Männer auf Fischfang gegangen waren. Raimund hörte dem Klang ihrer Stimme an, dass es glückliche Zeiten gewesen sein mussten.

„Aber als ich sechs Jahre alt war", fuhr sie fort, „musste ich zur Schule und die war in Kiruna. Damals hat mein Vater die Rentierzucht aufgegeben. Er hatte ein wenig Geld gespart und sich dann das große Boot gekauft, das du ja kennst. Es war natürlich gebraucht. Es handelte sich um das ehemalige Touristboot von Saltoluakta und hatte bereits dort als Fährboot gedient. Mein Vater hatte die Idee, es hier bei uns einzusetzen. Man spart als Wanderer sieben Kilometer und die Fährverbindung könnte eine gute Einnahmequelle werden, so dachte er damals. Und er behielt recht, denn er hat immerhin so viel Geld damit verdient, dass er bereits nach zwei Jahren die Cafeteria bauen lassen konnte. Nikkaluokta war bis zu diesem Zeitpunkt nichts anderes als unser Winterlager gewesen."

„Gibt es denn das Haus noch, in dem ihr bis dahin in Nikkaluokta gewohnt habt?", fragte Raimund.

„Oh ja, ich kann es dir bei Gelegenheit einmal zeigen."

Raimund schwieg und kuschelte sich tiefer in die Rentierfelle. Er hatte so ein Gefühl, wie aus der Zeit gefallen zu sein. Unwirklich einerseits, andererseits hatte die Hütte eine so intensive Präsenz durch die prasselnde Wärme im Herd, die Gerüche des Essens, die noch in der Luft hingen, und des Feuers, aber in erster Linie durch Lilija. Lilja war nicht unwirklich. Sie war da.

Irgendwann gegen Mittag ließ der Wind nach und es schneite auch nicht mehr.

Nach dem Mittagessen ging Raimund hinaus, um den Eingang nochmals freizuschaufeln, auch um das Eisloch musste er sich kümmern.

Voller Übermut tollte er mit Akka von Kebnekajse im Schnee herum, sodass Lilija, angelockt vom Juchzen und Bellen der beiden, aus der Hütte kam, um mitzutun. Am Ende wurde eine richtige Schneeballschlacht daraus und Akka sprang laut kläffend hinter den Schneebällen her, in dem Versuch, sie zu fangen.

Den Tag verbrachten sie in ihrem kleinen, heimeligen Zuhause. Dicht nebeneinander lagen sie, halb aufgerichtet, auf den Rentierfellen und der Herd, mit seinem flackernden Feuer, diente als Lichtquelle in der ansonsten dämmerigen Hütte. Über die Birkenstämme der Wände huschten Schatten. Und über allem lag diese große Stille. Sie ängstigte Raimund nicht länger.

Sie war sein Freund geworden, ja, sein Vertrauter. Und wenn er ganz in sie hineinlauschte, war es auch nicht wirklich still.

Er hörte das leise Knistern des Herdfeuers, hier und da loderte es kurz auf, eher wahrnehmbar, als zu hören. Mehr als alles andere jedoch hörte Raimund Lilijas Atmen, ganz nah bei sich. So nah, dass er ihren Atem fühlte. Er nahm ihre Atemzüge in sich auf und schenkte ihr die seinen zurück. Es entstand ein Gleichklang, eine Harmonie, die diese beiden Menschen schweigen ließ. Worte brauchte es nicht mehr.

Am nächsten Tag erwachten Lilija und Raimund ganz in der Früh, weil die Sonne, die gerade über die Berge gekommen war, ihre Strahlen durch das kleine Glasfenster schickte.

Das war ein so derartiger Unterschied zum vorhergegangenen Morgen, dass sie flugs von ihrem Nachtlager aufsprangen, sich splitternackt auszogen, um sich alsdann draußen vor der Tür fröhlich und voller überschießender Laune im hohen Schnee zu wälzen und sich gegenseitig damit kräftig abzureiben.

Gleich darauf stürmten sie ausgelassen zurück in die Hütte, um sich mit ihren Handtüchern ebenso kräftig abzurubbeln. Raimund entzündete nun das Feuer im Herd, damit Lilija das Frühstück bereiten konnte.

So vergingen die Tage, ohne dass sie dem wirklich gewahr wurden. Die Zeit war stehengeblieben, sie zählten nicht die Stunden und nicht die Tage.

Hier in der Einsamkeit des Fjälls erlebten sie ihre Hochzeitsnacht, ihre Flitterwochen – ein ganzes Leben.

Mehr hatten sie nicht.

Nach etwa zwei Wochen gingen ihre Lebensmittel zur Neige und Lilija und Raimund mussten an Aufbruch denken.

Ihre Herzen waren schwer. Akka schien ebenfalls von dieser Stimmung getroffen, denn als sie den Rückweg antraten, trottete sie mit hängenden Ohren hinterdrein.

Raimund und Lilija liefen über den See, folgten dem Verlauf des Tales und als sie nach mühsamem Aufstieg auf der Höhe des Kamms angekommen waren, blieben sie noch einmal stehen und wandten ihre Blicke, um ein letztes Mal hinunter in das Tal und auf das in weiter Ferne liegende Sommerlager zu schauen. Ihre kleine Kåta konnten sie aus dieser Entfernung schon nicht mehr erkennen.

An der Wanderhütte Alesjaure zogen sie vorbei, es stand ihnen nicht der Sinn danach, anderen Menschen zu begegnen. Den ganzen Weg über schien die Sonne und es wurde trotz der Minusgrade so warm, dass sie tatsächlich Mütze und Handschuhe ausziehen konnten.

Gegen Abend begann Raimund Ausschau nach einem geeigneten Platz für ein Schneebiwak zu halten, weit genug vom offiziellen Wanderweg „Kungsleden" entfernt, um auch wirklich niemandem zu begegnen.

Auf halber Höhe entdeckte er ein Plateau, das für diesen Zweck günstig schien. Als sie dort ankamen, entpuppte sich der Ort als sogar noch besser, als er vermutet hatte. Das, was von unten wie eine Felsenlinie ausgesehen hatte, verbarg eine Senke, die durch einen etwa anderthalb Meter hohen, dick verschneiten Felsgrat geschützt war.

Nachdem sie ihre Rucksäcke abgenommen und die Skier abgeschnallt hatten, schachtete Raimund in der Mitte der Senke einen etwa halbmetertiefen, kreisrunden Platz aus, in den das Zelt einschließlich der Spannleinen passte. Hier drin baute er das Zelt auf, er hatte extra lange Schneeheringe mit auf diese Reise genommen.

Vollständig aufgerichtet schaute oben gerade noch die Zeltspitze aus dem Schnee heraus. Raimund machte sich nun daran, einen Platz zum Kochen und Essen herzurichten. Er hob an den Kanten des Schneeloches einen Sitzplatz aus, perfekt geeignet zum Kochen und geradezu einladend zum Verspeisen köstlicher

„Glödkaker", die Lilija noch als Wegzehrung gebacken hatte. Den Rest der Lebensmittel hatte Raimund auf ihre Rucksäcke verteilt und den leeren Gepäckschlitten senkrecht auf dem Rücken seines Rucksackes geschnallt. Dafür hatte Lilija die Schneeschaufel bekommen.

Sobald die Sonne untergegangen war, wurde es allerdings eiskalt, sodass sie sich alsbald im Zelt verkrochen. Da Raimunds Zelt eine Mittelstange hatte, teilten sie das Innere so auf, dass Lilija und Raimund auf der einen Seite der Stange schliefen und Akka von Kebnekajse eine Seite ganz allein für sich hatte. Das gefiel ihr aber gar nicht. Raimund spürte, schon halb im Einschlafen, wie sie sich auf ihre Seite schlich und sich über ihren Füßen ausstreckte.

Am nächsten Morgen zogen sie nach dem Frühstück weiter, durch das Tal, bis sie nach etwa zwei Stunden den zweiten Pass erreichten.

Der Aufstieg dieses Passes gestaltete sich deutlich leichter als im Herbst, als Raimund hier ebenfalls unterwegs gewesen war. Seine damalige Wanderung mit der Prachtentfaltung der „Ruska Aika" schien ihm, als lägen Lichtjahre zwischen damals und jetzt.

Der steile, felsige Pfad, der damals immer wieder zur Kletterpartie ausgeufert war, trug jetzt eine so dicke Schneedecke, dass sie nicht einmal die Skier mehr abschnallen mussten, und kaum oben angekommen, sausten sie den Abhang hinab, ins Tal von Sälka.

Unten angekommen mussten sie auf Akka von Kebnekajse warten, die diesmal so schnell nicht mitgekommen war. Dabei hatte der Hund noch Glück, denn er sank beim Laufen nicht mehr so tief ein wie die Tage zuvor: Der Schwedische Wanderverein hatte mit Schnee-Scootern eine Spur gefahren, sodass Mensch und Hund hier nun recht bequem laufen konnten. Auch dieses Mal zogen Raimund und Lilija in großem Abstand an der nächsten Wanderhütte vorüber, um sich gegen Abend, wie schon am Tag zuvor, ein halbwegs geschütztes Plätzchen zu suchen, an dem sie ihr Zelt aufbauen konnten. Es war ihre zweite Nacht im Schneebiwak, und wenn es auch nicht sehr komfortabel war, mitten im tiefsten Winter im Zelt zu übernachten, empfanden sie einen Hauch von Glück. Verlängerte es doch noch für wenige Tage die Zeit ihres Zusammenseins.

Jetzt waren es nur noch zwei Tage bis Nikkaluokta.

Raimund spürte bei diesem Gedanken ein heftiges Ziehen in der Herzgegend. Auch Lilija wurde mit jedem Tag schweigsamer, und als sie schließlich die Kebnekajse-Station erreicht hatten, zogen sie, ohne dass sie darüber gesprochen hatten, schweigend vorüber, so, als segelten sie auf einer anderen Umlaufbahn.

Ursprünglich hatte Raimund vorgehabt, dort als krönenden Abschluss ihrer Reise ein Zimmer zu mieten, die Sauna zu besuchen und sich ein richtiges Abendessen zu gönnen.

Aber das war noch zu einer Zeit gewesen, als er von ihren stillen Tagen im Sommerlager noch nichts geahnt hatte.

Nun stand ihnen der Sinn nicht mehr danach.

Zurück in Nikkaluokta, so waren sie übereingekommen, würde Raimund Lilija nicht hineinbegleiten. Er sollte erst am Tag darauf wiederkommen.

Jedoch, bevor sie den Weg am zugefrorenen Fluss entlang verließen, hielten sie inne und schnallten die Skier ab, um Abschied voneinander zu nehmen. Sie umarmten sich schweigend, eine lange, lange Ewigkeit, und sie hielten sich dabei ganz fest.

Lilija schluchzte zum Herzzerbrechen. Er war ratlos, er fand keine Worte, er konnte sie nur ganz, ganz fest halten.

Konnte er wirklich nicht mehr tun? War es jetzt nicht an der Zeit, die erlösenden Worte zu sagen?

Aber er sprach diese Worte nicht.

Sie fühlten es, es stand wie in den Schnee geschrieben und es brauste in ihrem Inneren, dass es ein Abschied für immer sein könnte. Zaghaft löste er schließlich ganz sacht ihre Hände, wischte ihr die Tränen weg, endlose Traurigkeit spiegelte sich in ihren Augen.

Er schloss seine Augen, drückte Lilija ein letztes Mal, bückte sich, um sich die Skier wieder anzuschnallen, und nebeneinander gingen sie bis zum Ufer des Sees.

Dort stieß er sich ab, um nun allein hinauszulaufen auf den See. Lilija blieb am Ufer zurück, schaute hinter ihm her, wie er sich immer weiter entfernte, seine Hündin dicht an seiner Seite.

Dreimal noch blickte er sich um und jedes Mal sah er Lilija kleiner und einsam am Ufer stehen und ihm nachschauen.

Er war an einer Grenze angekommen, dass es für ihn kaum noch auszuhalten war.

Dreimal drehte er sich um und dreimal packte ihn das Verlangen, umzudrehen, zurückzulaufen, da weiterzumachen, wo sie aufgehört hatten.

Aber es nützte ja nichts, er musste ja doch eines Tages wieder fort.

Doch musste er es wirklich?

Ein Gespräch

Mit so schwerem Herzen hatte sich Raimund noch nie auf den Weg nach Nikkaluokta gemacht, in der vergangenen Nacht war an Schlafen nicht zu denken gewesen.
Als er vor sieben Monaten aus seinem alten Leben aufgebrochen war, um allein einen Polarwinter zu erleben, hatte er mit vielen Problemen gerechnet – Einsamkeit, Angstzustände oder auch Momente von Depression. Er hatte keinerlei Erfahrung gehabt, wie er auf monatelanges Leben in Abgeschiedenheit, mit langen, dunklen Winternächten reagieren würde. Wäre er überhaupt psychisch stabil genug, mit einer solchen Herausforderung fertigzuwerden? Dabei war es ihm klar gewesen, dass es eine Gratwanderung werden würde, vielleicht sogar eine Grenzerfahrung.
Aber dass er hier, weit über zweitausend Kilometer von seinem eigentlichen Wohnort entfernt, in einer Landschaft von beispielloser Schönheit, einer geheimnisvollen Landschaft allerdings, die sich nicht sogleich erschloss, deren verborgene Rätsel man sich erst erkämpfen musste, dass er hier vor der größten, schicksalhaften Entscheidung seines Lebens stehen würde, damit hatte er nicht im entferntesten gerechnet.
Zum ersten Mal in seinem Leben hatte er Angst, schreckliche Angst.

So gestimmt betrat er also mit klopfendem Herzen die ihm so vertraute und liebgewonnene Cafeteria von Nikkaluokta.
Drei der Tische waren mit Wanderern besetzt und hinter dem Tresen sah er Kajssa hantieren, die ihm verhalten zulächelte, jedoch bei seinem Eintreten sogleich hinter der Tür verschwand.
Hinten, in der letzten Ecke des Raumes, sah er zu seiner allergrößten Überraschung Gunhild sitzen, die ihm zuwinkte, sich erhob und ihm entgegenging.
„Gunhild!", sagte er erstaunt. „Dich hier zu sehen? Ist das ein Zufall?"

„Hej, Raimund", entgegnete sie, „nein, kein Zufall. Lilija hat mich gestern Abend spät angerufen und so bin ich mit dem Schulbus heute früh gleich hergekommen."
In diesem Augenblick erschien Jokki.
Er sah ernst aus, als er nun auf Raimund zutrat, er drückte ihm fest die Hand, während er ihm die andere auf die Schulter legte. Raimund atmete innerlich auf, zumindest strafte man ihn nicht mit Verachtung. Nach der Begrüßung setzten sich die drei an den Tisch in der hinteren Ecke des Raumes.
Jokki ergriff das Wort und Gunhild übersetzte.
Der Mann sprach langsam, Pausen schoben sich zwischen seine Sätze. Die Wandertour hatte seinen Segen nicht gehabt. Das war ihm wichtig, zu sagen, und auch, dass er und Kajssa schon seit einigen Wochen beobachtet hätten, wie sich das Verhältnis zwischen ihrer Tochter und Raimund zu verändern begann. Der Wandel in ihrer Beziehung, die zunehmende Vertrautheit, all das war den Eltern nicht entgangen.
„Wo die Liebe hinfällt, da fällt sie hin", sagte Jokki in einem Anflug von Leichtigkeit, „man kann sie nicht aufhalten."
Es folgte eine lange Pause, Jokki schaute Raimund fest in die Augen. Dieser begann mit sich zu ringen, was sollte er sagen – erwartete der Vater an dieser Stelle, dass er sich rechtfertigte, was nur sollte er ihm antworten. Aber bevor er innerlich den ersten Satz formuliert hatte, ergriff der Vater erneut das Wort. Er wiederholte leise seinen letzten Satz, den von der Liebe, die nicht aufzuhalten sei, dabei richtete sich seine Gestalt ein wenig auf und er fügte hinzu, nun müsse jedoch ein Weg gefunden werden, wie es weitergehen solle, jetzt und in der Zukunft.
Und, er wurde noch ein Stückchen größer, eines sei sicher, er halte es für zwingend angebracht, dass Raimund und Lilija sich voneinander fernhalten müssten, bis eine Entscheidung getroffen sei. Es sollten aber nun Wege gefunden werden, wie sie jetzt und für die Zukunft miteinander umzugehen hätten.

„Natürlich ist Lilija volljährig und kann im Grunde tun, was sie will. Aber zu ihrem eigenen Schutz ist es besser so."
Wieder, eine Pause.
„Natürlich bist du uns, trotz allem, weiterhin willkommen", fuhr er fort, „aber wenn du kommst, klopfe bitte hinter dem Haus an unser Küchenfenster und komm erst herein, wenn Kajssa dir ein Zeichen gibt. Ich denke, das ist nicht zu viel verlangt."
Raimund hatte alldem schweigend zugehört, in seinem Innern stürmte und toste es, aber er schwieg.
„Ich verlasse euch jetzt", fuhr Jokki fort. „Lilija hat sowohl uns als auch Gunhild hier ...", damit deutete er flüchtig auf diese, „... ins Vertrauen gezogen und Gunhild hat uns freundlicherweise ihre Hilfe angeboten, damit wir eine Lösung finden können."
Mit diesen Worten erhob er sich, reichte Raimund die Hand und entfernte sich.
Raimund blickte weiter schweigend auf die Tischplatte.
Seine Gedanken wirbelten ihm im Kopf herum.
Erst als Kajssa mit einem Tablett an den Tisch kam und der Aromaduft von Kaffee in seine Nase drang, gewann er wieder Boden unter den Füßen.
Wortlos stellte Kajssa die Tassen ab.
„*Heiß, schwarz und süß*", schoss es Raimund durch den Kopf und er wäre fast in Tränen ausgebrochen.
„Möchtet ihr etwas dazu?", fragte Lilijas gütige Mutter, aber beide schüttelten den Kopf.
Nachdem sich Kajssa wieder entfernt hatte, rührten Raimund und Gunhild gedankenverloren in ihren Tassen.
Schließlich hob Gunhild den Blick und sah Raimund in die Augen.
„Liebst du sie?"
„Ja!"
Mehr sagte er nicht. Und mehr brauchte Gunhild auch nicht, um zu verstehen.

Sie schwieg, denn erst jetzt wurde ihr wirklich bewusst, in welchem Dilemma er sich befand.

Schließlich ergriff er wieder das Wort.

„Ich habe etwas Vergleichbares schon einmal erlebt", sagte er dann, „zwei Kulturen, zwei so grundverschiedene Lebensformen. Ich weiß keinen Ausweg."

„Ja! Ja, Raimund. Ich auch nicht."

Gunhild überlegte und zögerte eine Weile, bis sie mit ihrer Frage herausrückte:

„Ich weiß, dass du aus einer Großstadt kommst, noch dazu aus einem anderen Land, aber sag mir, was bist du eigentlich von Beruf?"

„Theaterregisseur", antwortete Raimund, „noch ganz am Beginn meiner Laufbahn. Aber es läuft ganz gut für mich im Moment, ich bereite mich gerade auf meine erste große Produktion vor."

Gunhild hatte es die Sprache verschlagen. Sie schaute ihn mit einer Mischung aus Überraschung und Bewunderung an.

„Wow!", sagte sie. „Ich dachte immer, ihr Künstler, ihr steht über all diesen Dingen."

„Wir sind Menschen mit Gefühlen und Schwächen, wie jeder andere auch. Warum sollte es uns anders ergehen. Und manchmal wissen wir auch nicht mehr weiter."

Sie schwiegen lange Zeit.

„Das macht die Sache nicht einfacher, nein, ganz im Gegenteil, es macht sie fast unlösbar", sinnierte Gunhild, „mein Gott, ich möchte nicht in deiner Haut stecken."

„Ja", kam es von ihm leise, fast tonlos.

Wieder Stille, greifbar fast.

Gunhild rührte mit einem ihrer Füße gedankenvoll auf dem Boden. Dann schaute sie ihn wieder an.

„Fast beneide ich dich", sagte sie dann.

„Um Gottes willen, nein, dass solltest du nicht. Es zerreißt einen!"

„Aber eine solche Liebe!", sie rief es jetzt fast. „Wer in Gottes Namen hat denn jemals das Glück, so etwas in seinem Leben zu erfahren? Zu erleben?"
Raimund lächelte bitter.
„Romeo und Julia", er flüsterte fast, „manchmal holt das Leben das Theater ein – oder umgekehrt."
Raimund hatte die ganze Zeit wie abwesend weiter in seinem Kaffeebecher gerührt. Plötzlich besann er sich, hob die Tasse und nahm einen Schluck.
„Kalt!", stellte er fest.
„Ich hole dir einen neuen."
Gunhild war bereits im Begriff aufzuspringen.
„Nein, lass nur", sagte Raimund, „er schmeckt mir auch so."
Gunhild sah ihm zu, wie er an seinem Kaffee nippte.
„Du wirst es natürlich selber wissen, aber ich sage dir jetzt, welche Möglichkeiten du hast."
Ihr ernster Blick suchte den seinen.
„Ich habe mit der Familie gesprochen. Für den Vater ist die Sache ganz einfach. Er sagt, wenn du sie liebst, machst du ihr einen Heiratsantrag. Die Eltern geben der Hochzeit ihren Segen und …, aber jetzt kommt es, sie nehmen dich in die Familie auf. Sie haben nur diese eine Tochter und du würdest einmal die Cafeteria und die beiden Bootslinien übernehmen, vielleicht sogar früher als du denkst. Jokki ist ein schlauer Fuchs, er war der Erste, der die Rentierzucht damals aufgegeben und für die Touristen gearbeitet hat. Er hat es damit zu einigem Wohlstand gebracht, mehr als alle anderen hier im Umkreis von hundert Kilometern.
Die zweite Alternative ist, du und Lilija, ihr besprecht, ob sie sich ein Leben in deiner Welt vorstellen kann, dann könntet ihr zusammen Lappland verlassen."
Raimund hatte Gunhild angehört und war immer weiter in sich zusammengesunken. Bei ihren letzten Sätzen jedoch ging ein

Ruck durch ihn hindurch. Mit klarer Stimme wendete er sich an sie:

„Wo soll ich anfangen ..."

Sein Blick ging zum Fenster hinaus in die Winterlandschaft.

„Vor vielen Jahren, ich war damals als Matrose in der Welt unterwegs, gab es eine Frau in meinem Leben. Das war in Guatemala, sie war Sängerin."

Er schaute sinnend in seine leere Tasse, so als würde er dort auf dem Grund die Lösung seiner Probleme finden können.

„Wir – wir wollten heiraten. Heute würde ich sagen, diese Liebe damals war nicht mit meinen Gefühlen für Lilija vergleichbar, aber damals, ich war sehr jung und ich glaubte, ich hätte die Liebe meines Lebens dort in Guatemala gefunden."

Er schlug die Hände vor sein Gesicht. Mit gepresster Stimme setzte er fort:

„Alle Seeleute wissen es und manche haben es dennoch getan: ihre Frauen mit nach Deutschland genommen. Ich weiß jedoch von keiner einzigen dieser Verbindungen, die vom Glück gesegnet war. Nach dieser letzten Reise nach Lateinamerika habe ich abgemustert und mir ein Schiff in der Linie Westküste USA gesucht. Es zerriss mir das Herz. Es war mir unmöglich, sie wiederzusehen."

Gunhild nickte.

„Ja. Das ist die dritte Möglichkeit. Du fährst ohne sie wieder nach Hause. Aber die Entscheidung liegt ganz allein bei dir. Niemand kann dir das abnehmen, ja, nicht einmal raten."

„Ich weiß."

Mehr sagte er nicht. Und es gab auch nicht mehr zu sagen.

Sie saßen eine lange Weile und hingen ihren Gedanken nach.

Gunhild war die Erste, die sich erhob. Und so stand er dann ebenfalls auf. Er ergriff ihre Hände, schaute zu Boden, Gunhild sah sein Ringen um Worte.

„Lass es gut sein", sagte sie warm und erwiderte seinen Händedruck.

Und dann drehte sich Raimund um und verließ den Raum, ohne noch einmal zurückzuschauen.

Schweren Herzens machte er sich auf seinen Weg nach Hause. Nach Hause? Wo war denn eigentlich sein Zuhause? Zum ersten Mal, seit er hier war, wehte ihn ganz leise der Gedanke an, dass es vielleicht tatsächlich hier sein könnte, hier im Vistas-Tal, in Nikkaluokta, und der Gedanke war ihm nicht einmal unangenehm.

Schon von Weitem hörte er Akka von Kebnekajse nach ihm bellen.

Er hatte sie viel zu lange allein gelassen. Als er die Tür öffnete, schoss sie hervor, sprang an ihm hoch und winselte vor Glück.

Er hockte sich vor sie hin, schloss beide Arme um sie, streichelte sie, vergrub seinen Kopf in ihrem Fell und dann konnte er seine Tränen nicht mehr zurückhalten.

Liebevoll drückte er Akka, das Findelkind, an sich.

Nein, auf gar keinen Fall durfte er jetzt, jemals wieder aufhören, sie zu streicheln.

Drei Tage in der Fjällstation

Die folgende Nacht verbrachte Raimund nicht anders als die vorhergegangene. Seine Gedanken drehten sich im Kreis. Nachdem er jedoch aufgestanden war und alle die ihm zur Routine gewordenen täglichen Verrichtungen getätigt hatte, beschloss er, etwas zu tun, was er recht gut konnte, nämlich alle Gespenster aus seinem Kopf zu verbannen und die weitere Entwicklung dem Schicksal zu überlassen. Er kannte sich nur zu gut und wusste daher genau, dass allzu vieles Grübeln sich zu immer größeren, unüberwindlichen Bergen auftürmen würde.

Also packte er seinen Rucksack für eine Reise von drei bis vier Tagen und machte sich auf den Weg zur Kebnekajse-Station. Eine heiße Dusche und ein Saunabesuch würden ihm sicher guttun. In Nikkaluokta, in der Cafeteria, klopfte er wie abgemacht an das Fenster, und als Kajssa erschien, meldete er sich für einige Tage ab und bat sie, den Hund für diese Zeit aufzunehmen.

Kajssa war klug genug, zu wissen, was ihn jetzt umtrieb.

Sie stellte keine Fragen.

„Ja, gerne", sagte sie nur, schloss das Fenster und kam nach einer Weile um das Haus herum, um die Leine entgegenzunehmen.

Raimund bedankte sich und suchte dabei ihren Blick, um zu ergründen, wo sie in dieser Sache stand; vielleicht hatte er auch die leise Hoffnung, sie würde ihm sagen, wie es Lilija ginge, aber sie wandte sich ihm nur kurz zu, um den Hund zu begrüßen und nun zu hören, wohin und wie lange er unterwegs sein würde.

Raimund machte sich schließlich auf den Weg, niedergeschlagen und außerstande, sich wie sonst an den unvergleichlich schönen Ausblicken auf Berge und Täler zu erfreuen. Er fühlte sich leer und mutlos, als er die Fjällstation erreichte.

Wie er dann schwitzend in der Sauna saß, allein in der Hitze, das Holz seinen harzigen Duft verströmte, wurde sein Kopf langsam frei und das Panorama der Landschaft rückte wieder an ihn heran.

Warum eigentlich hatte er diese Reise angetreten, war bis fast ans Ende der Welt gefahren, für das große Abenteuer Polarnacht, für die Erfahrung von Wildnis und Naturgewalten? Wieder und wieder machte er sich seine Beweggründe klar, das Karussell in seinem Kopf hatte einmal mehr begonnen, sich zu drehen. Er hatte die Herausforderung von Einsamkeit und Stille erwartet, war vorbereitet gewesen auf die Grenzerfahrung, allein auf sich gestellt zu sein, vor allem seelisch. Es war eine Mischung aus Abenteuerlust und der Idee einer Art von Selbstverwirklichung gewesen, die ihn zu dieser Reise verleitet hatte, mit eben dieser Prise von Sinn-Suche, was seine weitere Karriere betraf.

Er hatte den Kopf frei bekommen wollen, um sich voll und ganz auf die vor ihm liegende Theaterproduktion konzentrieren zu können, und nun war nichts als Wirrnis in ihm.

Denn völlig unerwartet erkannte er, dass sich hinter der schicksalhaften Begegnung mit Lilija die Erfüllung eines tiefen Lebenstraums verbarg, dem er seit Ewigkeiten angehangen, aber an dessen Erfüllung er niemals ernsthaft geglaubt hatte – der Traum vom einfachen Leben.

Seit seiner Kindheit und Jugend träumte er davon.

Es hatte ihn in die Welt hinaus getrieben, um erfahrungshungrig in fremde Kulturen und Traditionen einzutauchen, und nur allzu oft hatte er die Menschen, die er dort traf, um ihr einfaches Leben beneidet.

Er hatte immer wieder die Erfahrung gemacht, dass der Mensch eigentlich wenig zum Leben brauche: intakte Natur, eine soziale Gemeinschaft und Jemanden, mit dem man all dies teilen konnte.

Und dies alles und noch viel mehr lag nun vor seinen Füßen. Sollte er da nicht frohen Herzens sein und mit beiden Händen danach greifen?

Was gab es da überhaupt noch zu zaudern, gerade für ihn, der immer alle seine Entscheidungen aus dem Bauch heraus getroffen hatte.

Und vor allem anderen war da eben Lilija, die er über alles liebte.

‚So ist das wohl mit den Wunschträumen‘, dachte er, ‚normalerweise begleiten sie uns unser ganzes Leben lang und man weiß auch, dass sie im Grunde nur eine Illusion sind. Und die Erfüllung von Illusionen ist normalerweise nicht vorgesehen im Leben eines Menschen. Was aber, wenn der ureigene Traum plötzlich und wider Erwarten doch zu einer realen Möglichkeit wird? Ja, da wünscht man sich auf einmal, ach, wäre es doch ein Traum geblieben. Träume sind offenbar nicht dazu da, Wirklichkeit zu werden.‘

Diese Erkenntnis schmeckte bitter.

‚Und andererseits, wenn ich mir vorstelle, Lilija mit in meine Welt zu nehmen‘, er stützte den Kopf schwer in seine Hände, ‚wie sollte sie sich dort zurechtfinden, ohne Schaden an ihrer Seele zu nehmen.‘

Aber galt das nicht umgekehrt genauso auch für ihn?

Er richtete sich auf.

‚Es ist doch so‘, dachte er weiter, ‚ich bin jung und habe die Welt gesehen und das Leben am Theater und die Arbeit dort, das ist mein Leben geworden.‘

Er wischte sich den Schweiß von der Stirn.

‚Soll ich das jetzt alles aufgeben, um für den Rest meines Lebens Touristen mit dem Boot über den See zu setzen? Zwar habe ich es geschafft, den ganzen langen Winter in Kälte und Dunkelheit zu verbringen, ohne schwermütig zu werden, aber wie lange würde ich das darüber hinaus aushalten können? Ein ganzes Leben lang?‘

Jetzt tauchte das Bild Lilijas mit aller Macht vor ihm auf.

Und dann hielt er es einfach nicht mehr aus. Er sprang auf und verließ geradezu fluchtartig die Sauna, rannte hinaus in die kalte, weiße Natur und warf sich in den weichen Schnee. Er wälzte sich darin hin und her und brüllte dabei in die Nacht hinaus.

Es war wie eine Befreiung.

Wieder zurück im Vorraum der Sauna duschte er noch einmal kalt, um sich sodann ordentlich mit dem Handtuch abzurubbeln. Er schlang sich das große Frotteetuch um und setzte sich auf eine der Bänke, um sich auszuruhen. Die Schockabkühlung im weichen Schnee hatte seinen Kopf vorübergehend freigemacht, und als er über seine überstürzte Flucht aus der Hitze der Sauna nachsann, kam ihm ein Gedanke:

‚Das, was ich da gerade eben erlebt habe, könnte man durchaus als den Sieg der physischen Qual über die der seelischen betrachten.'

Er verzog sein Gesicht zu einem etwas schiefen Grinsen.

‚Sollte mir das jetzt irgendetwas sagen?', überlegte er.

Er grübelte eine ganze Weile darüber hin.

„Nein", sagte er sich schließlich nach einer endlosen Weile, „ich vermag es nicht zu entdecken, außer, dass man in einer Sauna vielleicht keine vermeintlich unlösbaren Probleme wälzen sollte."

Und so wandte er sich dann einfacheren Fragen zu wie zum Beispiel, ob er vielleicht noch einen zweiten Sauna-Durchgang machen sollte. Aber er entschied sich dagegen, zog seine frische Wäsche an und schon waren seine Gedanken schlagartig wieder bei Lilija angelangt.

In Zukunft würde er seine Wäsche wohl selber waschen müssen, dachte er, als er die wenigen Schritte hinab zur Station ging.

Für den Moment gab er sich der Erwartung eines schönen Abendessens und eines gemütlichen Bettes hin.

Aber noch bevor er sich schlafen legte, setzte er sich für eine Stunde in den Aufenthaltsraum. Er fand einen Tisch mit Fensterblick und gönnte sich, seit Urzeiten, so kam es ihm vor, eine Flasche Bier. Und da die Bergstation als ein Hotel galt, gab es Bier, so, wie er es aus Deutschland kannte und dessen Verkauf in Schweden üblicherweise dem staatlichen Alkoholverkauf, dem „Systembolaget", vorbehalten war.

Nach einer Weile des vor sich hin Sinnierens wurde ihm auf einmal bewusst, dass seine Gedanken nach langer Zeit begannen, um seine Arbeit zu kreisen.

‚Es wird wohl Zeit', dachte er, ‚damit endlich weiterzumachen.' Aber dann stutzte er.

War damit die Frage nach der Richtung seines künftigen Lebensweges nicht bereits beantwortet?

Raimund hatte das Gefühl, wieder einmal an einem Scheideweg angelangt zu sein. Er war schon oft in seinem Leben an Weggabelungen gekommen, die ihm allerdings meistens vorgekommen waren wie ein Y, er dachte gern in Bildern. Dieser Scheideweg schien eher die Form eines T zu haben. Denn hier und heute teilte sich sein Weg rechtwinklig in zwei Richtungen, jeweils verbunden mit Zielpunkten, die radikaler und unterschiedlicher nicht sein konnten.

Welchen von beiden Wegen sollte er nun gehen?

Beide Ziele schienen verlockend, aber eine falsche Entscheidung würde er sein ganzes Leben lang bereuen.

Andererseits, dachte er, was war schon richtig und was war falsch?

Die Wahrheit war, er würde, ganz egal, für welchen Weg er sich nun entschied, jede dieser Entscheidungen irgendwann einmal bereuen.

Die Stille im Aufenthaltsraum wurde immer dichter und dichter, und Raimund kreiste und kreiste und fand doch keinen Ausweg.

Halfen theoretische Überlegungen oder Argumente überhaupt bei so einer emotionalen Ausnahmesituation?

War nicht die einzige Lösungsmöglichkeit, einfach auf das Schicksal zu vertrauen und loszugehen? Aber in Wirklichkeit hatte er ja längst, und so wie immer sein Bauchgefühl entscheiden lassen, nur zu diesem Zeitpunkt war er sich dessen noch nicht wirklich bewusst. Hätte er allerdings eine Vorstellung davon gehabt, wie stark Lilija sich ihm bereits verbunden fühlte, hätte er überhaupt zugelassen, Lilijas Situation an sich heranzulassen, dann, dann wäre vielleicht eine andere Wendung möglich gewesen. Kurzum, am nächsten Morgen beschloss er, noch zwei Tage in der Station dranzuhängen. Er blieb bei sich und spürte, wie gut ihm dieser kurze Zwischenaufenthalt tat, in einer Welt, die er kannte und die ihm vertraut war.

Am Morgen des vierten Tages brach er auf, um wieder zurück in seine einsame Hütte zu gehen, die jetzt einsamer sein würde als je zuvor. Als er sich seine Skier unter die Füße geschnallt hatte und auf dem Wanderweg stand, hielt er inne. Schlagartig kamen ihm seine Überlegungen der letzten Tage über den Scheideweg, an dem er sich befand, in den Sinn.

Er spürte den unwiderstehlichen Drang, statt nach rechts zur Cafeteria und seiner Hütte dem Weg nach links zu der verlassenen Kåta, oben auf dem Fjäll, zu folgen. Dorthin, wo er nur wenige Tage zuvor mit Lilija hergekommen war.

Und dieser Wegpunkt, auf dem er stand und sich nicht entschließen konnte, in welche Richtung er seine Füße setzen sollte, schien ihm gleichsam den Scheidepunkt seines Lebens zu symbolisieren.

Natürlich war das absurd, er hatte ja gar nicht die Ausrüstung für eine solche Tour dabei.

Aber hatte er das wirklich nicht?

Im Grunde fehlten ihm doch nur die Lebensmittel. Die aber könnte er sich unschwer hier in der Station kaufen und Übernachtungen wären in den Wanderhütten möglich. Es wäre also machbar. Was jedoch würde er dort oben in dem einsamen Tal wollen?

Er wusste es. Sobald er erst diese Stätte eines kurzen Glücks wiedersehen und in sich aufnehmen würde, würde er nie wieder von hier und von Lilija fortgehen können. Er wurde von einer so übermächtigen, so unendlichen Sehnsucht ergriffen, dass ihm die Tränen in die Augen traten.

‚Mein Gott!', dachte er. ‚Warum ist das alles nur so schwer! Warum nur ist das alles so furchtbar und entsetzlich schwer?'

Er musste sich förmlich zwingen, die Richtung zurück zur Cafeteria einzuschlagen, aber die Niedergeschlagenheit, die ihn den ganzen Weg hier hinauf begleitet hatte, ließ ihn auch auf seinem Weg zurück nicht los. Und indem er dieser Richtung folgte, wusste er in seinem tiefsten Inneren, dass er sich und Lilija aufgegeben hatte.

„Es tut so weh! Es tut so unendlich weh", sagte er leise.

Als er endlich nach einigen Stunden zurück in Nikkaluokta war, er hörte bereits von Weitem das Gebell seiner Hündin, die sein Näherkommen schon von weiter Ferne gewittert hatte, musste er sich wieder einmal schwer beherrschen, um nicht in Tränen auszubrechen.

Die Cafeteria erreicht, klopfte er fast zaghaft ans Fenster. Das Gebell seines treuen Hundes wollte gar nicht wieder aufhören, dann entfernte es sich langsam, um kurz drauf wieder anzuschwellen, und da kam Akka von Kebnekajse um die Hausecke geschossen, sprang an ihm hoch und warf ihn fast um.

„Mein guter, lieber Hund, mein guter, lieber Hund!", konnte Raimund nur immer wieder sagen und Akka dabei kräftig das dicke rotbraune Fell rubbeln.

Für einen Augenblick hatte er gehofft, Lilija zu sehen, aber natürlich kam stattdessen Kajssa um die Ecke und reichte ihm die Leine.

Sie fragte, ob sie noch etwas für ihn tun könne, und als er ihr in die Augen blickte, sah er, wie traurig auch sie war.

Es war für alle nicht leicht.

Als er einen Moment später, mit Akka von Kebnekajse im Gefolge, über den See zu seiner Hütte zog, kam ihm der Gedanke, dass es vielleicht am besten für alle wäre, abzureisen, sofort und solange das Eis noch hielt.

Eine Schicksalsnacht

Aber am nächsten Morgen war von Abreisen nicht mehr die Rede. So entscheidungsfroh Raimund in seinem Beruf auch sein mochte, was sein Privatleben anging, war es das genaue Gegenteil. Irgendetwas würde das Schicksal für ihn vielleicht doch noch bereithalten. Eine Abreise betrachtete er jetzt als einen übereilten Entschluss und übereilte Entschlüsse, so seine Meinung, führten selten zu guten Ergebnissen. Zumindest dachte er an diesem Morgen so.

Seine Hütte hatte er bis Ende Mai gebucht in der Hoffnung, dass es dann hier unten im Tal kein oder nur noch wenig Eis auf den Seen geben würde, und so beschloss er, auch bis Ende Mai zu bleiben.

Zunächst einmal prüfte er seine Vorräte und machte eine Einkaufsliste, um gut versorgt bis zum Ende seines Aufenthaltes zu sein. Und dann, dachte er, wurde es auch endlich Zeit, zu arbeiten, um mit seinem Text weiterzukommen.

Seine „Conrads" hatte er längst alle gelesen und auch seine Tagebucheintragungen blieben aus.

So kam es dann, dass er sich den ganzen April über seiner Textarbeit widmete. Ruhe und Zeit dafür hatte er im Überfluss und er vertiefte sich so sehr in sein Tun, dass er alles andere um sich herum vergaß.

Aber das „Alles-Andere" vergaß ihn nicht.

Und so geschah es, dass nach etwa vier Wochen, an einem frühen Abend Ende April, Akka von Kebnekajse plötzlich aufsprang und wild bellend zur Tür lief. Tief in seinen Gedanken gefangen, schrak Raimund hoch. Er hatte sich während der langen stillen, ohne äußere Veränderungen oder Einflüsse verlaufenden Zeit so daran gewöhnt, ganz bei sich zu sein, dass er einige Sekunden brauchte, um überhaupt zu begreifen, wo er war.

Wer zum Kuckuck mochte ihn jetzt hier und noch dazu am Abend besuchen? Seine nächsten Nachbarn wohnten fünf Kilometer von ihm entfernt.

Es gab nur eine Erklärung: Etwas musste passiert sein!

Er sprang so heftig auf, dass sein Stuhl umfiel, und er stürzte zur Tür. Da hörte er auch schon, wie sich jemand draußen die Skier abschnallte.

War es überhaupt noch möglich, mit Skiern zu laufen?

Raimund hatte Raum und Zeit völlig verloren.

Er riss die Tür auf und blieb prompt stocksteif stehen.

Draußen stand Lilija und sah ihn an.

Er war so entgeistert, dass er zunächst kein Wort herausbrachte.

„Lilija!", er schrie es fast: „Um Gottes willen, was machst du denn hier?"

Und dann rannen ihr auch schon die Tränen aus den Augen. Mit zwei schnellen Schritten war er bei ihr und nahm sie behutsam in die Arme.

„Liebe, kleine Lilija", sagte er, und so standen sie minutenlang, bis sie endlich gewahr wurden, dass Akka von Kebnekajse sie die ganze Zeit fröhlich umsprang und ebenfalls Beachtung forderte.

Da erst löste sich Lilija aus seinen Armen und beugte sich, immer noch weinend, aber mit einem Lächeln im Gesicht, zu der Hündin hinunter.

„Hej, meine kleine Akka", schniefte sie und küsste das Tier auf die Nase.

Raimund hatte indessen seine Fassung halbwegs wiedergefunden.

„Komm rein", sagte er, ließ Lilija und Akka an sich vorbeigehen und schloss die Tür hinter ihnen.

Er half Lilija aus ihrer Jacke und zog ihr einen Stuhl heran.

„Setz dich", lud er sie ein, ging zum Ofen hinüber, legte zwei Scheite Holz nach und stellte Wasser auf den Gasherd.

„Tee oder Kaffee?"

„Tee, bitte."

Er deckte zwei Becher, ging zum Herd zurück, wartete, bis das Wasser kochte, und goss dann den Tee auf. Nach etwas Ziehzeit kam er mit der dampfenden Kanne kam er zurück, schenkte Lilija und sich selber ein, setzte sich und sah sie an. Da fing sie wieder an zu weinen, sodass er aufsprang, um den Tisch herumging, um sie erneut in die Arme zu nehmen.

„Lilija, Lilija, bitte weine doch nicht", sagte er und spürte dabei, wie sie zitterte.

Nachdem sie sich halbwegs beruhigt hatte, löste er sich von ihr und nahm erneut ihr gegenüber Platz. Schließlich trank sie einen Schluck, und als sie die Tasse absetzte, schaffte sie es endlich, ihn anzuschauen. Mit rot verweinten Augen brachte sie ein klägliches Lächeln zustande.

„Ich bin von zu Hause ausgerissen!", sagte sie dann. „Ich habe es einfach nicht mehr ausgehalten."

Raimund schwieg und es dämmerte ihm, dass ihn die Wirklichkeit plötzlich eingeholt hatte.

Was hatte er da nur angerichtet?

Vor ihm saß Lilija, die, während er in Gedanken schon längst wieder in seiner alten Welt unterwegs gewesen war, auf ihn gewartet hatte. Lilija, die sich verzehrt hatte nach ihm, die sich offenbar völlig verloren hatte in Hoffnung und Liebe; die nun, bei äußerst gefährlicher Witterung, das lebensgefährliche Wagnis unternommen hatte, ihn in seiner Hütte aufzusuchen.

Raimund wurde heiß vor Scham.

Was hatte er nur getan beziehungsweise was hatte er eben nicht getan. Seine indifferente Haltung, das Schicksal möge ihm eine Entscheidung abnehmen, hatte ihn direkt in diese Situation geführt. Er wusste, Lilija war gekommen um einer Antwort willen. Er wusste, ein einziges Wort, eine einzige Geste würde alle Last von ihren Schultern nehmen und diese Tragödie in ein Happy End verwandeln.

Jedoch, er sprach diese Worte nicht.

Raimund stand die Situation glasklar vor Augen.

Lilija war vermutlich so spät am Nachmittag gekommen, damit er keine Möglichkeit hätte, sie noch am selben Tag zurück nach Nikkaluokta zu schicken, und auch ihr Vater würde sie um diese Tageszeit nicht mehr holen können.

Und nun saßen sie sich beide gegenüber, an seinem Tisch, und wussten nicht, was sie sich sagen sollten.

Bis Lilija schließlich das Wort ergriff.

„Was arbeitest du denn da?", fragte sie, indem sie auf seine Schreibmaschine deutete.

„Das ist der Text für mein neues Stück", sagte er, „ich schreibe es nach der Vorlage von Shakespeare völlig neu. Ich möchte diese alte, aber gleichsam zeitlose Geschichte für die heutige Zeit erzählbar machen."

Wie ein Schlag traf Lilija die Erkenntnis, dass es für sie beide keine Zukunft geben würde.

Raimund hoffte inständig, sie würde ihn nicht auch noch nach dem Titel fragen.

„Wie heißt denn das Stück?", fragte sie da aber schon.

„Romeo und Julia."

Lilija blickte ihn fassungslos an.

„Das ist jetzt nicht dein Ernst", entgegnete sie tonlos.

Raimund zeigte ihr ein schiefes Lächeln, senkte dann den Blick – er konnte den ihren nicht mehr ertragen.

„Hast du die Idee zu diesem Stück erst hier bekommen?", fragte sie weiter, nachdem sie lange geschwiegen hatte.

„Nein, ich habe bereits im Juni letzten Jahres den Vertrag dafür unterschrieben."

Wieder schwieg sie eine lange Weile.

„Wir hatten von Anfang an keine Chance, nicht wahr?"

„Vielleicht nicht."

„Hast du es da oben in unserer Kåta schon gewusst?"

„Nein."

Lilija blickte lange auf die Tischplatte, rührte in ihrem langsam erkaltenden Tee.

„Wir hatten nur zwei Wochen", flüsterte sie dann.

„Ja."

Raimund wandte sich ab, die Tränen traten ihm in die Augen.

Als sich Raimund und Lilija an diesem Abend schlafen legten, bot er ihr die untere Koje an, in der er sonst gewöhnlich nächtigte.

„Und ich schlafe oben, über dir", sagte er um eine Spur von Munterkeit in seiner Stimme bemüht.

„Nein, Raimund, bitte nicht."

Das Frühstück am nächsten Morgen verbrachten sie eingehüllt in stiller Vertrautheit, fast war es wie damals in der Kåta, jedoch fehlten nicht nur die frischen „Glödkaker".

Sie waren beide sehr bedrückt.

„Ich denke, es wäre besser, du gehst wieder nach Hause. Auch werden sich deine Eltern sorgen", hub Raimund schließlich an.

„Ja, ich weiß", sagte sie.

„Aber andererseits kann ich dich unmöglich jetzt so nach Hause gehen lassen. Es wäre lebensgefährlich. Du hättest gar nicht erst kommen dürfen. Die Eisdecke ist gefährlich dünn geworden."

„Ja, ich weiß", sagte sie wieder.

Der Ton ihrer Stimme ließ ihn aufmerken und im gleichen Augenblick ahnte er, dass sie genau das alles bedacht hatte. Sie war ein Wagnis auf Leben und Tod eingegangen, denn nun würden sie beide für wenigstens drei bis vier Wochen Gefangene der Insel sein und sie würden anknüpfen können an ihre zwei Wochen dort oben in der Kåta. Zwei Wochen Zweisamkeit, ohne die Möglichkeit, dem zu entkommen oder auch gestört zu werden.

‚Oh, mein Gott', dachte er, ‚das arme, arme Mädchen, was habe ich nur getan.'

Lilija schien in diesen Minuten den Kampf ihres Lebens zu führen.

Und Raimund war es, als könne er ihre Gedanken lesen. Ihre Liebe und die zwei Wochen in der Kåta, die sie dort verbracht hatten, als währten sie ein ganzes Leben, waren so innig gewesen, so ausschließlich – und natürlich war sich Lilija seiner Liebe absolut sicher gewesen.

Raimund konnte plötzlich fühlen, was sie fühlte, konnte ahnen, dass für sie eine Fortsetzung dieser Zeit, hier und jetzt in seiner Hütte, die Hoffnung barg, die Beziehung zu festigen und ihn doch noch zum Bleiben zu bewegen.

Raimund war verstört von diesem letzten Versuch, ihn doch noch für ein gemeinsames Leben in Nikkaluokta zu gewinnen, er kam sich plötzlich wie ein Unmensch vor.

‚Nein, ich kann nie mehr von ihr fortgehen‘, dachte er, ‚niemals mehr!‘

Aber das Leben ist nicht so, wie es sich Liebende oft erträumen. Und dieser Traum endete schneller, als sie geglaubt hatten, und er endete so abrupt und so brutal, dass sie es kaum ertragen konnten.

Es geschah, dass gegen Mittag Akka von Kebnekajse so plötzlich anfing zu bellen, dass Lilija und Raimund vor Schreck wie gelähmt waren. In Bruchteilen von Sekunden erkannten sie, dass Lilijas Traum bereits wieder zu Ende war, kaum dass sie angefangen hatte, ihn zu träumen, denn derjenige, der nun zur Tür hereinkam, war Jokki, ihr Vater.

Er blieb eine Weile schweigend in der Tür stehen. Dann streckte er seiner Tochter die Hand entgegen.

„Komm, Lilija, wir gehen jetzt nach Hause.“

Lilija brach in Tränen aus, die Welt stürzte über ihr zusammen. Sie drehte sich zu Raimund um und klammerte sich völlig verzweifelt an ihn. Dieser hingegen war wie gelähmt – unfähig, sich als Teil des Dramas zu verstehen, obwohl er doch einer der Protagonisten darin war.

Jokki trat jetzt hinter seine Tochter und löste ganz sanft ihre Arme.

„Es hilft nichts, meine Tochter, es ist besser so für dich", sagte er leise und setzte hinzu: „und für uns alle."

Lilija weinte hemmungslos und hörte auch nicht auf, als der Vater ihr die Jacke anzog, die Mütze aufsetzte und die herzzerreißend Weinende behutsam zur Tür führte.

Draußen schnallte er ihr die Skier unter die Füße, winkte Raimund zu, der ganz mechanisch hinter ihnen hergegangen war, und nahm seine Tochter mit sich fort.

Nach etwa dreißig Metern wandte Lilija sich noch einmal zu Raimund um, und als er ihr verweintes Gesicht mit den abgrundtief traurigen Augen sah, aus denen das ganze Leid einer vergeblich Liebenden sprach, hielt auch er es nicht mehr aus. Er schlug beide Hände vor sein Gesicht und weinte bitterlich.

Er wollte sich abwenden, in seine Hütte flüchten, aber er konnte es nicht. Er stand nur wie versteinert da und sah ihnen nach.

Jokki und Lilija waren wenige Meter weitergekommen, da gewahrte Raimund, wie Lilija etwas zurückfiel, stehenblieb und sich bückte, so, als wolle sie irgendetwas an ihrer Skibindung richten. Aber sie richtete nichts, sondern in Blitzschnelle, ehe ihr Vater etwas bemerken konnte, schnallte sie ihre Skier ab und lief plötzlich los, zu Fuß und zurück über das Eis.

„Lilija!", rief Jokki voller Panik, als er dies bemerkte. „Komm zurück!"

Raimund aber stand immer noch wie erstarrt, alles, was jetzt folgte, erlebte er wie in Zeitlupe. Er sah, wie sich das Eis unter jedem von Lilijas Schritten durchbog. Und er sah noch mehr.

Lilija lief schnurgerade, wie von einem unsichtbaren Seil gezogen, genau auf die Stelle im Eis zu, wo das Wasser wie ein kleiner See, etwa handbreit hoch, stand.

„Lilija, nein!"

Er rief es gellend, Panik in der Stimme und dann sah er auch schon, wie das Eis unter ihr nachgab und das Wasser aufspritzte.

Er lief los, ganz instinktiv, aber am Ufer verhielt er seinen Schritt. Er arbeitete jetzt wie eine gut geölte Maschine. Schon früher, in seiner Zeit bei der Seefahrt, hatte er bewiesen, dass er in Augenblicken allergrößter Gefahr niemals die Nerven verlor. Und so war es auch jetzt.

Raimund blieb am Ufer abrupt stehen. Würde er nun in Panik auf das Eis laufen, würde ihn das gleiche Schicksal ereilen wie Lilija, er würde ebenfalls einbrechen.

Und so bewegte er sich vorsichtig, aber zügig über das Eis, Schritt für Schritt die Füße in allergrößter Achtsamkeit vorwärtsschiebend.

Lilija hatte Glück im Unglück gehabt. Wäre sie in dem dickeren Eis eingebrochen, hätten sich die Schollen unmittelbar über ihr zusammengeschoben und sie wäre unweigerlich unter das Eis geraten. So aber war die Oberfläche gesplittert und Raimund sah ihren Kopf noch über dem geborstenen Eis herausschauen. Verzweifelt versuchte sie, sich mit beiden Händen an der glatten Kante des Eises festzuhalten, aber es gelang ihr nicht.

Immer und immer wieder rutschte sie ab.

Raimund war bis auf zwei Meter an sie herangekommen. Er ließ sich langsam auf das Eis nieder und robbte auf dem Bauch, Zentimeter für Zentimeter, an sie heran. Sie hatte aufgehört zu schreien, die Kräfte schienen sie zu verlassen, ihre Bekleidung hatte sich voll Wasser gesogen und zog sie unerbittlich ins eiskalte Wasser hinab. Raimund nahm wahr, wie ihr Kopf nach hinten sank.

Mit dem letzten Rutsch bekam er ihre Hände zu fassen. Er schrie sie an, damit sie nicht aufgab, ergriff einen Arm, dann den zweiten und bemerkte nun, wie das Leben in sie zurückkehrte. In einer letzten Aufwallung von Kraft krallte sie sich an ihm fest und Raimund versuchte sie zu beruhigen:

„Ruhig, Lilija, bleib ruhig, wir schaffen das."

Ihm war klar, dass er unmöglich imstande wäre, Lilija über die Abbruchkante des Eises zu ziehen. Nur Jokki, der Vater, würde sie retten können, und so konzentrierte er seine ganze Kraft darauf, sie über Wasser zu halten. Er sah nichts weiter als nur Lilija, konnte sich nicht bewegen, ohne zu fürchten, sie wieder zu verlieren, und in seinem Kopf dröhnte es ohrenbetäubend.

Mühsam gelang es Raimund, seine Sinne in die Richtung zu wenden, in der er Lilijas Vater vermutete. Erleichtert nahm er wahr, dass dieser geistesgegenwärtig handelte. Er tat offenbar das Einzige, das unter diesen Umständen möglich und richtig war, denn er hatte das vom Schnee bedeckte Boot am Strand gesehen und war nun bereits dabei, es umzudrehen.

„Halte durch, Lilija, halte durch." Raimund wiederholte sich immer wieder: „Gleich kommt Hilfe."

Ein weiterer schneller Blick zeigte ihm, dass Jokki mit dem Boot, das Heck voraus über das Eis schiebend, auf dem Weg zu ihnen war.

Wieder schaute Raimund auf Lilija hinunter, sie starrte ihn mit angstvoll aufgerissenen Augen an.

„Ich kann nicht mehr", flüsterte sie.

„Lilija, Lilija, halte durch", sprach Raimund ihr Mut zu, „gleich ist der Vater da."

„Ich kann nicht mehr", flüsterte sie wieder und wieder, „es ist so furchtbar kalt."

„Bitte, bitte, Lilija, nicht aufgeben", beschwor Raimund sie.

Aber er spürte nun auch selber, wie ihm Finger und Hände immer kälter wurden und langsam zu erstarren begannen. Verzweifelt biss er die Zähne aufeinander, es war ein Ringen gegen Kälte und Angst.

„Nur nicht loslassen! Nur nicht loslassen!"

Aber dann verließen Lilija die Kräfte und ihre Arme, die sich an den Stoff seiner Ärmel geklammert hatten, sanken kraftlos herab. Raimunds Panik steigerte sich ins Unermessliche. Alles hing jetzt von ihm ab, und er krallte sich noch tiefer in Lilijas Jackenärmel, dennoch war sie gefährlich weit herabgesunken.

„Nicht aufgeben, nicht aufgeben!", kommandierte er immer wieder, nun gleichsam zu sich selbst.

Auch ihn verließen zunehmend seine Kräfte.

Jedoch nicht der Mut, denn er hörte, langsam aber stetig, die Geräusche des herannahenden Bootes. Er dachte an nichts anderes mehr als an dieses Boot, das einzig die Rettung sein könnte. Schwindel begann sich seiner zu bemächtigen, als sich unmittelbar neben seinem Kopf das Heck bis an die Bruchkante des Eises schob und noch ein Stück darüber hinaus. Er hörte, wie Jokki vorn hineinkletterte, und dann nahm er dessen starke Arme wahr, die unmittelbar neben ihm nach Lilija griffen und sie entlang der Kante des Hecks nach oben zogen, so hoch, wie er es gerade noch schaffte. Raimund gelang es dabei nur mit Mühe, seine erstarrten Hände aus Lilijas Jacke zu lösen. Dann schob er sich vorsichtig nach hinten, bis er am Bug angelangt war. Er zog sich an der Bordkante hoch und kletterte hinein, wobei das Boot stark schwankte. Und gerade als er es geschafft hatte, brach dieses krachend in das Eis ein. Während er sich jetzt in dem schwankenden Gefährt zu Jokki tastete, rieb er sich wie ein Verrückter die Hände, damit das Leben in sie zurückkehrte. Zusammen gelang es nun den beiden Männern, das völlig leblos wirkende Mädchen hineinzuhieven.

So schnell sie konnten, einer nach dem anderen, kletterten sie im Boot rückwärts und ließen sich über den Bug wieder auf die Eisfläche hinab. Vorsichtig rückwärtsgehend, das Boot hinter sich herziehend, bewegten sie sich auf das rettende Ufer zu.

Niemand hatte wahrgenommen, dass der Hund die ganze Zeit über dort gestanden und aufgeregt gebellt hatte. Das kluge Tier hatte die Aufregung, die Gefahr gespürt, war aber vorsichtig genug gewesen, am Ufer zu bleiben und nicht aufs Eis hinauszulaufen.

Raimund und Jokki hievten das Mädchen aus dem Boot und trugen es in die Hütte hinein. Raimund, der inzwischen wieder etwas Gefühl in seinen Händen hatte, hielt die apathisch in seinen Armen Hängende aufrecht, während der Vater ihr die nassen Kleidungsstücke abstreifte. Zusammen betteten sie den leblos wirkenden Körper auf das Rentierfell der unteren Koje und Jokki begann seine Tochter mit Handtüchern kräftig trockenzurubbeln, um ihre Durchblutung anzukurbeln. Raimund entledigte sich inzwischen ebenfalls seiner nassen Kleidung. Er begnügte sich zum Abtrocknen mit den nassen Handtüchern, die Jokki ihm herüberreichte. Das musste genügen. Er war ja lediglich an seiner Vorderseite und auch da nicht gar so triefend nass geworden.

Wärme, Wärme, an nichts anderes dachten die beiden Männer, als sie Lilija gemeinsam in die Koje betteten, Raimunds geöffneter Schlafsack als wärmende Unterlage. Jokki bedeutete ihm, sich, so wie er war, völlig nackt, zu ihr zu legen, und dann zog er den Reißverschluss über sie zu und bedeckte sie mit allem, was er an Fellen finden konnte.

„So bleiben, bis Hilfe kommt!", wies er Raimund an, legte noch ordentlich Feuerung nach und verließ die Hütte.

Raimund, ebenfalls erbärmlich frierend, schlang seine Arme um Lilija und drückte sie fest an sich. Ihr Körper war eiskalt und dicht an seinem Ohr hörte er das Klappern ihrer Zähne.

Es kam ihm wie eine Ewigkeit vor, wie sie hier verharrten, so eng umschlungen, wie es nur ging, zitternd und unter Schock stehend.

Leise flüsterte er in ihr Ohr, was ihm gerade einfiel, Belangloses, Alltägliches, Hauptsache, sie blieb bei Bewusstsein.

Erst langsam spürte er, wie die Wärme in großen Wellen in seinen eigenen Körper zurückkam, Lilija hingegen war immer noch kalt wie Eis.

Nach kurzer Zeit wurde es so warm im Schlafsack, dass Raimund zu schwitzen begann.

Die Zeit dehnte sich endlos, bis er schließlich das Gefühl hatte, dass auch Lilija langsam wieder warm wurde. Mein Gott, wie war er froh, ihr von seiner Wärme abgeben und sie damit gleichsam zurück ins Leben führen zu können.

„Gleich wird dir wieder warm werden, liebe, kleine Lilija", flüsterte er ihr ins Ohr und er spürte mehr, als dass er es sah, wie ein vorsichtiges Lächeln ihre Züge belebte.

„Alles wird gut!", sagte er und küsste sie sanft auf die Wange.

Nach einer Weile schlief sie ein. Das war ihm ein gutes Zeichen. Er lauschte ihrem gleichmäßigen Atem und spürte unendliche Erleichterung.

So lagen sie eine halbe Ewigkeit fest aneinandergeklammert in seiner Koje und auch Raimund gab sich der Erschöpfung und dem Schlaf zeitweise hin, bis er endlich von ganz weit aus der Ferne ein Brummen zu hören glaubte.

Der Rettungshubschrauber aus Kiruna!

Das Brummen kam langsam näher, wurde laut und lauter, bis es sich zu einem Getöse steigerte, der Hubschrauber stand offenbar jetzt genau über der Hütte.

Akka von Kebnekajse mochte das gar nicht leiden, sie bellte und bellte. Nach einigen weiteren endlosen Minuten ging die Tür auf und zwei Rettungssanitäter kamen herein, eine Trage zwischen sich. Raimund verharrte bewegungslos. Einer der beiden Sanitäter schob die Felle zurück und öffnete den Schlafsack.

Während er den Männern bei der Erstversorgung zusah, zog Raimund sich vor dem Ofen wieder an. Durch den unerträglichen Lärm des Hubschraubers bekam die ganze Szene etwas fast Surreales. Er hatte das Gefühl, Darsteller in einem dieser Hollywoodfilme zu sein.

Die Sanitäter hüllten Lilija in warme Decken, betteten sie auf die Trage und schnallten sie fest.

Sie schenkte Raimund ein schwaches Lächeln, als die Männer sie an ihm vorbei aus der Hütte trugen, es war nur ein schwaches Lächeln, aber Raimund verstand.

„Ich liebe dich", sagte er ganz leise.

Raimund folgte der Trage nach draußen und sah, wie jetzt zwei Drahtseile aus der offenen Tür des Hubschraubers heruntergelassen wurden. Die Sanitäter klinkten die Trage am Kopfende in die Seile und während diese langsam nach oben gezogen wurden, sicherten sie diese, damit sie nicht ins Trudeln gerieten. Nachdem ein dritter Mann die Trage ins Innere des Hubschraubers gezogen hatte, gab einer der beiden Sanitäter Raimund die Hand.

„Sie haben ihr vermutlich das Leben gerettet."

Daraufhin klinkten sich die Männer in das Seil ein, das inzwischen wieder heruntergekommen war, und entschwebten Richtung Hubschrauber. Bevor sie die Tür des Helikopters schlossen, winkten sie Raimund noch einmal zu, und dann schwebten sie auch schon himmelwärts und nahmen Kurs auf Kiruna. Raimund schaute ihnen nach, bis sie nicht mehr zu sehen waren.

Die Stille, die sich dem Getöse der Propeller anschloss, legte sich bleiern auf sein Gemüt. Er fühlte sich unsagbar allein. Aber dann bemerkte er, wie seine Hündin ihm um die Beine strich. Er beugte sich zu ihr herunter, nahm das treue Tier in die Arme und küsste sie auf die Schnauze, so wie Lilija es immer getan hatte.

Zusammen betraten sie die Hütte.

Raimund hängte all die nassen Sachen zum Trocknen auf und setzte sich erschöpft an seinen Tisch. Er stützte seinen Kopf in beide Hände.

„Mein Gott, was für ein Tag. Was für ein Tag."

Die Rückkehr

Und wieder sangen ihm die eisernen Räder des Lapplandpilen ihre monotone Melodie. Raimund hatte einen Fensterplatz buchen können und tatsächlich war er sogar der Einzige, der im Abteil saß – der Zug war mäßig besetzt. Außer wenigen Einwohnern gab es kaum jemanden, der zu dieser Jahreszeit die Strecke fuhr; die Touristen würden erst im Frühling zurückkehren. So gab es niemanden, dem er diesen Platz überlassen musste, so wie er es auf der Hinfahrt getan hatte.

Er schaute in Fahrtrichtung aus dem Fenster – und das war auch gut so, er wollte nicht zurückblicken. Die stille, immer noch vereinzelt verschneite Landschaft glitt an seinen Augen vorüber, karge Fichtenwälder, Sumpf und ab und zu eine Ortschaft – Gällivare, Nattavaara, Murjek, Lakaträsk.

Manchmal hielt der Zug, manchmal nicht. Vor jedem Halt lief der Zugbegleiter durch den Seitengang, um die nächste Station anzusagen.

„Nästa Polcirkeln!", hatte er zuletzt gerufen und mit jedem dieser Orte entfernte sich Raimund weiter von seiner einsamen Hütte oben im Vistas-Tal, die ihm acht volle Monate Heimstatt gewesen war. Und mit jeder weiteren Stunde kam er dem Leben näher, das er zuvor geführt hatte – überfüllte U-Bahnen, hastende Menschen, hupende und stinkende Autokolonnen, eine Stadt, in der niemals die Lichter ausgingen.

‚Seltsam', wurde ihm da bewusst, ‚ich habe nicht ein einziges Mal in den acht Monaten daran gedacht.'

Und bei jeder weiteren Station, an der der Zug anhielt, stieg er kurz aus, um Akka von Kebnekajse die Gelegenheit zu geben, sich zu erleichtern, und mit jedem Halt musste er sich dem Impuls widersetzen, sein Gepäck zu schultern, um mit dem nächsten Zug in die Gegenrichtung wieder zurückzufahren.

Aber irgendwann wurde dieser Impuls ein wenig schwächer.

Kurz hinter dem Polarkreis legte er sich in seine Koje, um zu schlafen, vorher jedoch schluckte er zwei Schlaftabletten, Gunhild hatte sie ihm mit auf die Reise gegeben.

Gunhild war überraschenderweise vor seiner Abfahrt in Kiruna auf dem Bahnsteig erschienen, damit er nicht mutterseelenallein seine Fahrt antreten müsse, wie sie sagte.

Er war ihr unendlich dankbar dafür gewesen.

Vier lange Wochen seit dem schrecklichen Tag des Unglücks hatte er danach noch in seiner Hütte verbracht und diese Zeit lief nun erneut vor seinen Augen ab.

Zwei Tage lang war er wie ein wildes Tier um seine Insel herumgelaufen, war jedes Mal vor dem Loch im Eis stehengeblieben und hatte wieder und wieder den Schrecken gespürt.

Des Nachts hatte er das Krachen des Eises gehört, das den Frühling ankündigte, und irgendwann war auch das Loch über Nacht verschwunden.

Er hatte es die ganze Zeit über nicht fertiggebracht, Liljas Kleidung, die er an dem Unglückstag zum Trocknen aufgehängt hatte, von der Leine zu nehmen. Bis zu dem Tag seiner Abfahrt hatte sie die ganze Zeit dort gehangen.

Aber irgendwann war er schließlich doch zur Ruhe gekommen und er hatte sogar wieder damit begonnen, an seinem Textbuch zu arbeiten. Es war nun fast fertig.

Und täglich hatte er das Eis beobachtet. Er hatte sein Boot flottgemacht und den Außenbordmotor wieder eingehängt und Probe laufen lassen. Mehrmals war er auch schon auf den See hinausgefahren, aber immer wieder hatten ihn Eisschollen gestoppt. In der Mitte des Deltas, dort, wo der Hauptarm des Flusses verlief, strömte das Wasser bereits wieder in Richtung der Brücke.

Er konnte es vom Boot aus erkennen. Vor ihm indes, wo die vielen Nebenarme durch den Fahrdamm verschlossen waren, türmten sich die Eisschollen in einem wirren Haufen über- und untereinander.

Raimund musste unwillkürlich an das Gemälde von Caspar David Friedrich denken, das er in der Hamburger Kunsthalle gesehen hatte.

Dieses Eis verschloss ihm noch viele Tage lang die Durchfahrt zwischen zwei der Inseln, die er passieren musste, um auf den Hauptstrom und damit zum Anleger bei der Brücke zu gelangen. Eines Morgens schließlich war es so weit gewesen.

Bei seiner Inspektionsfahrt entdeckte er einen schmalen Durchlass. So war er dann am Tag darauf gestartet, hatte den Schulbus bestiegen und war nach Kiruna gefahren, um seinen Zug zu buchen. Anschließend hatte er Torben angerufen, um ihn von seiner baldigen Abreise zu unterrichten.

Nachdem er zu Mittag gegessen hatte, war er zu Gunhild gefahren, um auch sie von seiner Abreise zu unterrichten. Sie war aber nicht zu Hause gewesen.

‚Natürlich!‘, dachte er, ‚sie wird vermutlich arbeiten.‘

So lief er den ganzen Nachmittag durch diese öde und freudlose Stadt, kehrte irgendwann zwischendurch zum Kaffeetrinken ein und als er endlich ein zweites Mal an Gunhilds Wohnungstür klingelte, öffnete sie.

Sie schloss ihn in die Arme.

„Ich weiß alles", sagte sie und ihm wurde es ganz warm ums Herz.

Der Nachmittagsbus, mit dem er ursprünglich hatte zurückfahren wollen, war längst weg, aber Raimund hatte bereits am Vormittag Vorsorge getroffen und sich ein Hotelzimmer gebucht. Als Gunhild das jedoch hörte, wollte sie davon nichts wissen.

„Natürlich übernachtest du bei mir", bestimmte sie und er stornierte das Hotelzimmer.

Am Abend gingen sie zusammen essen. Sie hatten sich viel zu erzählen.

Gunhild war tolerant genug, die Entscheidung seiner endgültigen Abreise nicht zu hinterfragen. Sie wusste bereits genug vom Leben, um die Seelennöte dieser beiden so unterschiedlichen Menschen nachzuempfinden.

Bevor sich Raimund am nächsten Morgen wieder auf den Weg zu seiner Hütte machte, hatte er sie noch nach Hamburg eingeladen und ihr das Versprechen abgenommen, im Oktober zu seiner Premiere zu kommen.

Als er dann mit dem Boot ein letztes Mal zu seiner Hütte zurückfuhr, hörte er schon von Weitem Akka von Kebnekajse bellen.

„Mein armer, armer Hund", sagte er immer wieder und rubbelte dem aufgeregt an ihm hochspringenden unentwegt sein dickes Fell, „so lange allein!"

Schließlich nahm er Akkas Kopf in beide Hände und drückte sie an sein Gesicht.

„Verzeih mir, meine Liebe", sprach er.

Den ganzen folgenden Tag verbrachte er mit Packen und Saubermachen und nun endlich traute er sich, Lilijas Wäsche von der Leine zu nehmen und sie ordentlich zusammenzulegen.

Eine letzte Nacht in seiner Hütte, mit Akka von Kebnekajse auf seinen Beinen. Er ertappte sich bei dem Gedanken, dass er im Grunde gar nicht wegwollte.

Das alles jetzt fiel ihm unsagbar schwer.

Er verstaute seine zwei schweren Reisetaschen, den Wanderrucksack und die Skier im Boot, ließ Akka hineinspringen und fuhr zum Anleger, an dem Torben ihn bereits erwartete. Zusammen luden sie sein Gepäck in den Kofferraum des alten Volvos. Akka nahm auf dem Rücksitz Platz und dann fuhren sie zunächst nach Nikkaluokta, Raimunds wohl schwerster Gang seines Lebens. Es war das erste Mal seit dem Unglück, dass er Lilija wieder zu sehen bekommen würde.

Sie wirkte abgezehrt, war blass und hatte rotgeweinte Augen. Jokki und Kajssa verabschiedeten sich schweigend von ihm, aber Jokki drückte seine Hand mit beiden Händen. Es waren sogar ein paar Nachbarn erschienen, um ihm Lebewohl zu sagen.

„Schade, dass du nicht einer der unsrigen hast werden wollen", sagte einer von ihnen, Torben übersetzte.

Dann kam das Allerschwerste. Raimund trat zu Lilija, nahm sie in seine Arme und drückte sie an sich. Sie brach in Tränen aus.

„Geh nicht fort!", flehte sie leise an seinem Ohr.

Er löste sich aus ihren Armen und blickte sie an.

„Ich kann es nicht."

Lange Zeit der Stille.

„Ja, ich weiß", Lilija schlug die Augen nieder.

Sie beugte sich zu Akka von Kebnekajse herunter, küsste sie auf die Schnauze und sagte: „Pass gut auf ihn auf!"

Als sie sich wieder aufgerichtet hatte, wandte Raimund sich ab und stieg in den Volvo.

Torben ließ den Motor an, legte den Gang ein und der Wagen setzte sich in Fahrt.

Raimund drehte sich um und schaute zurück.

Lilija stand reglos am Seeufer. Eine einsame Gestalt in der Weite Lapplands.

Es war ein Bild genau wie an jenem Tag, als sie von ihrer Kåta am Alesjaure zurückgekommen waren.

Er konnte seinen Blick nicht abwenden, bis sie nur noch ganz winzig klein in der Ferne zu sehen und der Volvo schließlich um den Ausläufer der Lulemos-Berge herumgefahren war.

Lilija war seinem Blick entschwunden.

Dank der Schlaftabletten schlief er bald ein. Im Unterbewusstsein hörte er noch, wie beim nächsten Halt, in Boden, seine Abteiltür aufgezogen wurde. Undeutlich hörte er eine Frauenstimme, der eine Kinderstimme antwortete. Die zugestiegenen Personen verhielten sich sehr leise, um den Schlafenden nicht zu stören. Es gab noch ein wenig Herumgekrame und eine Art Rumoren und dann wurde es still.

Am nächsten Morgen erwachte er aus bleiernem Schlaf.

Er war noch sehr stark benommen, die Wirkung der Schlaftabletten.

Ihm gegenüber saß Agnes und aus der Koje über ihr blickte die kleine Inga zu ihm herunter. Er rieb sich die Augen. Wo war er? Auf seiner Fahrt in den Norden?

‚Mein Gott!', dachte er. ‚Was für ein Traum! Was für ein schrecklicher Traum!'

Er blickte Agnes an.

„Hej, Agnes", sagte er, „ich habe doch eben tatsächlich geträumt, ich hätte bereits einen ganzen Winter in Lappland verbracht und wäre jetzt auf dem Weg zurück."

Er wurde stutzig, als er Agnes' Blick bemerkte. Sie schaute ihn an, als hätte er den Verstand verloren.

Plötzlich kreischte eine Kinderstimme aus der oberen Koje:

„Oh, was für ein süßer Hund!"

„Ein Hund?"

Krachend kehrte Raimund in die Wirklichkeit zurück.

Inga war aus ihrer Koje heruntergesprungen, um voller Entzücken Akka von Kebnekajse zu umarmen.

Raimund kroch nun ebenfalls aus seiner Koje hervor. Ein plötzlicher, wahnsinnig tiefer Schmerz zog ihm die ganze Brust zusammen. Er schlang beide Arme um seine Hündin und drückte ihren Kopf in einer inniglichen Umarmung an sich.

„Meine liebe, liebe Akka", sagte er immer wieder.

Eine Träne löste sich aus seinem Auge, eine zweite, bereit, der ersten zu folgen.

„Warum weinst du?", fragte das kleine Mädchen. „Dein Hund ist doch wieder da! Er hatte sich doch nur unter deinem Bett verkrochen."

„Ja, meine Kleine", sagte Raimund zwischen Lachen und Weinen, „ja meine liebe, kleine Akka ist da. Welch ein großes Glück!"

„Nicht wahr?", rief das Mädchen. „Sie war ja gar nicht weg."

Er wischte sich verstohlen seine Tränen ab und richtete sich zu Agnes auf, die immer noch auf ihrer Bettkante hockte.

Diese musterte ihn, in ihren Augen mischten sich sowohl Besorgnis als auch tiefe Anteilnahme.

„War es so schlimm?", fragte sie schließlich.

Raimund blickte sie eine lange Weile schweigend an.

„Nein", sagte er dann, „schlimm ist vielleicht nicht der richtige Ausdruck."

Er senkte den Kopf, verharrte lange Zeit, bis er sich schließlich wieder aufrichtete.

„Nein", sagte er noch einmal, „diese zurückliegende, unendlich lange Zeit war wohl wahrhaftig nichts anderes als nur ein Traum. Ein überirdisch schöner und zugleich auch tieftrauriger Traum." Raimund unterbrach sich und seufzte. „Sicher werde ich das Erlebte für alle Zeit und immer nur als einen Traum in Erinnerung behalten."

Er schwieg erneut, um dann fortzufahren: „… Ebenso wie diesen Traum hier gerade, in dem wir uns nach acht langen und ereignisreichen Monaten im selben Zug und im selben Abteil wiedertreffen. Im wirklichen Leben gibt es solche Zufälle doch gar nicht."

Raimund hielt für einige Sekunden inne, schaute Agnes aber dabei unentwegt an.

Und dann verzog sich sein Mund langsam zu seinem für ihn so typischen schiefen Lächeln.

„Und wie du siehst", sein Blick wanderte zu seinem Hund hinunter, der wohlig mit Agnes' Tochter verschlungen am Boden hockte und sich von ihr streicheln ließ, „habe ich sogar eine Freundin mitgebracht."

Dierk Breimeiers beruflicher Werdegang offenbart Zäsuren, Brüche, die sich in seinen Büchern widerspiegeln. Als Kriegskind, geboren 1942, entfloh er als junger Mann der familiären und gesellschaftlichen Enge und ging zur See. Der Übergang vom Stückgutfrachter zur Containerschifffahrt bewirkte das Ende einer Art, die Welt zu bereisen, die von Fülle Abenteuer und Begegnung mit fremden Kulturen gekennzeichnet gewesen war.

Er quittierte den Dienst und tauschte die Schiffsplanken mit den ‚Brettern, die die Welt bedeuten'. Das Theater, ebenso bunt wie zuvor die Reisen um die Welt, wurde fortan sein Zuhause.

Dierk Breimeier begann seine Karriere als einfacher Beleuchter, seine Neugier auf die Welt und sein Enthusiasmus für die Kunst leiteten ihn und so begann er bald auch als Licht-Designer Produktionen zu begleiten.

Die Welt ist bunt, überraschend und der Mensch seiner selbst nie wirklich sicher. Der Stoff, aus dem Dierk Breimeier seine Bücher schöpft, ist genauso: schön gewebt, lebensecht und mitreißend.

Jedes Buch wie eine Reise.

Dierk Breimeier

Der lange Weg

Roman

Wo ist Heimat, was bedeutet Glück?
Raimund Petersen bereist als Seemann die Welt.
Immerfort unterwegs, empfindet er sich wohl auch eher
unbewusst stets auf der Suche nach ... ja, nach was? Als
leidenschaftlicher Violinist und zeitweise
Theaterregisseur – hofft er, vielleicht in diesen Künsten
Antworten zu finden? Allerorts begegnet er Menschen
und regelmäßig auch der Liebe. Die es offenbar nicht gut
mit ihm meint. Doch eine besondere, längst verflossene
lässt ihn so gar nicht los.
Raimund geht seinen Weg – reflektierend, hadernd, aber
nie ganz unverzagt. Und macht sich schließlich auf zu
seiner letzten Reise – in seine Vergangenheit.
Wohin wird sie ihn führen?

*„Ein langer Weg" erzählt auf einfühlsame wie ‚mit-
reis(s)ende‘ Weise aus dem Leben eines Mannes, den man
mit jeder gelesenen Seite lieber gewinnt – wohl auch,
weil ein bisschen Raimund vermutlich in jedem von uns
steckt.* (Leserstimme)